森情寫意

菲律賓·華文風 叢書 16

莊杰森 著

楊宗翰 主編

我謹以此書呈獻予，我所敬愛的已故　父親——莊澤江。

　　緬懷　父親生前的種種事蹟，唯一讓我至今受益無窮者，莫
過於　父親高瞻遠矚，排除萬難，堅定支持我於一九八〇年赴台
北升學的決定，讓我自幼耳濡目染，在浩瀚的中華文化烘爐內，
盡情吸取養份，雕塑成長。此一契機，為我的首部散文集《森情
寫意》在卅年後的誕生，奠定、鞏固了深厚的根基。
　　再次衷心感謝　父親的養育之恩。

莊杰森　敬禮

作者與夫人黃金媛閒遊美西大峽谷的恩愛寫照。

一九八九年，父親（坐在前排左一）歡渡四十六歲生日，他最疼愛的長孫秋文剛滿四個月，圖為我們全家人為他唱生日歌、吹蠟燭慶生，父親升級當阿公的首次生日，顯得格外開心。(1989. 2. 19)

二〇一〇年六月七日，作者應邀出席
僑務委員會主持之海外傳統僑團負責
人會議，在總統府晉見馬總統英九先
生後拍攝留念。

作家榮膺亞華作家基金會新屆董事
會董事，並參加由時任中國國民黨
主席吳伯雄監誓的就職儀式。圖為
全體董事與吳主席合影留念。

作者與時任中國國民黨主席吳伯雄
在台北劍潭青年活動中心合影。

世界華文作家協會于二〇〇八年十一月，在台北召開第七屆年會，作者應邀代表菲華文藝界出席，在大會與廣受世界華文文壇崇敬的文學大師余光中教授合影。

作者于二〇〇八年十一月應邀代表菲華文藝界，出席世界華文作家協會在台北召開年會時，在大會與世界華文文壇大師，名小説家司馬中原合影。

台北東吳大學舉行之臺菲兩地作家暨學者交流座談會，作者應邀發表〈菲華文學與華文教學的關係〉論文。

作者與菲華名詩人蔡景龍（月曲了）（前排右一），後排左三起為施柳鶯（小四）、王自然、蕭蕭夫人、陳瓊華（小華）、王錦華、王兆鏞等，二〇〇八年十一月出席世界華文作家年會期間，應邀參加台灣名詩人蕭蕭（後排左二）擺設的盛宴。創世紀詩社諸領導人張默、管管、洛夫夫人，洛夫等名作家、詩人應邀作陪。此一聚會，再次掀起菲華文藝界人士相約組團，赴台訪問交流的熱潮。

作家偕同母親、岳母、夫人暨兄、弟、妹，及子女一行十一人，于二〇〇八年十二月下旬耶誕節假期，舉家暢遊台灣南北九日。圖為作家一家人趕赴阿里山觀日出前，在車站攝影留念。

母親（左三）帶領拍攝的溫馨親子全家福。(2009. 8. 22)

風靡兩岸三地的歌星周華健首次蒞菲舉行個人演唱會，作者全家大小皆是健仔多年的粉絲，當晚莊家總動員全員赴會聆賞。圖為作家夫婦會前在後台化粧室與周華健會面並拍照之影。

作家夫婦與子女于二○○六年耶誕節，一同赴中國北京及上海渡假一週。圖為一家六口全副武裝，奔馳雪場之影。

女兒秋忻自幼喜歡彈琴、唱歌，作家出國常買一些華語流行歌曲的光碟片，送給她學習。她於二○一○業中學前參加校內歌唱比賽，勇奪冠軍。圖為她在台上演唱之神情。

【主編序】

在台灣閱讀菲華，讓菲華看見台灣
——出版《菲律賓‧華文風》書系的歷史意義

楊宗翰

很難想像都到了二十一世紀，台灣還是有許多人對東南亞幾近無知，更缺乏接近與理解的能力。對台灣來說，「東南亞」三個字究竟意味著什麼？大抵不脫蕉風椰雨、廉價勞力、開朗熱情等等；但在這些刻板印象與（略帶貶意的）異國情調之外，台灣人還看得到什麼？說來慚愧，東南亞在台灣，還真的彷彿是一座座「看不見的城市」：多數台灣人都看得見遙遠的美國與歐洲；對東南亞鄰國的認識或知識卻極其貧乏。他們同樣對天母的白皮膚藍眼睛洋人充滿欽羨，卻說什麼都不願意跟星期天聖多福教堂的東南亞朋友打招呼。

台灣對東南亞的陌生與無視，不僅止於日常生活，連文化交流部分亦然。二〇〇九年臺北國際書展大張旗鼓設了「泰國館」，以泰國做為本屆書展的主體。這下總算是「看見泰國」了吧？可惜，展場的實際情況卻諷刺地凸顯出臺灣對泰國的所知有限與缺乏好奇。迄今為止，台灣完全沒有培養過專業的泰文翻譯人才。而國際書展中唯一出版的泰文小說，用的還是中國大陸的翻譯。試問：沒有本土的翻譯人才，要如何文化交流？又能夠交

流什麼？沒有真正的交流，台灣人又如何理解或親近東南亞文化？無須諱言，台灣對東南亞的認識這十幾年來都沒有太大進步。台灣對東南亞的理解，層次依然停留在外勞仲介與觀光旅遊——這就是多數台灣人所認識的「東南亞」。

東南亞其實就在你我身邊，但沒人願意正視其存在。台灣人到國外旅遊，遇見裝滿中文招牌的唐人街便倍感親切；但每逢假日，有誰願意去臺北市中山北路靠圓山的「小菲律賓」或同路段靠臺北車站一帶？一旦得面對身邊的東南亞，台灣人通常會選擇「拒絕看見」。拒絕看見他人的存在，也許暫時保衛了自己的純粹性，不過也同時拒絕了體驗異文化的契機。說到底，「拒絕看見」不過是過時的國族主義幽靈（就像曾經喊得震天價響，實則醜陋異常的「大福佬（沙文！）主義」），只會阻礙新世紀台灣人攬鏡面對真實的自己。過往人們常囿於身分上的本質主義，忽略了各民族文化在歷史上多所交融之事實。如果我們一味強調獨特、純粹、傳統與認同，必然會越來越種族主義化，那又如何反對別人採用種族主義的方式來對付我們？與其矇眼「拒絕看見」，不如敞開心胸思考：跟台灣同樣擁有移民和後殖民經驗的東南亞諸國，難道不能讓我們學習到什麼嗎？台灣人刻板印象中的東南亞，究竟跟真實的東南亞距離多遠？而真實的東南亞，又跟同屬南島語系的台灣距離多近？

台灣出版界在二○○八年印行顧玉玲《我們》與藍佩嘉《跨國灰姑娘》，為本地讀者重新認識東南亞，跨出了遲來卻十分重要的一步。這兩本以在台外籍勞工生命情境為主題的著作，一本是感性的報導文學，一本是理性的社會學分析，正好互相補足、對比參照。但東南亞當然不是只有輸出勞工，還有在地作家；東

南亞各國除了有泰人菲人馬來人，也包含了老僑新僑甚至早已混血數代的華人。《菲律賓·華文風》這個書系，就是他們為自己過往的哀樂與榮辱，所留下的寶貴記錄。

東南亞何其之大，為何只挑菲律賓？理由很簡單，菲律賓是離台灣最近的國家，這二、三十年來台灣讀者卻對菲華文學最感陌生（諷刺的是：菲律賓華文作家在一九八〇年代以前，一度以台灣作為主要發表園地）。[1]東南亞各國中，以馬來西亞的華文文學最受矚目。光是旅居台灣的作家，就有陳鵬翔、張貴興、李永平、陳大為、鍾怡雯、黃錦樹、張錦忠、林建國等健筆；馬來西亞本地作家更是代有才人、各領風騷，隊伍整齊，好不熱鬧。以今日馬華文學在台出版品的質與量，實在已不宜再說是「邊緣」（筆者便曾撰文提議，《台灣文學史》撰述者應將旅台馬華作家作品載入史冊）；但東南亞其他各國卻沒有這麼幸運，在台灣幾乎等同沒有聲音。沒有聲音，是因為找不到出版渠道，讀者自然無緣欣賞。近年來台灣的文學出版雖已見衰頹但依舊可觀，恐怕很難想像「原來出版發行這麼困難」、「原來華文書店這麼

---

1. 台灣跟菲律賓之間最早的文藝因緣，當屬一九六〇年代學校暑假期間舉辦的「菲華青年文藝講習班」（後改為「菲華文教研習會」）。此後菲國文聯每年從台灣聘請作家來岷講學，包括余光中、覃子豪、紀弦、蓉子等人。一九七二年九月廿一日總統馬可士（Ferdinand Marcos）宣佈全國實施軍事戒嚴法（軍統）之後，所有的華文報社被迫關閉，所有文藝團體也停止活動。後來僥倖獲准運作的媒體亦不敢設立文藝副刊，菲華作家們被迫只能投稿台港等地的文學園地。軍統時期菲華雖無出版機構，但施穎洲編的《菲華小說選》與《菲華散文選》（台北：中華文藝，一九七七）、鄭鴻善編選的《菲華詩選全集》（台北：正中，一九七八）卻順利在台印行面世。八〇年代後期，台灣女詩人張香華亦曾主編菲律賓華文詩選及作品選《玫瑰與坦克》（台北：林白，一九八六）、《茉莉花串》（台北：遠流，一九八八）。

稀少」以及「原來作者真的比讀者還多」──以上所述，皆為東
南亞各國華文圈之實況。或許這群作家的創作未臻圓熟、技藝尚
待磨練，但請記得：一位用心的作家，應該能在跟讀者互動中取
得進步。有高水準的讀者，更能激勵出高水準的作家。讓我們從
《菲律賓‧華文風》這個書系開始，在台灣閱讀菲華文學的過去
與未來，也讓菲華作家看見台灣讀者的存在。

【序】

愛與智慧交響的心聲

李惠秀

　　最近承蒙莊杰森學棣的雅意，將多年發表於華文報刊，要結集出版的文稿，請我讀後寫篇序言。他要出書，真是一件大喜事！我更以先睹為快，便欣然接受了這份「好差事」；雖不算言序，就當是閱後感好了。

　　杰森學棣向來熱心服務，貢獻社會國家，並致力經營，發展事業；尚悉心以文藝寫作表達關愛家庭，社會與國家的心聲，真是難能可貴。其實，他大部份的作品，我都幾乎有機會讀過，現在重閱，倍感溫馨親切。而他近年來的作品，文筆功力及精神內涵，都隨着豐富的人生閱歷，與時俱進，日臻精練，引人入勝，可讀性頗高。

　　這部《森情寫意》抒情散文集，是他計畫中一套合集的一部份（另一本為詩集《杰開詩幕》）。此兩本合集書名之原意：「杰（揭）開詩（序）幕」及「森（深）情寫意」乃他擅用諧音「修辭」方式命名的上乘好例證，讀來讓人耳目一新。這是他善以修辭技巧行文的特色之一斑；尚有多種修辭方式的妙用，都紛呈於各篇的字裡行間，請讀者慢慢欣賞。

　　《森情寫意》抒情散文集之編排相當嚴謹，全書依次分為：「序文」，富有紀念性與歷史價值的「自傳」及圖片，追思作者慈父的「永懷父恩」，溫馨親子組成的「甜蜜時光」，敬仰人物編組的「高山景行」，憂心華教成篇的「華文情緣」，寄情唐山組合的「華夏戀曲」及動力向前連成的「串串迴響」，凡八大輯。每輯情文並茂，各有千秋；且題材豐富，包羅萬象而多元化；有關：親情，愛情，師生情和友情；或涉及：教育，文學，藝術，宗教，醫學，經濟，金融，政治，歷史，民俗，節慶與旅遊等素材，他都順手拈來，別出心裁，以豐富的想像力，觀察力和聯想力，透過生花的妙筆，組成令人激賞的篇章。

　　本書的編排方式，最引人注目的特色，即每輯各文章，都冠上不少提綱挈領的典雅小副題；這對長文的重點提示，猶有畫龍點睛之妙趣，可說是相當妥善的安排。

　　談到寫作技巧，他也很有創意，而且特別擅用各種修辭方式行文，來滋潤其文筆之美，使人常有驚艷之遇……。茲舉多項例證，以供欣賞回味：在〈自傳〉裡兩句「平日以游泳作為保健的利器，以唱歌作為調劑身心的媒介」的對偶修辭，相當工整，能表達相關的意見，並加深讀者深刻的印象；又如：「中華文化源遠流長的偉大生命，滋養了歷代文藝的繁茂花果，也壯建了中華文化的根幹，充實了中華文化的生命」，這三句相當有對仗性的對偶修辭法，該是源於對偶的修辭技巧，別具一格。

　　至於設問修辭法，可見於〈讓我歡喜讓我愛〉中：「因此今我深感好奇，大陸歌壇現今還缺少什麼音樂『元素』，以便及早追趕台灣日益成熟的創作水平？大陸歌手今後應朝著什麼方向努力，自我提昇改造？」的只問無答方式直接為讀者提供思考的空

間；而在〈讓百家姓氏還原歸真〉的提問：「我並不反對漢字簡化，只要有系統，有準則，並兼顧傳統文化的簡化，何曾不是人類文明進步的一大標誌呢？」之自我肯定的設問，又是另一項修辭方式的運用技巧，耐人尋味。

他在行文時還引用名言，加強文中重點的內容和語氣，以深化對讀者的說服力。於〈為兒童開拓心靈的天空〉一文，他引用蔣故總統中正的話：「文化是文藝的根幹，文藝是文化的花朵。」並認為基於千古不滅的至理名言，我們深切體認到文化與文藝，確實都具有永恆的生命；而在〈媽媽的眼神〉裡，他以「路不轉心轉」的勵志名言，來安慰慈母寬心──這都是另一種修辭技巧妙用的例證。

他以譬喻的修辭方式行文，手法也相當高明，如來自〈音符跳躍徜徉的世界〉中：「不可知的音樂神秘魅力，儼然猶如我家大小的心靈源泉」及「歌迷賞心開懷，個個猶似中大獎的笑得合不攏嘴。」也都是運用明喻修辭法，以增強讀者深刻的印象。

我很欣賞他行文的另一特色，就是更改成語的字眼，來表達另一種有趣的文意，例如：「夫唱婦隨」改為「母唱女隨」；「愛不釋機」來自「愛不釋手」；又「共襄斯舉」本是「共襄盛舉」；而「並肩作戰」成為「並肩作畫」等，皆由於字眼的更換，使文句加添了新鮮感。

杰森學棣宅心仁厚，感情豐富，試讀：〈九旬光寶婆〉的孝敬祖母之祖孫三代情；及〈永懷父恩〉和〈媽媽的眼神〉裡孝順雙親的兩代情；還有〈甜蜜時光〉裡向愛妻表達的鶼鰈深情；以至〈綻放二十五面金牌的光采〉，〈回應鼾聲的呼喚〉，〈翩翩少年自風華〉與〈歌聲飛揚，華語流暢〉等篇對

兒女的關愛和呵護，則可見他筆下流露的親情是多麼的濃得化不開，令人欽羨。

於「高山景行」的敬仰人物篇中，他對弘揚我國尊師重道及見賢思齊的傳統美德和精神，不僅發揮得淋漓盡致，相信對社會人心也會深具積極的啟示和激勵。

他個性坦率，富正義感；常以赤子之心關懷現實，社會國家；對中華文化的薪傳及華文教育發展的積極建言，請看：〈菲華文學與華文教育〉及〈華文——華裔競爭力的重要資產〉，就可體會到他對華文所深深結下的情緣，和對華文教育願景的精闢策劃，教人佩服。

因限於篇幅，以上各點淺見，請恕未能詳細舉例引證。關於這部《森情寫意》抒情散文集的深入評賞，已有多位資深教育家及文評家的鴻文，加以高度的評價和肯定，請恕筆者不另置贅言。

杰森學棣文思敏捷，內蘊豐富，又心靈手快，提筆一揮，便洋洋數千言；且情理交融，引人入勝；即使以電腦寫作，亦是倚馬可待；他又中英兼優，口才特佳，往往出口成章，而言之有物，很有說服力與親和力，人緣極好，是華社一位傑出的領導才俊。

他壯年即懷大志，一向好學敏求；近年來由於經商旅遊，行蹤遍及世界各洲，可謂行萬里路，讀萬卷書。在商餘更潛心從文的寫意生涯中，他已獲得了事業上卓越的成就。去年十月，母校菲律賓中正學院校友總會，於慶祝母校創立七十週年大慶的「正友之夜」，頒贈他優秀校友「社會服務獎」，真是實至名歸，中正之光。這項殊榮，在他輝煌的生命史上，又增添了光榮的一頁，可喜可賀！

　　祝願他本着敬業樂業，精益求精，鍥而不捨的進取精神，在
企業上大有成就之餘，為讀者奏出更多美妙響亮之愛與智慧交響
的心聲。

　　　　　　　　　　　　　二〇一〇年二月末杪於菲京

【自傳】

回首往昔，風塵僕僕
——莊杰森自傳

莊杰森

追根

　　十九世紀末，先曾祖父莊公聯輝由中國福建省惠安縣埭村鄉南渡到菲律賓呂宋島，落腳首都馬尼拉市經商，開啟了一段海外奮鬥的艱苦旅程。與先曾祖母郭淑德（祖籍惠安百奇）育有三子一女。二十世紀初，先祖父莊公開宗為繼承父業，飄洋過海，與先曾祖父發奮圖強，胼手胝足，以便來日衣錦還鄉，光宗耀祖。拼得經濟基礎之後，先祖父即返鄉結婚，與祖母駱碧玉（祖籍惠安張阪赤石村）一同來菲追求開創事業的夢想，育有三子四女。祖母秉持「惠安女」刻苦耐勞的傳統美德，歷盡千辛萬苦，克服重重困難，幫助祖父開拓事業。一九三九年，身為長子的先父莊公澤江誕生在馬尼拉市。一九六一年，與出生在菲律賓中部怡羅怡洛市的母親黃雪英（祖籍惠安霞美）成親，生育五男二女。

學涯

　　本人排行第二，一九六三年在馬尼拉市呱呱落地。一九六八年先後進入曙光中學幼稚園及中正學院附設培幼園，開始人生的學習生涯。一九八〇年，在中正學院中小學部先後畢業，旋順利通過由僑委會主持的海外僑生回國升學甄試，考取第一志願，然後隻身遠赴臺北就讀臺北工專。兩年後，由於先曾祖母與祖母捨不得年僅十七歲，不大不小的孩子獨自背離家人生活，加上當時菲國華族英語熱「重英輕中」的風氣所影響，隨即休學束裝回菲，升讀遠東大學。一九八六年畢業於遠東大學化學系。二〇〇一年肄業於亞洲管理學院企業碩士班。

　　一九八二年返菲後應聘到《聯合日報》編輯部，先做校對工作，後任記者、編輯，先後主編兒童文藝副刊《童話城》、音樂專刊《五線譜》、青年文藝副刊《青藝》。大學時期，半工半讀，白天上學，晚上到《報社》工作，正式投入社會，學習做人，鍛煉意志。

文運

　　在中小學期間，經常參加學校組織的各種文藝活動，不時代表學校參加校外比賽，幼小的心靈自此對社會活動，逐漸產生了濃厚興趣，而且積累了一定的知識和經驗，因此，走向社會後便積極投入文運、青運、社運等多元活動，先後發起組織各種類型的青年團體，文藝方面有「菲華青年文藝社」、「菲華兒童文學

學會」、「培青書法社」、「培青寫作社」；青運方面有「培青
絃樂隊」、「培青合唱團」、「培青數學社」、「培青田徑隊」
等。曾經策劃「培青合唱團」在馬尼拉，和菲律賓中南島各城市
巡迴演唱，也曾經應邀帶領「培青合唱團」到臺北、台中、高
雄、台南、金門等地進行了八場次演出。

一九八四年，提議並草擬創辦菲華兒童文學學會構思，開創
先河，廣邀菲華文藝界熱心人士及大馬尼拉地區各華文學校的小
學及幼稚園主管為該會理事，共同把兒童文學風氣帶進校園。先
後舉辦菲華兒童作品展覽會，三十餘所華校學生的優秀作品，包
括作文、書法、美勞等近三千件作品，集體公開展出，除鼓勵教
師和學童相互學習，取長補短，提高創作水平，也喚起菲華社會
對兒童文學作品的重視。

為讓幼教教師有機會進一步親近兒童文學，特舉辦兒童文學
研習會，邀請臺灣名兒童文學作家來菲講學，四百多位幼教老師
踴躍出席為期兩天的研習會，收穫豐碩。

組織「兒童詩歌夏令營」，邀請華校兒童參加。在夏令營活
動中，兒童擴大了視野，獲得了廣泛接觸、交流、溝通的機會，
既大幅增強對詩歌的興趣，又鍛鍊了社交能力。

為鼓勵家長深入瞭解學童學習華文的狀況，構思提倡親子教
育，舉辦親子繪畫比賽，鼓勵家長陪同子女一同作畫，達到關懷
和激勵學童學習華文的興趣。

一九八五年，應邀擔任中華文化復興運動推行委員會菲分會
主持之菲華暑期文教研習會寫作班班主任。

同年，第二屆亞洲華文作家會議在馬尼拉召開，被選為七人
籌備小組成員之一。也曾任亞洲華文作家協會菲分會常務理事、

菲華文藝協會副秘書長、菲華青年文藝社常務理事、菲華兒童文學學會副會長兼秘書長、菲華文教服務中心總幹事、晨光文藝社副秘書長等要職。

青運

在中正學院校友會服務長達十年，在青工會副主任任內，發起紀念黃花崗七十二烈士暨慶祝三二九青年節的一系列活動，也曾積極投入中正學院校友會大型話劇《螳螂世家》的籌備和演出工作。

應血幹團（二次大戰抗日團體）青年活動中心的邀請，參與幾次大型歌舞演出，到國內外巡迴表演，足迹遍及臺灣、金門等地。

一九九〇年，應聘為中正學院學生課外活動輔導會執行秘書，負責規劃和輔導中小學生的相關課外活動。

社運

具開創性、競爭性、自動自發、求新求變、與生俱來的性格特質，方能在各個不同崗位上，借助巧妙的創意點子，成功地制定出一件又一件意義非凡的活動方案，產生良好的社會影響和效益，起到帶動作用。

一九八三年至一九八六年期間，先後擔任菲華文經總會文宣委員、菲律賓中山學會總幹事、培青學會委員兼總幹事、菲律賓中華興漢國術館理事、菲律賓血幹團第十三分部中文主任、旅菲

龍蒼同鄉會理事，菲律賓惠安公會理事，北岷倫洛防火福利會秘書長等職務。

一九九九年，加入菲華工商總會，當選為常務理事兼工商副主任，正式投身工商體系的服務團隊。為協助政府推動菲律賓中小企業的向前發展，帶頭倡議舉辦有關中小企業各領域的學術性講座及生計訓練研習會，講習會縱使標榜免費，然所邀請的產、學、官界專家學者，皆為當代一流名家名嘴，因而吸引大量華菲學員爭先恐後參加聽講，嘉惠華菲人士近萬人次，為華社歷年來參加講習會學員人數之最，獲得主流社會及電子、平面媒體佳評連篇。

為鼓勵大專青年提早規劃創業，策劃由菲華工商總會與菲律賓十所名牌大學，聯合舉辦「首屆學生創業企劃案比賽」，並舉辦「如何草擬創業企劃案講習會」之賽前暖身活動，招徠三百多位有志創業青年加入行列，共襄斯舉。

二〇〇〇年，應邀參加菲律賓企業家協會，現為亞太經合會議商業論壇的成員。先後陪同伊實特拉和亞羅育兩位總統訪問中國，也曾於二〇〇四年代表菲國參加在新加坡舉行的亞洲零售業論壇，並用華、英兩種語言代表本國發表國家論文。該篇英語論文被選錄刊登於「亞洲生產力中心」網站，華文論文則分成十一篇在聯合日報連載，以饗華商。

二〇〇四年，代表工商總會參加由馬尼拉市長亞典沙為首的華人區發展署，選為文宣工作委員會的主席。先後發起並組織學生街旁友誼壁畫競賽，由菲律賓學生和華人學生並肩作畫。

為積極推動禁毒反毒活動，除了舉辦「向毒品說不」校園巡迴講座四十餘場之外，還組織校際海報製作比賽，優勝作品正式列為政府宣傳反毒的官方海報。

　　二○○六年，當選菲華工商總會第五屆董事，正式晉升菲律賓第二大華商組織的核心領導層，以四十四芳齡成為最年輕的董事。自此深覺責任重大，矢志大展身手，期以服務人群，造福人群之雄偉抱負為奮鬥志業。為不辜負眾人期望，除肩負青運委員會主任要職外，並向菲律賓工商部積極遊說爭取，設立菲律賓有史以來在馬尼拉華人區正式創設，並隸屬工商部之第一個民營「中小企業服務中心」，為華菲兩大族群絞盡腦汁，規劃各項免費服務中、小、微型企業體，具創意性、知識性的系列活動。

　　二○○九年，發起舉辦「華人文化探奇」文化鬥智鬥力之大型遊戲，廣邀菲律賓各大專院校之華生及菲律賓學生約四百人，集體走訪華人區各文化景點，藉智力、體力的競逐，達成宣傳華人的傳統文化習俗，進而親近中華文化。

　　為協助主流社會家境清寒的優秀青年完成大學教育，發起「點亮未來」獎學金方案，與國立菲律賓大學等十所院校合作簽約，每年獎助一批品學兼優的未來棟樑，為國家社家儲備興國人才。

鞭策

　　一九八六年，獲得華僑救國聯合總會海外優秀青年獎章，深受鼓舞，倍感任重道遠，激發個人服務社群的更高熱情。

　　二○○五年，自創品牌「羅比白兔」（ROBBY RABBIT）獲得菲律賓全國消費者聯合會頒發「全國傑出品牌獎」。所主持之「卡通城」禮品連鎖店，則榮登年度「全國最佳青少年用品專賣連鎖店」寶座。

二〇〇五年，菲律賓反毒署為獎勵對參與推廣反毒品運動有功人士，特頒授服務獎章，予以表揚。在二十多位政、軍、警及民間受獎人中，慶幸為唯一的華裔得獎人，備受各方矚目。

二〇〇六年，已深耕立足菲律賓兒童服飾界，成為消費界家喻戶曉的口碑品牌——自創品牌「羅比白兔」，應邀參加美國紐約一年一度的「全球品牌授權展銷會」。「羅比白兔」就此徑直登上國際大型舞台，正式亮相，一展風采，正式與國際流行卡通品牌媲美，可愛的美術造型，文宣看板及系列產品等，深深迷住不少行家駐足圍觀，普獲與會者高度評價。

築巢

一九八七年，與華商黃扶西、王秀美伉儷令次千金黃金媛（祖籍福建晉江羅溪）結為連理，育有三男一女，共築美滿幸福的小家庭。

商旅

恩愛夫妻于一九八七年攜手創業，先經營文具、禮品的零售與批發，後設計、生產、銷售學生書包、童裝，正式投入時尚創意產業，開設「卡通城」卡通品牌青少年用品專賣連銷店。一九八八年自創「羅比白兔」卡通品牌，為菲律賓首創，于短短數年功夫，即躋身於國際卡通品牌用品行列。

由於「羅比白兔」卡通品牌具有獨特的品牌風格，深受廣大消費者喜愛，業績與時俱增。「羅比白兔」品牌之系列產品因堅

持「設計新穎」、「風味獨特」,「品質優良」,「價位中階」等前瞻性策略及理念,先後獲得美國迪斯尼公司、馬特爾公司、兒童電子公司、尼科洛登公司等授權在菲律賓設計、製造及銷售「維尼熊」、「芭比娃娃」、「芝麻街」、「巴布泡棉」等國際知名品牌的青少年及兒童用品。

回饋

一九九四年,為紀念父親莊澤江作古一周年,特創立「莊澤江文教慈善基金會」,定期舉辦促進文教、增進慈善的活動。

二〇〇〇年響應菲華工商總會「農村校舍」鄉村興學方案,以「莊澤江文教慈善基金會」名義捐獻農村校舍一座,嘉惠北呂宋地區邦邦牙省的農村學子。

每逢耶誕節皆向孤兒院、養老院等機構捐款捐物,雪中送炭。

情趣

閒暇之餘,經常在華文報刊發表文章,觸角涉及時勢、商業、生活等範疇。

平日以游泳作為保健的利器,以唱歌作為調劑身心的媒介。

在華社作為提倡親子教育的先驅,更以實際行動,每周預留周日一天的時間,與妻兒共度溫馨的親子時光。

願景

對昨日虛心檢討，自覺實踐面壁思過，為有意無意冒犯他人誠心懺悔，改過自新。

對今日滿懷感恩，及時善待當下人、事、物，為一路走來相知相惜相助的`各方貴人，給予禱告祈福。

對未來充滿憧憬，渴望不斷自我充實，為迎接多元化的挑戰儲備用之不罄的能量。

二○○七年九月一日完稿于奎順寓所

目　次

永懷父恩
——追思慈父篇

懷念父親溫敦濃濃的愛
──為悼念父親莊澤江往生十載而作

　　父親離世瞬息十載。一九九三年十二月五日凌晨，在崇仁醫院加護病房中的淒涼情景仍歷歷在目，醫護人員搶救無補，藥石罔效，我束手無策，六神無主，眼睜睜地目睹父親與世長辭。

　　平生第一次面臨突然失去至親的夢魘，生活頓失重心，是晴天霹靂都不足以形容的打擊，我驚惶，我空白，我陷入人生的最低潮。當時哀傷悲慟的心情，難以言喻。即使在數年後，即使在幾萬里外，過去數年來父親賜給的教養訓誨、關注愛護，仍如潮似浪地湧上心頭。

旅途追思

　　回想一九九六年第一次與金媛相偕遠征美國西海岸開會，在機艙上渡過一段難熬的漫長旅程的一段往事……

　　我平時搭機赴臺北、香港、廈門或上海，在機上約二個小時的航程還算如意，只是再怎麼疲累睏盹，從無法小眠，每回望著身邊酣然入夢的另一半，好生羨慕。有一回去日本，踏上五個小時的旅程，真是難捱又難受，恨不得飛機快速安全降落著地，而一個箭步沖出機艙透透氣。那次赴美，行前想起十二小時漫長的空中飛行，加上要適應抵境後日夜顛倒的時差生活，因而不假思

索的選坐商務艙，無非是藉寬闊舒適的座位，打算於餐後閉目養神，作為進入夢鄉前的暖身動作。

豈知事與願違，內人早已按部就班將椅背往下鋪平，蓋著棉被正安穩地準備就寢。

而我雙眼閉合後，腦海中突然浮現父親生前的種種情形，思念父親的心緒愈加深摯。想到父親的早逝，想到父親走後大家庭的變化及衝突，我開始惴惴不安，焦躁悸動，內心錯綜交雜……

枯坐四個小時後一點睡意杳然，只好起身走動，伸展筋骨，一會兒靈機一動，索性向空姐點一杯香檳，一知半解地盤算著從未沾酌過香檳酒的我，會不會藉此一酒力發威而事半功倍地被睡魔引惑，了卻入夢的心願。

不料等不及我醉倒，早已臉紅耳赤，頭暈目眩，四肢無力的身軀按捺不住，直接衝往洗手間大「吐」為快。空姐見狀遞來熱毛巾示意，穿梭來往的旅客偶爾飄來好奇的異樣眼光，我為醜陋的窘迫相感到覥腆。

返回座位，輾轉反側，難以入眠。全程除了短暫觀賞過一部西洋偵探片子，其餘時間大多魂牽縈繞思念父親的慈顏……頓時，思緒不自覺地翻攪起來，反反復復，起起伏伏地思及父親的維妙情素。

造化弄人，就在我事業稍微穩健飛騰，正有能力回報父親的當際，父親就這樣毫無預示地撒手走了，走得意外，走得讓人愕然。

「子欲養而親不待」大家耳熟能詳的一句話，卻是我至今的遺憾與心痛！

關心備至

祖父早逝，父親是長子，在祖母含辛茹苦的支撐下，父親不辭辛勞，日以繼夜認真打拼。

打從有印象起，父親每天揮汗如雨地工作，就好像一直未曾停歇過。雖然忙碌辛苦，但他從未停止對孩子的關心與照顧。在我們兄弟姊妹七人的成長過程中，父親未曾動手打過我們，亦鮮少疾言厲色地責罵過我們。可是一旦父親使出一副含酷而威眼神的發怒模樣，我們便像犯了錯的小孩，心生畏懼地躡手躡腳，心中忐忑不安！

一九七六年尚讀小學的四弟杰榮，有一次因學校童軍課需集體外出露營三天，出發當日早上五時，司機不知何故未依約報到，父親毫不猶豫地起身換裝，快速走下樓，提著鑰匙二話不說坐上汽車駕駛座準備上路，這突如其來的一幕讓我與四弟驚訝得似乎愣了愣，半晌才說：「爸爸，您會開車嗎？」

自從有記憶以來，尚未瞧見父親開過車。經過母親提示，才明白父親早在年青時不僅會開車，還不時親自載貨送貨。近十年來因故不再開車，聽來有點不可思議，但是這樣相處的經驗使我們親子間的距離拉近不少。

四弟露營第二天，父親向母親提議帶我們兄弟一同去郊外營地探望四弟，還攜帶一些罐頭、食品去「宣慰」犒賞一番，父親平日關心孩子起居，可由此事窺得一斑。

為人子女

每年父親節前夕，我不管身處國內或國外，逛街上百貨店，到處儘是提醒為人子女該盡孝道、應景促銷的商品。十年來，失去父親的我，每到此時，還會想著：買什麼禮物給他合適呢？

失去父親的日子，每次想到他，看到他常用的物品，喜歡的食品，我就禁不住傷感。爸爸您在哪里？

有一次在台中一家五金工廠內，看到老闆舉起那雙沾滿油污的手掌，配以泉州腔調的閩南語示範講解，霎時又想起父親生前與髒舊銅鐵為伍的畫面。一時，淚水忍也忍不住，又在我眼眶裏翻滾一陣子。

品德高尚

父親生前熱誠公益，最為人稱道，亦令人懷念的，則是父親日夜不分，席不暇暖地投入參與志願消防隊的防火救災行列。

父親年青力壯時，即懷著一顆熱熾的心加入社區知彬彬顏拉拉鄰居防火會當義工。由於工作認真，待人誠摯，不久即被推選為隊長，肩負統籌帶領義工兄弟，赴湯蹈火至災場展開助人為樂的神聖任務。

每當手提電訊機發出大小火警的訊息時，父親總是以身作則，自動自發擱置手邊的工作，哪怕是三更半夜需從暖被中躍起，亦必分秒必爭，急如星火地取走全天候待命的裝備──防火帽、防火衣套、防火水靴等。

　　小時候，每當遇見父親全副武裝，神采飛揚正上演著猶如美國九一一緊急出動，宛若上戰場般，雄糾糾，氣昂昂地跳上伴隨一波波聽來可讓人心驚膽戰、震耳欲聾的警笛聲的救火車，十萬火急地奔馳火場，一次又一次地來回重播似的珍貴鏡頭，在我幼小的心坎，會激起一股莫名的榮譽感。然後會趾高氣揚地向學校同學炫耀：「我爸爸是火場上的無名英雄！」

　　父親熱誠、忠厚、老實、勤勞、善良、節儉、純樸、溫文、忠厚、悲憫等特質，均反映在他日常生活中待人接物的每一環節。

　　父親擇善固執，視惡如仇，凡事依理判斷，從不偏袒，處處為人捨身處地考量，以期公正公平。有時為替人打抱不平，仗義執言而惹來閒言閒語，他總是一笑置之。在在顯出父親非比尋常的性格。

潛移默化

　　父母親平時忙裏偷閒，喜愛閱讀書報雜誌，父親雖然自奉甚簡，但對於購買各式各樣的書刊雜誌，則從未手軟。猶記得我就讀小學四年級開始，便發覺父母親床頭經常擺放著多本書報，印象較深刻的如讀者文摘中英文版，皇冠，加上一堆從臺灣買回來的兒童讀物等，讓我在年幼時即沐浴在濃郁書香氣息的氛圍。

　　說亦奇怪，父母親從未開口「言教」鼓勵我翻閱書刊，而是經由他倆日常功課的「身教」中所散發的傳染「威」力，耳濡目染，潛移默化，由淺入深，引人入勝。對啟發我學習華文的興趣影響深遠，也予我日後的寫作生涯作了最好的啟蒙。

體察慈父

過去懵懂青澀的年少心緒，一直認為父親太過嚴肅，亦就不敢隨意親近表達子女的關切，事隔多年後，我才恍然大悟，在大部分嚴厲的外表下，卻蘊藏著一顆多麼火熱及寬厚的心，亟需子女們的噓寒問暖。

事實上，父親身處一個半現代化、又略含半封建傳統思維熔爐的大家庭裏，是個既辛苦又吃力，且永難扮演好的角色。

尤其是徘徊與掙扎的壓力，造成情緒失控進而使身心失衡、脾氣變大，蹙眉深鎖，心事重重。久而久之，喪失幽默感，開不起玩笑，回家也不喜歡跟家人接觸聊天，放假亦懶散，也不到戶外放鬆自己，其箇中滋味實不為外人道。每思及此，內心感慨萬千，深切地為子女無法代父親分勞解憂而內疚自責不已。

成全子意

一九八〇年中學畢業那年，未經父親同意，我隨興夥同一幫同學往太平洋文經處服務組（現為臺北文經僑務組）參加由時任組長劉瑞生先生主持之海外僑生回國升學甄試。結果我意外地通過考試檢定，被錄取分發至第一志願的臺北工專學校。

此事本想瞞著家人，未料在劉組長與祖母的一通電話後即傳開來，在家中引起軒然大波。除了爸爸，其他家人幾乎都力勸我留在菲國深造，主要原因為華文強棒僅會「淪落」為華校教師，前（錢）途堪憂！

其實，只要父親不點頭，那時我將享受不到臺北校園燦爛的陽光。

或許父親意識到我們兄弟五人，如一人能潛心向外發展，另創一片天地，亦不失為一種機緣。

也或許父親對我熱愛學習華文的傻勁兒，有股隱而不顯的期許，遂義無反顧以「男兒志在四方」的勉勵，最後在祖母的不捨及首肯下，成全我夢寐以求的留學夢。

父子情深

依稀記得那年負笈臺北，第一次踏上寶島臺灣後的第一個冬天，父親有一趟從日本回程過臺北，第二次探訪我時（第一次是九月份親自送我至臺北工專報到），帶來一件在名古屋購買的深棕褐色長袖毛衣，及一條深灰色羊毛圍巾。

第一次見識到圍巾的我，似乎愣在一邊，父親若有所思的說著：「臺北冬天這麼冷，這條圍巾給你，脖子暖了，人就不容易著涼……」說著把圍巾遞過來，用略微顫抖的手把它圍在頸上。一股暖流湧入心頭。

這是廿三年前的往事了，每當看到這條圍巾及毛衣，便為自己當年的無知及任性懊悔。多年來，這件毛衣及這條圍巾曾伴我遠遊天涯，在舊金山、紐約、東京、上海……無數異鄉寒冬，寬厚鬆軟的圍巾在我頸上肩頭傳送溫暖，那混著菸葉和西瓜霜的馨香所編織成的一片濃濃父愛，含蓄溫敦，點點滴滴，綿綿長長，流淌在我的生命大河。

愛的火花

當我生平第一次接獲父親寄來的親筆家書，欣喜若狂地拆開後，內心不由得升起莫名的衝動。

父親的家信，雖談不上工整，但句句親切，想到父親燈下書寫的拘謹，想到父親筆尖下流瀉出的期許與祈禱，而我竟用心不專，耽情玩樂，疏體親心，我的心又是一陣抽痛。

父親走後的第五年聖誕假期，我與金媛帶著母親、岳母、兩位妹妹及四名子女遨遊廈門及泉州一周。

回到惠安埭村鄉前在東園鎮稍事停留，一群天真無邪的孩子們正忙著與二位姑姑，參觀他們公公曾經留宿過的房間。接著開始你一句我一句地談論著房間的點點滴滴。

老大文兒是父親最為寵愛的長孫，父親辭世那年他剛好五歲，對於公公的愛印象深刻。

他睜著疑惑的大眼睛問：「公公房間為什麼沒有冷氣機？」

金媛聽了立即回應說泉州氣溫低，公公還要加穿衣服，不會流汗的！他似乎意猶未盡緊接著又說一句：「夏天怎麼辦？」

此時，我油然回首父親過世後的第一個清明節，父親位於華僑義山的墓園剛好興建完竣，大家正以清香二炷拜祭時，我被文兒一句「公公躺在裏面睡著有沒有冷氣機？」給呆住。

文兒跟他公公一樣怕熱，他那敏銳的思緒中很自然地流露著關心公公的情懷，這可不是一般五歲孩子具有的機智及反應。

父親生前對文兒的百般呵護，在他幼小的心靈中，早已點燃著一盞盞令人意想不到「愛的火花」，他對公公的愛，溢於言表。

誠實高尚

父親留在東園房子的遺物中，最引人注目的，莫過於掛在牆壁一端的一幅匾額。

那匾額刻有「一帆風順」斗大字體的匾額，起源於在泉州換錢的一段小插曲……

中國改革開放初期，父親有一次在泉州中國人民銀行以美元旅行支票，兌換專供外籍人士用的外匯券，由於銀行營業員不諳美元旅行支票，一時糊塗，竟誤將面額每張一百美元的支票當作一千元的價值換算，捧了一大堆外匯券的父親，一時摸不著頭緒，認為每張外匯券金額度小，才會換來一大堆券票。

送走阿娥姑返回旅館，經過仔細清點後，才赫然發現手頭上的外匯券多出了十倍數。要即刻退還又屆銀行打烊收市時刻，因而於翌日一早將多出的全數奉還銀行。

此一非同小可的舉措，立刻引來銀行上下一陣騷動，原來銀行當天同一時間內一共受理過多件類似手續，沒有父親的現身，銀行營業員還懵然不知招惹了一場大禍，銀行確實還被蒙在鼓裏。

在發現天大謬誤大事善後，銀行一一過濾追查當天的資料而欲追回的過程中，多位「受益」者，無人願意承認而索回無望，在費周折，費唇舌之餘，銀行平白地損失不貲。

唯有心地善良的父親，不折不扣地將多出的外匯券分文未留地全數退回，物歸原主，一時傳為佳話。

中國人民銀行泉州分行為表彰父親的善行義舉，特派副行長莊晏基先生專程趕赴東園鎮，在我家老祖宗留傳下來的百年老店

前隆重表揚一番，除頒贈父親一幅立體鏡框匾額外，還大張旗鼓地鳴放鞭炮，引來全鎮居民駐足圍觀，眾人深為鎮上有一位誠摯踏實的愛國華僑而引以為豪。

這段光榮歷史對於父親來說是十分重要的，也是一生中最值得珍惜緬懷的歲月。

恩澤浩蕩

大約是在一九九〇年，有一次父親與我二人相約一同赴臺北，在機場上巧遇莊雲萍、杜瑞萍誼父母，一陣寒暄後大家約定住宿同一家旅館，在臺北相聚五天，白天各忙各自的事務，晚上偶有機會一同用餐，父親與誼父母相談甚歡，交談中父親表達久仰博學多才的誼父，數十年在海外推動及發展中國新舊文學大有功焉而肅然起敬。

誼母直覺發現父親在台菲兩地，竟有著二張截然不同的臉龐表情而感到驚喜和欣慰，隨後又補充：「在臺灣的這張臉龐才是令尊最原始最實在的一面。」一語道破父親在菲身不由己而難以釋懷的心境。

而我于心領神會之餘，何嘗不亦企盼父親天天擁有心曠神怡、輕鬆自在的閒情逸致⋯⋯

有一件事讓我銘感五內，沒齒難忘。父親走後的第二天，我央求義父賜題冠頭對聯，義父聞後隔天即親自與義母送至殯儀館父親靈堂，並委葬儀社代為作成輓軸，以示悼念。如今義父亦已作古，每憶及於此，不免感恩萬分。

該冠頭聯如下：

澤水流遠恩浩蕩
江河阻礙感念多

觸景生情

去年我與金媛例行性再度赴紐約展開年度考察，由於時值九一一恐怖事件周年之際，紐約市區戒備異常森嚴。在那草木皆兵、風聲鶴唳的詭譎氣流下，我們登上雙子星摩天大樓遺址供遊客憑弔的平臺。

當我手握著數碼錄影機正聚精會神地努力捕捉四周的夜景時，一位約五六歲的小男童，蹦蹦跳跳從我身邊掠過，一隻手不經意往我右腿猛拍一下，我被這名不速之客給嚇了一跳。手中的錄影機幸好逃過一劫，未摔落地。

這時一位想必是孩童的祖父高舉雙手，張開大嘴趕緊趨前向我道歉，並示意無奈孫子的調皮搗蛋，眼神流露對小孫子的萬般愛憐。

失去父親的日子，我潛意識常有意避開撞及「幸福祖孫」歡樂溫馨的畫面，以免再觸景生情。

滿天的繁星，撲面的冷風，我挺挺涼颼颼的背，一陣洶湧的人潮，把我滿腹翻騰的傷感情緒，溶化淹沒在紐約閃爍的星空下。

敬願安息

斗轉星移，歲月遷徙，父親生前的一切一切，以及走後這段日子所孕育出的喜、怒、哀、樂，豈止是我三言兩語所能道盡。

走筆至此，大妹友仁正好為她的碩士論文順利通過而雀躍萬分。
她本月將完成亞洲管理學院企業管理碩士班的學業，榮獲企業管
理碩士學位，欣喜之餘，順便向父親稟白佳音。

　　若父親在天之靈有知，請收下我這篇遲來（十年只有一篇）
的悼文，聊知我對父親的一片悼念真情，更祈求父親繼續佑護祖
母和我們一家大小，但願父親永遠安息！

甜蜜時光

——溫馨親子篇

廿五面金牌閃耀的光彩
──陪彥兒領獎的微妙情愫

　　三月廿四日，幼兒秋彥完成畢業式彩排從學校返家後，即神色嚴謹，若有所「驚」地複述老師頒發的「聖旨」：「隔日的畢業式，爸爸媽媽一定要參加！」

　　彥兒對於老師交待的差事，前後已提醒我們三次。為什麼老師會迥異於往日的作風，再三叮嚀早已發出邀請函的畢業式？家長一般在接獲通知，即會依約赴校觀禮。回想昔日老大、老二及老三的畢業式未曾如此慎重過，莫非彥兒在本學期「混出」什麼「傲」人的名堂，不然……

　　年僅七歲，性情內向，不善言辭的彥兒，經不起內人及其二位兄長的追根究底，曾一度搔首踟躕，吞吞吐吐地道不出所以然來，我只好在不可捉摸、一知半解的情況下轉移焦點，逕自切入：「彥兒幼稚園畢業，是該給予他一個愛的鼓勵。」主題上自我勤勉。

　　翌日，我與內人率同老大文兒、老二彬兒、老三忻女及保姆伊莉娜，再加上孩子的兩位姑媽，在獲悉後二話不說，自告奮勇加入「慶賀團」行列。

　　我們一行九人，興高采烈，浩浩蕩蕩地往崇德學校出發，準時于上午七時卅十分抵達早已家長、師生熙來攘往、人聲鼎沸的會場──楊博德神父紀念堂。

　　畢業式進行一半，視線範圍內閃映吳老師笑容可掬的揮手示意，並釋出彥兒「即將再度受表揚」的訊息，同時懇切邀請我與內人移至前排席位就座。

　　我對突如其來的招呼，既興奮又緊張得心情澎湃起伏，不知所措。

　　原來幼稚園主任蘇梅珍老師為鄭重其事，大力表揚一位前所未有，舉校無雙，超級小運動「健將」的小畢業生，特地安排彥兒今日再度公開露面，以其在游泳池中辛苦掙來的「傑出」榮耀與全體師生及家長共同分享，並藉此啟發大家齊力編織「向上提升」的美夢。構思巧妙之至！

　　我興奮，因為彥兒原已在一場學校為校內校外各學科、藝文體育等競賽晉入優勝排行榜的學生而舉辦的表揚大會（Recognition Day）上，與其他同學一併獲得提名表彰。斯時，家長並未出現在「螢屏」，僅有受獎學生一一列隊在臺上接受掌聲鼓勵。

　　而這次的表揚，由於適逢畢業式，照例家長要隨同受獎兒女一起亮相，並由校長、主任頒授獎牌予家長，再由家長親自為兒女佩掛，然後一齊向歡呼喝彩的眾人致意。難得一次名副其實的溫馨親子同台「演出」，不亦樂乎！

　　我緊張，因為攜眷參加彥兒畢業式的動機，純粹是為彥兒打氣加油，以實際行動支持並陪伴彥兒，走過人生一個重要的成長里程。從未妄想有如此罕有的畫面出現在眼前，在毫無預備的情況下，我一時無所適從。

　　所幸，保姆攜帶的錄影機，數位相機等器具隨時待命，一應俱全。否則此千載一時，彌足珍貴的「歷史性」鏡頭，恐將

無法編入一段彥兒的快樂成長影冊，讓我回味無窮，不亦「福氣」乎！

彥兒之所以會受到「英雄」式的褒獎，乃是因為他在一學年內接二連三，南征北戰代表學校參加政府單位或民間團體舉辦的各種泳技競賽。由於大顯身手，屢創佳績而嶄露頭角，一鼓作氣奮奪廿五面金牌及兩座「最佳游泳健兒」獎盃，刷新學校歷年來的運動紀錄。

當彥兒佇立臺上面對台下掌聲不輟的熱忱觀眾時，一副悠然自得的神態，俊俏的臉頰偶爾綻放靦腆羞澀的笑容，稚氣十足。

我與內人自是喜上眉梢，春風滿面在輪流為彥兒佩戴金光閃閃的廿五面金牌。只是當我意識到彥兒幼小的身驅將如何承受這堆重量不菲的廿五面金牌所積累的沉重壓力時，心中不由自已，一股莫名的心疼與不捨油然而生。

凝視他以稍微彎身略顯吃力的姿勢，襯托在撲面而來、此起彼伏、不絕於耳的掌聲和歡愉熱鬧氣氛中，落落大方地走下舞臺，此情此景委實令我倆舒暢欣然，彼此雙眉互視，發出會心一笑……

此一得來不易的「戰果」，扎扎實實地改變學校多年來，被廣喻為忽視全面發展體育課程的負面形象。

崇德學校自建校以來，在楊故校長博德神父努力耕耘下，校務發展一日千里，學生學業平均水平直線上揚。此一令人耳目一新，且有目共睹的事蹟，可由政府舉辦的全國小學生學力測驗，連續多年獨佔鰲頭，榮登首都地區冠軍寶座的炫彩輝煌成就上得以印證。

如今，欣聞崇德學校在卡布示神父主政下，三位精明幹練的資深主管：柯主任巧麗、蔡主任羅莎及蘇主任梅珍等悉心輔弼，

再加上眾多熱心家長及校友的積極配合與全方位支援。拜他們心力、財力及物力的灌溉所賜,各個多元運動領域的課外活動,得以兼具順利開展,且全面出擊。開花結果,欣欣向榮的願景必指日可待。

　　藉此提醒諸位游泳健將在力爭上「游」之餘,萬萬不可忽略課內的常規學業。如同我再三告誡彥兒:「課內學業的任何學科成績如稍有退步,將立即停止一切游泳活動。」然而,我常以孩子為了不掃「遊」興,對學業上的各門功課尚能保持原有的亮麗成績而自豪。

　　衷心期盼,崇德學校的游泳健將們再接再厲,「泳」往直前,今後在浩瀚水池中的各項競技,秉持「泳」猛精進的氣勢,為學校爭取「泳」遠領先群倫的輝煌成績。

二〇〇二年七月廿二日

音符跳躍徜徉的世界
──兩次與女兒分享歌唱比賽的心跡

校內競技　培育搖籃

　　就讀中一的女兒秋忻，去年一週末吃晚飯時，手裏捧著碗筷，迫不及待地靠近母親耳邊，輕聲細語「傳情」。我以為她「伺機」又要來撒嬌一番。我一頭霧水，經內子指點「迷津」，真象大白：原來學校老師當天推選她代表班級，參加校內年度華語歌唱比賽。

　　女兒這條訊息聽似輕巧，而落實起來卻甚艱難，我瞬間百感交集。一則以喜，一則以憂。喜的是，她願意「挺身而出」，再次「披肝瀝膽」上陣接受磨鍊，在舞台上當眾考驗意志，提昇智慧，機緣難得。憂的是，她該如何調整課內課外早已排滿的日程，如何抽出時間認真練習？

　　眼見日曆一張張隨時光消失，怎麼不見女兒每週四下午赴音樂老師家練歌的行蹤，準備參賽一事似乎悄無聲息？現實明明充斥著各種各樣的不確定性，莫非女兒胸有成竹，信心十足？如今回首，我依然懷著一顆惋惜和自責的心，只因事務繁忙，未能多加時間，好好陪伴她，及時叮嚀她付出心力，並為她加油「打氣」。

　　直至比賽日期迫在眉捷，在還剩不到兩週的某一週末，她正經八百遞來一張歌詞，求教「讓愛傳出去」一曲的含義，我二話沒說，逐句向她解析說明。為求好心切，同時也為先「聽」為快，我差喚她開唱示範一遍。她卻「故弄玄虛」，笑咪著臉，默不吭聲地轉頭迴避。

音樂世界　暢快淋漓

　　感恩華社著名音樂家孔國嬈老師為女兒打紮良好的聲樂根基。亦感謝著名鋼琴家柯美琪老師為四個兒女長期的鋼琴培訓，使他們在歡樂成長的過程中，因暢快徜徉在五線譜的音符世界，加上啟蒙良師不辭辛勞的愛心傳授，心靈深處想必早已埋下了能夠結出無數豐碩甜美果實的種子。

　　住在馬尼拉市區的那段日子，女兒經常於課餘閒暇時，趕赴孔老師府上接受聲樂訓練，柯老師則每逢暑假，幾乎每週必到我家報到三四次，指導四個小精靈的十根手指，在鋼琴上輪流「實戰」演練。他們平常上學時則每週至少操練一次，數年漫長歲月一點一滴地「囤積」能量，各自在音樂旅程上釋放揮灑，雖沒有傲人的成績可言，但反映在日常生活中的「驚艷」，對我來說有如千百束電流沖擊全身，心中的喜悅誠難以筆墨描述。因為他們長期「配備」，成千上萬個生生不息的五音細胞，在他們身上根深蒂固，故不論何時何地做何事，皆選擇優美的旋律，如形影相隨一般緊密貼身作伴。家裏除擺設的傳統音響外，桌上電腦，筆記本電腦，IPOD隨身聽，手機等電子寵物，幾乎每台都要全天候「待命」服侍他們。所幸四個孩

子平日「各自為政」，分別躲在早已劃好的地盤（房間）裏，與他們鍾愛的樂曲「搭線」，搞起心靈約會。本老爺的主臥室幸好未曾「失守」被他們盤據嬉鬧，讓我與內子回家後還享有一片清靜與安祥，亦算是人間天堂一隅吧！

精神食糧　心靈源泉

我與內人何嘗不迷戀音樂？我倆不管身置何方，公司上班抑或住家賦閒，甚至遠在國外的商務旅程中，只要有空擋，我手邊不曾離身一呎的筆記本電腦，每回在網上瀏覽閒逛，或收發郵件，或檢閱公司資料，甚或撰寫文稿時（拜台灣蒙田公司新科技之賜，得以用手寫板快速完成爬方格子的任務）不亦是照樣「請」出快活的音樂天使們，來陪坐閒「唱」家常？

唉！不可知的音樂神祕魅力，儼然猶如我家大小的心靈源泉。其另類賞心樂趣，一言難盡也。散佈體內的音樂基因，果真會一絲不漏如法炮製，代代相傳？

身體微恙　嗓音變質

自從舉家移居奎松市後，因離柯老師家遠，經學校老師引薦，女兒旋由林蘭蘭老師接手訓練聲樂及鋼琴。但女兒因課業逐漸繁重，加上原不必上課的週四，亦被一堆似是而非的課外活動壓得喘不過氣來。擠得出的一點兒練習時間，極其有限，杯水車薪，不足為用。加上女兒從未曾將此次校內比賽視同「要務」，予以優先處理，拖拖拉拉的結局，可想而知。

　　令人擔憂厭煩的事，為何往往在緊要關頭不請自來，攪亂既定「步伐」？女兒漫不經心，忽略保養其未臻成熟的嗓門，向來飽嚐我與內人聲色俱厲的苛責，常常不絕於耳。

　　奈何一堆堆冰涼飲品及其既脆又辣的零食，毫無限制地拼命吞食，勢必惹怒喉嚨的「支柱」──扁桃線。君不見它「發飆示威」之餘，還會冒出頑固且活蹦亂竄的細菌體，再滋生蔓延而形成紅腫的小球，「火」氣凌人，感冒咳嗽症候群，有恃無恐，乘虛而入。如此情境，任何再傑出的高手，恐怕亦無法隨「喉」所欲展現出亮麗的歌喉。

體貼入微　母女連心

　　比賽當日，內人的神情顯得格外開心，格外亢奮，一大早起床，便擺出一副不放心假手他人似的俏皮模樣，心思細密親自東找西撿，張羅數碼錄像機、數碼照像機等足以真實且即時捕捉珍貴「歷史」片刻的器材。梳妝打扮之後，女兒像小公主一般迷人可愛。毋需贅及，所需裝備一應俱全，缺一不可！如此詼諧有趣的幕幕劇情、五彩繽紛的畫卷，順序展現，難免受到內子心靈深處無比興奮的感染。原來每一個「巧思」背後，必蘊藏有一片無可取代的入微貼心及赤誠真摯！此舉何嘗不是在用心靈表白「忙不盡，心更近」的真締。

童年身影　昔日舊夢

比賽進行中，我與內人全神貫注「跟蹤」女兒亮相舞台的「黃金」時刻。因她不聽話，造成嗓音沙啞，原有清晰圓潤的音質難免「走樣」，唱到需要拉高音階時，力不從心，高音不足，分數肯定被評審老師大打折口。除此之外，其餘各項，如曲目、台風、音量、動作等都無可挑剔，無懈可擊。

瞧女兒小心翼翼站在燈光熠熠的舞台上，帶幾分認真和幾分稚氣的一舉一動，恰似我童年的身影。那扣人心弦的旋律，隨著甜美柔和的聲音，再搭配美妙輕盈的姿勢手勢，在偌大的禮堂中飄浮蕩漾，經久不息。此時此景猶似在催促我，快插上音樂的翅膀，飛回往昔，重溫那曾伴我喜悅成長、流連忘返的夢鄉。

發榜時，我不期待女兒入圍，亦不訝異她摘取未在大會公佈表揚的第四名席次，奉陪「末」座何嘗不是一樁好事，我苦口婆心地再三勸勉女兒，就把它當成是自我鞭策的「警」訊。但願記取教訓，不再重蹈覆轍。前車之鑑，作為借鏡。皇天不負苦心人，有朝一日必將擁有更高層次的驚奇收穫。

再次搏擊　初露鋒芒

三月放假前，女兒遞來一張由學校轉來的錦繡莊氏宗親會歌唱比賽報名表，要我幫忙填寫繳回。

　　比賽前夕，提及參賽詳細情形，突然發現她語焉不詳，似是而非。腦海中本能似的微瀾泛起昔日恩師莊麗桑的影像，旋即去電莊老師請求探詢。莊老師聞後表示錦繡堂早在上週已通知所有報名者集會，聽取簡報並抽籤號碼，怎麼我家卻一無所悉？莊老師懇切吩囑屆時臨場報名，應無大礙。

　　與承辦人溝通後才恍然大悟，原來女兒交回學校的表格及照片，不知何故還未送交錦繡堂登記備案。正當我猶豫是否讓女兒參賽的一剎那，話筒另一端傳來聲聲誠懇的話語，要我務必攜帶女兒共襄斯舉。盛情難卻，又是自家宗族的文娛活動，我怎會不心動？

　　女兒十三歲，依照主持單位的比賽辦法，應歸屬小學組，可女兒實為中一學生，只好照例參加中學組。

　　首次公開參加校外競賽，面對友校一群身經百戰，且常在華社嶄露頭角的對手們，女兒如臨大敵，自知馬虎不得，難以掩飾的緊張之情溢於言表。

　　得獎名次揭曉前，座位後方隱約傳出來自主辦單位婦女組幾位大嬸的輕聲對話，吸引我敏銳且早已豎起恭聽的一對耳根。「……中學組第二名出現兩位得平分，可是獎金獎牌既已備妥，其中一位只有屈居第三名……」云云。

　　女兒在不知道這則內幕訊息的情況下，欣然領取了第三名獎牌及獎金，看不出她有欣喜若狂的異常神情。家母、我、內人、妹妹及她的哥哥和弟弟皆不約而同，紛紛起身趨前向她喝彩慶賀，我隨口讚美稱許幾句之餘，不忘提醒她「勝不可驕」的兵家哲學。她被親人突如其來的簇擁，臉上綻放出一抹燦爛的笑容。

溫馨親子　烙印心海

我與內人就這樣在忙忙碌碌中，牽手陪同女兒，並肩走過兩次饒有刺激且確實愉悅的競賽歷程。一路蹣跚中所換回的這段溫馨詳和的親子深情，相信將實實在在地烙印在兒女心靈的深處，最溫柔，最純真，永不消磨。

二〇〇七年八月二十日完稿於寓所

唱出驚奇　抱走冠軍

截至此書稿一校時，憶及女兒秋忻於二〇一〇年三月，畢業中學前，再度應邀參加校內歌唱比賽的一段心悅喜事，特予補充，以資紀念。

女兒不知何來靈感，居然要大膽挑戰對唱組比賽，與女同學許錦濚搭檔合唱〈被風吹過的夏天〉一曲，利用光碟片的原聲韻律，仿效男女原唱者金莎及林俊杰的正、副音調，唱出驚奇，也唱出屬於自己的一片天地。

君不知對唱遠比獨唱難度高，懂得配調也要精準掌握音律，更要唱得兩音和諧無間，才能譜出優哉游哉的旋律。

對女兒此一決定，我雖然樂觀其成，但又擔心她在面對沉重的課業之餘，能否騰空專心練習，可否找到合適搭檔，是否有老師貴人相助，會否再出現感冒……等等，一連串的問號瞬間圍兜起來，讓我凌亂的思緒，又來干撓無辜的眉目，令致終

日深鎖，不知如何釋懷，旋引頸企盼幸運之神立即出現，指點
迷津。

　　一趟商旅返家後，得知離比賽日期只剩三週不到的時光，她
們還不知道要請誰來技術指導，情急之下，我想起孩子們唸小學
時的督課老師——莊主任玲玲，一通電話，莊老師二話不說豪爽
應允。在極為短促的練習時空下，音調、合音、動作、台風、儀
容等應盯緊調教的項目，莊老師一絲不苟，精益求精。

　　比賽當日，我與內人依往常習性，出席捧場，予以鼓勵。
比賽結束前，我與內人早已胸有成竹，篤信女兒此役成績不同凡
響，必將有喜訊降臨，俟評審老師上台，優勝名次當眾揭曉，冠
軍一杯果真由女兒這一隊驚喜中光榮摘取。女兒多年來的努力耕
耘，總算有一絲甜心收穫，讓女兒在高唱驪歌，步出校園前，再
增添一段溫馨美好的回憶。

　　　　　　　　　二〇一〇年六月九日增修于台北西華飯店

回應鼾聲的呼喚
──鼾息聲帶來的困擾

懷念父親的鼾息聲

自古以來，「時空」往往因心因境的不同而有所差異。父親生前睡覺時，不管短暫的午休，抑或晚間八小時的睡眠，每睡必發出足以令人「震懾」而走避的轟隆隆鼾息聲，至今仍記憶猶新。我們父子連袂出國並住宿同房的次數不多，在台北及廈門兩趟遠行，睡在他床邊那幾夜不是無法入眠，就是半夜驚醒的夢魘，不時又浮現腦海，再回味一翻其中滋味，何嘗不是重溫父愛的另一種思念模式。當時如雷貫耳的鼾息聲，對我造成諸多的不適及不便，如今回憶起來印象尤為深刻。

感慨父親長期受困于高血壓頑疾，再加上鼾息聲從不饒人，乘父親睡着時無孔不入，大舉「侵襲」，以致睡眠品質大打折扣，影響所及，在人體腦部缺氧運作下，自然牽涉連累心臟及腎臟，奢望有個健康體魂，無異緣木求魚，舉步維艱。

鼾聲嚴重危害健康

睡眠中發出的鼾息聲，一向被視為人體的正常反應，因而延誤就醫，失去治療的黃金時機。其所衍生的錯綜複雜病灶，誠難以估計。

兩年前菲律賓詢問日報生活版的某一健康篇章，斗大的標題深深吸引我的注意。這篇由馬卡地醫療中心一位年青名醫師署名撰寫的論文，清楚說明鼾息聲對人體所造成的傷害，閱後令人大開腦界，逐開始正視並關懷周遭親人的睡眠情形。

父親生前特別寵愛老大秋文，身為長孫的他，可能傳承祖父的睡眠特徵。隨着年齡及體重的增長，他睡覺時所發出的串串鼻鼾聲，亦成正比似的愈「鼾」愈嘹亮，與爺爺的聲量相比，大有小巫見大巫般的懸殊氣勢，無意中所形成的另類樂趣，不言而喻。

嘗試與阿公拼高低

每當看他肥胖的身軀躺在床上，不一會兒的功夫，一連串猶似管絃樂響起的鼾息聲，一節比一節均勻悠揚，一起一落，縈繞耳際，不絕如縷。聆聽他那段段聲調不怎麼圓渾的另類韻律，和胸前及肚腹急促的上下起伏狀，一搭一唱似的，既令人憐惜又可愛的模樣，令我憶及父親在世的睡相，同時亦為秋文酣睡鼾聲大作時，無法完全舒緩神經，放鬆休息，一股莫名的傷感湧上揪緊的心頭。

自從報刊上那則探索睡眠品質特寫，藉由眼珠兒映入腦際後，我便囑咐秘書儘早與馬卡帝醫療中心睡眠實驗室預約，奈何傳回的訊息卻是，該醫院只有兩間各配備一張床的實驗室，且要排到三個月以後才有床位可訂。聖璐咖示醫院亦有相同瓶頸，不得不稍安苦候，任由馬卡帝醫療中心排定日期待命。

實驗室內揭開謎底

在睡眠實驗室投宿一夜，代價菲幣貳萬元。與平時在旅館住宿上床就寢毫無差別，只是頭部額前、額後、胸前、手臂等皆要連接多條通往電腦監控系統的五彩綫路，猶像電影劇片囚刑犯遭電死處決前的「暖身」情形，情節過程是否恐怖？事後瞧秋文若無其事的輕鬆自如反應，可見真章。

實驗結果，年僅十七歲的秋文，身高五呎六，擁有一身兩百貳拾伍英磅的「超級」重量，被醫師列為「肥胖」高危險族群（Obesity），睡覺時必然極大地「困擾」腦部，症狀非比尋常，刻不容緩，應立即就醫，否則後果不妙。

原來人體平躺睡覺時，喉嚨內的扁桃腺因呈鬆弘狀態，掉落喉嚨底壁，勢必阻塞氧氣通道，人體此時呼吸，因氧氣受阻而發出串串鼾聲。

腦袋缺氧後患無窮

腦部因缺氧造成腦細胞無法足夠吸氧運轉，睡眠常被干擾，以致呈現似睡非睡狀態，降低深睡品質。反映在日常生活中，白

天昏昏欲睡，注意力分散，暈頭轉向，記憶衰退，腦筋不靈等症狀隨時出現，嚴重攪亂生活規律。尤有甚者，睡眠不足將使人體血壓劇升，長期患高血壓會使心臟加重負荷而無限膨脹肥大。亦會直接傷及腎臟等器官，環環相扣，疾病染身，決不可掉以輕心矣！

就醫治療，與鼾聲「抗戰」的途徑，約略有三：

一為減輕體重： 對於一位正值青春發育，成長轉骨期，又自小吃慣煎、炸、甜等類型食品的年青人，若要他減肥，猶如宰割其肉皮，談何容易。若要他採取漸進式的減肥「作戰」計劃，勢必嚴峻挑戰他的意志及耐力，成效自有待考驗。若由他老爸據實評估，中、短期內欲達成預期效果，其機率肯定微乎其微，除非奇蹟出現，才可扭轉乾坤。

無庸置疑，甩掉體重拼減肥才是解決此道的唯一，且安全又可靠的妙法。

戴罩上床不易持久

二為戴氧氣罩睡覺： 美國等先進國家早已研發一種發氧的小儀器，只要啟動小馬達，氧氣源源不停發送，是坊間時下解決此項問題的唯一法寶。可是讓一位年青人天天戴罩上床，於心何忍，亦礙觀瞻。況且他能「罩」得住多久，還是一門學問，因為他往往睡到三更半夜，臉部可能耐不住由鬆緊帶綁着的口鼻罩「折磨」，在半知半覺的朦朧意識中，容易擅自移開位置，以致脫序無效。

再則，該款儀器一部菲幣拾來萬，所費不貲。如可持續堅持使用，「救」人一把無可厚非。所幸我遵從好心醫師建言，先租

借儀器一段時日試用再說。醫師畢竟身懷菩薩仁慈心腸，不忍心讓我一時衝動破費訂購。

果然不出所料，不到二個星期，秋文小時候的保姆已不耐煩地高舉白色布條「投降」。因為她為此事每晚要起床二、三次，將已遭移位的口罩拉回原點。問起秋文如何「善後」，他一幅不置可否的無辜相，反正我非常清楚：他可不是不聽話，而是每當睡得安穩進入夢鄉後，在迷迷糊糊的情況下，與雙腳不知不覺地蹬開已蓋好的棉被一樣，怎可怪罪他搗蛋亂來？

三為摘除扁桃腺：據美國醫師友人見解，扁桃腺在人體中與盲腸同類，可有可無。端視病人實際需要酌情割除，絕不損礙人體健康。對此割除術，美加等西方國家早已盛行不衰。

但中醫師則持不同看法，認為扁桃腺自有被賦予的作用，至少可當喉嚨的「過濾器」，將入喉的所有飲、食品先行過濾乾淨才予放行，進入人體。以防衛細菌侵襲而感染惹禍。所以對于此議，幾位中醫師們不約而同，期期以為萬不可行。

搖動枕頭暫解燃眉

今年十月台北行，無意間發現有人代售一款電動枕頭，可消除鼾聲，經仔細追問，原來該電動枕頭機，于偵測到鼾聲後會自動左右輕微搖動，人體躺下後因頸部可逕自隨機左右來回擺動，使扁桃腺不必固定停滯，阻塞喉嚨通道，空氣便可自由流通，避免鼾聲「發作」。

我於專注聽完銷售人員有條不紊講解後，直覺認為該機確實抓到重點無誤，至少可以物理輔助器代為遏止鼾息聲，且萬無

一失，何樂而不為？欣喜若狂之餘，我毫無猶豫，不惜花費貳萬元台幣的代價，當場認購一台試用。

返菲後，我親自上床示範一遍，亦讓秋文實際「操演」一次。只見他用後心服口服得呵呵笑，並自喻：「此次看似已無任何藉口可迴避啦……」，話語吐露對此新產品頗感滿意，但願從此化解我們多年的心頭之患。

減體重為治本妙法

可是，此台機器再怎麼靈光機巧，亦僅限於治標作用。若要徹底治本，還是要下定決心，務實著手減肥行動。不然，就算摘除扁桃腺，鼾聲縱使自此絕跡。但擁有肥胖身材，畢竟難保終身有副健康的體魄。

有志者事竟成，皇天不負苦心人。擁有身心健康的體格，活得瀟灑自在，是快樂人生的最佳保證。

費盡心機，嘮嘮叨叨的囉哩囉唆一堆，不知吾兒秋文聽得入耳否？

二〇〇七年十月七日

心心相印頌崇德

——為崇德學校四十年慶「主恩浩浩，巍巍崇德」歌舞晚會而寫

先驅草創

「四十年前的巴石河，每當微風徐徐地吹來，河面即蕩起層層漪漣；但它總是保持著那份的逸心泰然。」

「四十年後的巴石河，依舊是當年的那風貌，仍然是當年的那河面，但它卻經歷了四十年的幾番悲歡。」

這是畢生奉獻天主教崇德學校，四十年如一日的蔡羅莎主任刊載在該校慶祝建校四十周年紀念特刊，一篇以「祝崇德學校有更多個四十年」為題的朗誦詩的開場白。

四十年前，國際聖言會在中國山東省孕育出的一批具有神職身份的熱血青年，滿懷熾熱的心湧向太平洋千島之國——菲律賓的馬尼拉市「報到」就位，為肩負起宣揚天主教教義理念，及推廣中華文化的雙重神聖使命，而展開華教紮根的奮鬥之旅。

這一批鞠躬盡瘁、死而後已的華教先驅——曹故蒙席金鎧，楊故校長博德神父，朱蒙席雲傑神父等披荊斬棘，篳路藍縷，為崇德學校的百年樹人大業奠定基石，其高瞻遠矚、犧牲奉獻的崇尚精神，令我們全體華人肅然起敬！

成就輝煌

四十年後，崇德學校已由草創、克難初期的一九二名學生及六名教員艱苦起步，延伸發展至如今擁有三千四百名學生及二二九位教職員，陣容龐大的華教團隊；由當年巴石河畔醫院病房充作臨時教室，快速蛻變至如今擁有六座現代鋼筋水泥巍峨樓宇的建築群，軟硬體設施俱全的中等學府。

而今，苦盡甘來、日益茁壯的崇德學校，在熱烈迎接四十歲生日的前夕，由崇德學校全體教職員、校友、家長及學生組合而成的「崇德人」，必能以歡欣鼓舞的心情同申慶賀。

欣喜之餘，崇德未來的思維走向，超越走向，誠為對全體崇德人的一大考驗。

欣喜赴會

五個月來，由蔡主任羅莎，蘇主任梅珍，柯主任巧麗等各部門主管及華社著名大編導黃紅年同心同德，嘔心瀝血地打造如詩如夢、饒富戲劇氛圍的「主恩浩浩，巍巍崇德」歌舞晚會，已於元月廿四日及廿五日隆重登場，正式為崇德學校的四十周年大慶而歡呼喝彩。

內人黃金媛從幼稚園至中學，在崇德學校「全壘打」度過十三年的求學生涯，為不折不扣的崇德人。我們四個子女自啟蒙的幼稚園起就一直未曾離開過崇德學校一日，是「現在進行時」的崇德人。前些時日，女兒及么兒不止一次提醒：我們於元月廿

五日的「家庭日」，一同去觀賞學校的歌舞晚會。元月廿一日突然接獲蘇主任梅珍來電，盛情邀約我出席首場演出。就是在這樣的機緣下，我一家六口準時赴會，與孩子們的親子交流之餘，共同欣賞一場稀有的中西合璧之文娛晚會，渡過一個令人回味、溫馨美好的周末。

盛會空前

菲律賓文化中心大會堂一千八百餘座位，籠罩在似顯焦躁又蠻興奮的沸騰氣氛之中，連平常嚴肅、氣派的國家級廳堂也悄悄換上亮麗的聲光，嚴正以待。

「主恩浩浩，巍巍崇德」以全新面貌，涵蓋懷舊歌曲演唱，中國民歌舞蹈，西洋熱歌勁舞，中國民樂演奏，仿百老匯歌舞劇等，內容多元豐富，在熱鬧的樂聲烘托下，引領華菲觀眾大開眼界，深入認識崇德師生校友「另類」的藝術表演形態。

擔任串場人的林鴻潔與李美齡深受HIGH氣氛的感染，情緒也跟著高昂起來。兩人分別以流利的英、華語雙聲帶來去自如，你來我往地把各個節目的背景說明，自然流暢地串進他們的對話中，不斷地贏得觀眾的掌聲，不絕於耳。

自我省悟

晚會在第一單元「自我省悟」中的「感恩篇」，由中學部唱詩班吟唱〈聖母頌〉及〈我要跟隨祂〉的輕柔聖潔歌聲中揭開序幕。

　　以別開生面的投影聲光形式為歷史說話，那幾近完美地呈現崇德學校的紀錄片《四十春秋》中的〈讚譽篇〉樸實無華，譜寫了菲華教育的歷史新篇章。

　　由校友李佳珍主唱的〈展翅飛翔〉則為表彰崇德學校創建工程的四位靈魂人物——曹故蒙席金鎧，楊故校長博德神父，朱蒙席雲傑神父及蔡主任羅莎而營造的莊嚴蕭穆場景和配音，讓觀眾乘著歌聲的翅膀進入時光隧道，歲月情懷彷彿一次又一次地來回重現眼前。

　　《回顧篇》的〈少年時代〉組曲〈童年〉、〈一串心〉、〈校園中的喜悅〉、〈海裏來的沙〉和〈雨中即景〉等校園名曲，由華社名音樂指揮家顏欣欣校友帶領小學部合唱團演唱，生動活潑，其跳躍的旋律撩人心弦。

　　顏欣欣醉心音樂，平日穿梭于華社多個合唱團當指揮，其專業能力與敬業精神倍受稱許。此段演出由陳鴻彬、林美玲協助編導，鄭湘雲任司琴。

　　〈獻給老師〉似是「顛覆」創意，仿效數支百老匯歌舞劇原版歌曲改編而成。中學舞蹈團及中學部戲劇團通過變幻無窮的燈光，再搭配宏偉嘹亮的歌聲，美妙輕盈的舞姿，沒有花哨噱頭，沒有炫爛舞臺，沒有現今大型百老匯劇日益翻新的時髦感，反而活脫脫，似是老紐約的復古氣息，可以感人，亦能趕超時空，更能撼動心靈。

　　此劇充分反映時下e時代新興人類聰明好動，調皮搗蛋的莘莘學子，如何在老師苦口婆心、循循善誘的指引鼓勵下，克服萬難，奮發圖強，一躍而成，為校爭光的績優好學生的真實事例。

　　男女演員的舞臺演技未臻成熟，然而有過此兩場舞臺經驗的洗禮，如能潛心向上學習，假以時日，必能成為藝壇的後起之秀。

當中英文教師合唱團及中學部唱詩班聯袂演唱膾炙人口的〈當我們團結在一起〉的優美歌聲一傳開，獻唱者均以真誠的心靈，猶似在相互對話，鏗鏘有力，令台下觀眾聽得如癡如醉。通過最能完整表達菲律賓人熱愛國土、效忠國家的愛國者精神「PAG IBIG SA TINUBUANG LUPA」的音韻，地域性的民族情懷融入音樂晚會，令人感慨萬千，亦令人血脈賁張。

音樂修養造脂頗深的名歌唱家、名指揮家蔡紹智駕輕就熟地為校友合唱團指揮〈把根留住〉及〈歡樂中國年〉等曲目，具有使廣大校友凝聚向心的豐富表現力，令人陶醉其中。

〈不畏艱難困苦〉舞曲由中學部舞蹈團狂熱呈獻，舞者踩著快速拍子，擺臀扭腰，魅力十足，健美的身段，音樂的奔放節奏，合著悸動鼓聲，讓觀眾直呼過癮。

天人相應

第二單元《天人相應》由施養立、黃培瑜校友夫妻檔打頭陣，以《兒童是我們的未來》激發人人重視未來主人翁在學業、人格和體魄的健康發育乃是一切「希望」的所在，兩人渾然忘我，清麗灑脫的精湛演譯，博得觀眾熱烈掌聲。

能歌能舞能言能寫、中英兼優的崇德校友林鴻潔，除擔任晚會節目主持人外，同時獨挑大梁演唱英文系列組合曲〈信賴〉。不只唱功無懈可擊，而表演魅力更是一級棒。演唱時一直「挑逗」起現場觀眾的亢奮情緒。

《奇異恩典》描繪神迹救世，慈悲為懷的宗教舞劇。舞者聚精會神地隨著旋律節奏的忽快忽慢，舞臺燈光的忽明忽暗，

全身融入劇情中，專注地詮釋他們各自的角色，體驗人生，樂在其中。

各場節目流暢的轉換，音樂襯入，燈光投射等掌握的時機恰到好處，亦為晚會的另一優點，令人有目不暇接的感覺。

熱烈歡慶

以中國農曆年為主題訴求的《慶典篇》，為晚會帶來另一波高潮。

由蔡羅莎主任監製、洪惠琴師帶領的小學部舞蹈團的一群小天使，在有限的舞臺空間蹦蹦跳跳，獻出流暢自在的〈剪窗花〉、〈天地喜洋洋〉、〈冰糖葫蘆〉等舞曲。

《天官賜福》在悠揚的中國民樂聲中，於舞臺中央安排四位在書法領域頗有優異成績的學生「以氣運筆」，即席揮毫，巧妙地結合國樂、書法與詩詞於一體的藝術表演誠為華校一項創舉，令人身在其中，宛然神奇。雖未投射出類似王羲之等名家手筆，但「財源廣進」「心想事成」「事事勝意」「四季平安」等斗大流動的優美正楷字體浮現螢屏，藉對在座欣賞書法韻律的華人族群，不禁悠然神往……

〈天地喜洋洋〉、〈天官賜福〉兩首富有歡樂氣息的悅耳樂曲，由成長中的崇德樂團擔綱，在僑中學院民樂團的慷慨支援下交出漂亮的成績單。它不僅啟迪我們對中國傳統民樂有更深的認識，亦對整體的演奏內涵，予以領會。

此一成果，毋庸置疑是大編導黃紅年的精心傑作，亦是樂團指揮王金鍊，助教蔡清水，助教黃慧麗及李如好師等的心血結晶。

高潮迭起

由蘇主任梅珍監製，JOJO LUCILA指導的《歡樂年年》，由十二位天真活潑的幼稚園生，各自佩戴十二生肖的趣味造型玩偶，色彩繽紛鮮豔，一出場便抓住觀眾目光。只見他們個個無不使出渾身解數拼命扭腰擺肩，俯仰有度，乍看有些青澀，其可愛模樣，所散發出的生命熱力，引發台下觀眾的陣陣歡笑聲此起彼落，對這群最小演員的高度讚美，不言而喻。

由朱純卿指揮，史習恒司琴的中英文教師合唱團在「融合篇」的《心手相連》中，分別通過卅位中文教師及卅位英文教師，以恢弘的氣勢，更以充滿人性光輝的美妙歌聲，再配以雙重語言，攜手連心闡釋「世界大同」的真諦，再次引爆觀眾往上竄升的情緒，不斷報以掌聲回應。

圓滿成功

壓軸的〈歡心同唱〉由四百多位陣容壯觀的全體演員，浩浩蕩蕩地以謝幕方式來個大合唱，全體演員精神抖擻，高度默契地一一展現舞臺，興高采烈地接受台下熱情洋溢的觀眾最熱烈最響亮的掌聲。

綜觀晚會的整體表現，不難發現有個性，有原創的新「聲」代肯定超乎想像地更「炫」更「酷」。校風素來嚴謹、保守的崇德，此次演出，演員除了肢體上的自由伸展，心靈上的自我設限也慢慢鬆開。「主恩浩浩，巍巍崇德」成功地「端出」嶄新多元

的歌舞「佳餚」，各種風格，各有源頭，潛力無限。也象徵著崇德學校邁向日新月異的前途。

讓我歡喜讓我愛
──我所認識的周華健

國民天王　現身千島

　　風靡兩岸三地廿年，且歷久彌堅的「國民歌王」周華健〈終於〉（歌名）以氣勢非凡的翩翩風度現身於菲律賓歌迷的面前，〈飛越迷霧〉（歌名）初次踏上千島之國的春暖泥土（記者會上，歌王曾表示抵菲下機前，為適應溫差而將披身的厚重衣物一件又一件地脫下或換掉）所流露一副獨特的模樣，令人印象深刻。

　　在中正學院中正紀念堂舉行的記者招待會上，周華健自始至終情緒高昂地不忘與台下歌迷們盡情互動，不管是回答問題解惑，抑或接受點唱作場〈風雨無阻〉的小段清唱，以及結束前的〈朋友〉大合唱，眾歌迷〈其實不想走〉（歌名），爭先恐後，蜂擁圍堵，要求合照簽名，無不令人感受到其渾身滾盪的熱情，及〈刀劍如夢〉（歌名）般的熱力，藉由虔誠甜美的笑容，一一輻射至每一位歌迷的心扉，逗得老中青歌迷賞心開懷，個個猶似中大獎的笑不攏嘴！

中正七七　主持盛會

　　中正七七年度級友會在許峻榮學長等人的苦心經營下，會務多年來本就蒸蒸日上，在中正校友大家庭中，誠屬組織健全、表現突出、令人矚目的基層級友會。這次為慶祝畢業卅週年，適逢菲律賓經濟萎靡不振，及母校層峯內鬨不寧的非常時期，毅然決然發動一場大規模，以籌募母校教職員福利金，及學生獎學金為目標的音樂慈善晚會，其立意至善至美，無可厚非。對於強化凝聚各路中正人漸趨冷漠的向心力，及多少修補母校近來在外界的動見觀瞻，對所衍生的種種是非恩怨等負面形象功能上，容或有一股不可忽視的動力和助力。

　　一場名為記者的招待會，由主辦單位理事長黃光顯泊校方院長施約安娜，中正學院董事會秘書長陳義維，及校友總會會長郭樹垣等首長先後致詞，加以司儀黃俊圖學長以幽默不失禮儀的銳利口吻，分成數段詳細介紹，歌王周華健在華語樂壇過去的種種經歷，讓台下觀眾歌迷在近距離，親眼目睹歌王周華健的迷人風采後，對他有更深一層的認識。唯一美中不足者，乃為預留給記者發問的時間大幅縮水，在十多分鐘極為有限的交流時間，僅有一名記者發問，多半時間則由年青學子歌迷紛佔麥克風，提些未臻成熟、無關痛癢但趣味十足的問題。歌王周華健面對這群天真活潑的粉絲，從容自如地隨機應變，有求必「給」的巧妙方式，滿足所有浮出檯面的疑問。

華健歌聲　震撼人心

走入周華健的音樂世界，要追逆於約十四年前，內人在台北一次逛街「瞎拼」時，由她多年的好友亟力推薦周華健等新發行的光碟專輯，當時共買了十多張不同男女歌星的流行歌曲專輯。返菲後，不知內人如何使盡快速「掃描」的功力，一口氣將所有光碟片，篩選尋覓令她心靈「震撼」且可全神融入的歌曲。周華健具磁性柔和，又不乏雄渾圓滑的歌聲，從此便「音」影不離地迴繞於我家的日常生活中，無論在家裏，公司辦公室，抑或在車上，甚至飛機上的隨身聽，被她鎖定跟定的歌曲，幾乎「瘋狂」似的不斷地重複播送千百遍。影響所及，連我家當時才二歲多，正牙牙學語的女兒，偶爾聽聞「讓我歡喜讓我憂」一曲時，也禁不住哼上幾句「……難再續，難再續……」，博得家人開懷大笑，其樂趣實在難以筆墨形容。

婦唱夫隨　不亦樂乎

為此，我可被害慘了，每次在家裡閒閒無事，或上卡拉OK餐廳，內人便會「差遣」我仿唱幾首周華健的歌曲，讓她解悶過癮一番，雖然「仿冒品」的水平遠不如真品的精華完美，然內人亦不知何故樂在其中，久久不能自己。我自此便與〈讓我歡喜讓我憂〉、〈愛相隨〉、〈風雨無阻〉、〈朋友〉、〈我是真的付出我的愛〉、〈孤枕難眠〉、〈明天我要嫁給你啦〉、〈其實不想走〉等等跳躍起伏的優美音符結下不解之緣。從「母唱女隨」

演化提昇至「婦唱夫隨」，其威力無限的能量在不斷擴散，可窺見一斑。

　　去年工商總會主持的耶誕同樂會，為討好一起應邀與會的內人，我自告奮勇上台獻醜一首內人百聽不厭之〈風雨無阻〉。唱畢，吳治平兄在主持「猜歌」比賽單元娛賓時，臨時當眾宣佈由峻榮兄主持的中正七七級友會將於三月份，聘請紅遍兩岸三地華語巨星周華健來菲演唱，台下觀眾似乎沒啥反應，我便走進峻榮兄面前，難掩興奮地告訴他，我將是第一位響應購票的歌迷，亦答應撰寫一篇專文，協助宣導。

　　不到一個月，當我在中國洽商時，峻榮兄便手機來電告知，周華健演唱會已成定局，要我支持捧場。我毫無猶豫地認購十一張共菲幣陸萬伍仟元的票券，擬屆時全家總動員赴會，盡情暢游在華健動力向前〈心的方向〉（歌名）中的激情聲海裏。

華健二〇　　高潮迭起

　　周華健平時的一些公、私動態訊息，經報章電視的不時追蹤報導，我都從未放過任何蛛絲馬跡，因而對他育有一子一女，在台演唱會母親老婆會相隨打氣的美滿家庭生活有所了解；台大畢業出道廿年來，二百五十多場的國內外趕場作秀點滴；台北新生代歌手任賢齊，黃品源去年在北京人民大會堂舉行演唱會，歌王以「黑衣人」不速怪客，捧著兩束鮮花衝上舞台背對觀眾「鬧場」，此戲碼成功地驚動兩位歌手，保安人員及全場觀眾，一時傳為佳話；在中國浙江寧波演出到一半因下大雨，雨水滴爆燈泡停電，而無預警嚇壞歌迷的情節……；演唱時〈健忘〉（歌名）

歌詞有名的歌王周華健，要配備多台提詞機伴唱，以免忘詞漏詞的尷尬畫面，呈現觀眾眼前。

周華健是第一位受邀到汶萊表演的華語歌手，在保守民風地帶演出，他臨場索性將〈朋友〉一曲歌詞中的〈一生情，一杯酒〉改為〈一生情，一杯茶〉，以避開政府人員的盤查而無奈在台上苦笑詮釋……；去年在台大體育館舉行慶祝演唱生涯二十週年之「華健二〇世界巡迴演唱會」，一口氣獻唱五十多首歌，連代言商業品牌的廣告歌曲亦通通亮相曝光，全程歷時四個半小時，還因逾時被罰鉅款，但為回饋感恩一路相挺的歌迷群而在所不惜；在馬來西亞演唱會，在後台聽賞門生陳綺貞自彈自唱歌王的成名曲〈寂寞的眼〉後，而對音樂生涯規劃的新方向，有所體悟感觸……限量發行一萬張的《飛越迷霧》專輯……直至演藝事業外經營粵式餐廳，曾一度應邀上中視「綜藝大哥大」節目，對烹調擅長的蛋料理大展身手，從荷包蛋至蛋炒飯的特殊手藝，讓節目主持人張菲，看了傻眼而讚嘆不已。

內人選歌　幾近挑剔

內人對音樂的選擇及欣賞（談不上鑑評）向來有獨到見解，可說幾近挑剔。所鍾愛的歌手，屈指算來，寥寥無幾。西洋歌曲方面，她從小學四年級便開始陶醉在美國名歌星 BARRY MANILOW的寬廣音域，八〇年代的ANDREA BOCELLI，以至九〇年代竄紅全球的年青歌手JOSH GROBAN的經典及現代情歌，全都變成我家大小的最愛。至於華語歌曲，除早期的鄧麗君，費玉清外，周華健更是她十多年來唯一無人可取代的歌星偶像。

　　去年在廣州偶然發現，台北新生歌手光良的〈童話〉名曲，獲選為大陸家戶喻曉，收視率攀高的國語電視連續劇《浴火鳳凰》選作主題曲，在廣州停留的四天，因〈童話〉一曲深深吸引內人，而我倆每天必按時回酒店，觀賞其劇情並聆賞別具一格的〈童話〉曲目。據她當時轉錄在IPOD重複「品味」後的淺意識直覺，該曲韻味風格近似周華健，亦令她愛不釋「機」，我未予多評。光良這支〈童話〉名曲，便又靜悄悄地溜進我們全家的聲樂空間。

　　詎料，在一次新聞報導中得知，光良公開向媒體披露，周華健是他音樂路上的啟蒙老師。驀然回首內人在廣州對〈童話〉的小評，霎時才恍然大悟，內人心靈深處，對周華健的充分「體認」，不知是否早已臻爐火純青的境界？或許因為光良深受周華健的影響，名師出高徒，〈童話〉傑作容或可喻為周華健的另一副產品，似亦可解讀為一個意外且驚喜的收穫吧！

提攜後進　　收穫豐碩

　　周華健過去「展開翅膀」（〈童話〉歌中用詞，有細心守護之意）提攜栽培，在兩岸三地歌壇，嶄露頭角的諸後進晚輩歌手，除光良品冠外，尚有陳綺貞、梁靜茹、五月天、黃韻玲等。這群伴隨周華健歌聲快樂成長的年青藝人，在成名後不吝公開推崇感念周華健賜予的恩澤，對于周華健的演唱會等活動，更義無反顧地主動參與相助。由此可知，周華健在台北歌壇，早已奠定其無遠弗屆的影響力。

　　周華健不愧被台灣影視圈譽為一代國民歌王，亦是世界華人歌壇的驕傲！

兩岸合作　共締佳績

在中正學院召開的記者招待會，我本想以一介業餘報人，或文藝界搖筆桿者的身份提出一個問題，因宥于時間而作罷，崀此順便提及，企盼歌王日後若有機會，惠予指教，以釋諸疑。

盱衡兩岸歌壇過去十年來快速演進，現今趨勢及未來走向，倘若撇開敏感無聊的意識型態，及錯綜複雜的政治思維，台北從七十年代興起的校園民歌，以至現今成千上萬支的抒情歌，從歌詞的創作，旋律的譜寫，無論內涵，意境等所演譯之真，善，美，數十年來令全球華人所熱衷喜愛，且歷久不衰。

英國《金融時報》曾在藝評版頭條以「諸神的狂風吹動台灣」大篇幅報導，特別點名台灣培養的歌手，令人驚艷。我們身為炎黃子孫，何嘗不希望兩岸同文同種兄弟，同心協力合作，在國際歌壇締造佳績，而獨占鰲頭，光耀華夏。因此，令我深感好奇，大陸歌壇現今還缺少什麼音樂「元素」，以便及早追趕台灣日益成熟的創作水平？大陸歌手今後應朝著什麼方向努力，自我提昇改造？

朋友旋風　宣揚文化

周華健膾炙人口的〈朋友〉一曲，去年在本國最大的二號電視台舉行之「PINOY BIG BROTHER」徵選全國男女青年新科演藝人員競賽，在集中營琢磨「奮鬥」四十多日，面對十八般武藝的層層挑戰，脫穎而出的華裔KIM小姐，進入總決賽時，因面對

全國觀眾，以字正腔圓的華語清唱「朋友」一曲，獨領風騷，引發側目。加上其全身散發的獨特魅力而榮登首獎寶座。

華裔KIM小姐成為菲律賓青少年人人追逐的影星偶像後，〈朋友〉一曲亦隨之水漲船高，一炮走紅，紅透了半邊天，坊間腦筋動得快的商人，逕自翻譯成英、菲語版大力推銷，業績不凡。

唯一遺憾的，可能是這夥非法的盜版商，未經周華健許可授權，擅自製作販售，讓歌王平白損失一筆為數可觀的版權稅收入，這一點希望歌王不要介意，由此渠道湧入菲律賓主流媒體及社會，大肆傳頌〈朋友〉一曲，不用多費力氣，輕易達致宣揚中華文化的宏大效果，功德可謂無量也！

最真的夢　如期實現

「愛相隨」慈善音樂晚會「風雨無阻」地如期在PICC登場，誠如歌王周華健事先已在記者招待會上拍胸脯再三保證，一定有非常精彩的好戲上演，呈獻熱情擁抱他的粉絲歌迷。請大家不妨耳語口傳相報大家的〈朋友〉，務必掌握〈最真的夢〉（歌名，大家可曾想到，傾聽華健演唱的夢想已經成真）〈因為我在乎〉（歌名，歌王因為確實在乎此一意義深遠的慈善活動）〈我是真的付出我的愛〉（歌名，歌王對菲律賓此行所付出的真愛）等所連結而成的心血結晶。一場千載難逢的音樂饗宴，難道不值得我們暫且放下〈忙與盲〉（歌名），向〈忘憂草〉（歌名）看齊，輕鬆愉快地洗耳恭聽嗎？

馳騁商場，圓掏金之夢
——華文帶來的無窮商機

群英會集

「眾裏尋他千百度，驀然回首，那人卻在燈火闌珊處。」（辛棄疾《青玉案》）歷盡千辛萬苦，最終美夢成真，這是何等的喜悅。

面對一群來自菲律賓中北呂宋島五大城市及馬尼拉大都會的新生代華人族群，我恨不得快速將儲存在自身腦袋晶片中的所有經商訣竅，毫無保留地藉由空氣中的隱形藍牙電波，統統傳真給每個看似飢渴枯萎，有待雨露滋潤的幼嫩心靈，讓他們早日馳騁商場，功成名就。

這夥為數約兩百名的未來主人翁，正滿懷喜悅地聚集在馬尼拉市以北，約九十分鐘車程的仙彬蘭洛市。他們個個容光煥發，精神抖擻，以具體有力的行動，將每一座城市的特殊團隊形象，在大會展露得淋漓盡緻。他們更以堅定不移的高昂士氣，一步一腳印地堆積起已逢八載的「海華運動會」精神堡壘的每一塊磚、每一片瓦。

我與內子因忠實服膺「親子」時尚信仰，放下身邊永無止境的煩人瑣事，毅然陪伴四個小精靈啟程北上，遠征異域，親近鄉

土風情，全家大小齊心攜手，同步踏足此一讓青少年全方位洗滌
心靈，且磨練體魄，想必饒富趣味的「戰鬥」營。

不知何故，首次參與的感覺五味雜陳，難以言喻。年齡約
十歲至十八歲的青少年，不因年齡的差距，認知的落差而有所迴
異。大夥兒彷彿不亦樂乎其中，不分彼此地緊密融合一起，只為
以甜美的笑聲，及熱騰的汗水，共同譜寫別具一格的歷史篇章。

因緣際會

為讓這群即將肩負傳承中華文化的青少年精英，多多吸取
華文世界的滋潤養分，我因緣際會，責無旁貸，毫不猶豫地接
受邀約，上台為他們面授機宜，不由自主地成為他們心靈迴盪
的共同體。

為讓他們更樂於開口說華語，我豈可再搬出枯燥乏味的八
股式思維，在不及二小時的準備時間裏，遂削尖腦袋，並結合嘴
巴及手腳聯袂登台演出，以生動活潑的引導及互動方式，猶如端
出碗碗口感別緻的心靈雞湯，從企業盛行的藍海策略靈思中，挖
出追逐淘金夢一例切入，從從容容誘導他們展開雙臂擁抱華文世
界，在潛移默化中，接受了「魅力華語」的熱情感召。

「你們是否誠心承認你們都是黑眼睛、黑頭髮、黃皮膚，龍
的傳人？」

「你們可曾認真反思，你們與生具有的，且深埋在血液中，
澎湃流動着，具五千年悠久歷史的中華文化基因，是舉世公認最
優秀的品種，亦是炎黃子孫世世代代，引以自豪，彌足珍貴的文
化遺產？」

「你們可曾聽聞現今中國有世界工廠的美譽，也是廿一世紀全球經貿及金融的重要樞紐？」

「如果以上的答案通通是肯定的，加上你們在今後的生涯規劃中，倘若實在擺脫不了用心追逐的淘金夢，而欲踏入競爭激烈的商海之旅，提昇華語能力便是唯一迫不及待的睿智選項！

環境不變

從慷慨分享自己因擁有華文說寫優勢，而在創業過程中，奔馳在兩岸三地所取得無限商機的真實故事自我推銷，進而編織廿一世紀，全球華商雄才大展網絡的走向及榮景。

兩百張熾熱的臉容，藉由四百顆烏溜溜、炯炯有神的眼珠凝視著我，好像有意掃描攝取我正激盪滾動的腦波似的。我知道，我傳遞的訊息已然開始穿越打動他們的心扉。

這群似懂非懂的聽眾朋友，果然出乎我意料地自始至終全神貫注地聆聽，台下不時傳出的串串笑聲，說明他們並不如多數大人揮之不去的夢魘，即對他們華文智能的偏低而憂心忡忡。其實他們亦非常在意自身的華文智能，亦曾想過立志學好華語，只是千頭萬緒，從何「說」起？

我發現，我竟然和他們一樣想發出內心深處引發的吶喊。

或許是宏觀大環境使然，他們只能無所選擇，默默無助似的全單照受，同時本能的溶入此一幕幕的現實場景中。

我不太確定他們會怎樣反應，因為不是整個社會都在說，今天的華文學習環境普遍低迷，一年不如一年，一代不如一代嗎？

這群養尊處優，嬌生貫養的e世代，對中華文化冷淡排斥，以致茫然無知嗎？

學校結構待整乎？優良師資乏匱依然無解乎？教材供給不足乎？社會核心價值微妙起伏乎？家長漠然置之乎？環境丕變無常，時不我予乎？學生認同偏差乎？

一籮筐的問題隱約浮出台面，既高深難測，且莫衷一是的緣由，我實在不忍心再怪罪或苛責他們半句。

就台上台下互動時所換回的不少反應聲而言，我的百般顧慮顯然是多餘的，他們約有八成比率完全沒有華語聽力的障礙，但為了成全滿足另外兩成學員的求知慾，亦為了一網打盡，及時捕捉他們漸已形成的凝聚力，我不得不因時因地因人制宜，巧妙採用華、閩、英、菲四種語言多管齊下，雖然因同一訊息需重覆來回解說有點兒吃力，然而我腦筋霎間閃過的意念，何嘗不是滿心期待在「你我交會」時相互發射的光芒？

儒家精髓

曾經有多次平面及電子媒體的記者或電台主持人，在不同場合，不同慶典採訪過我，主流媒體關心的聚焦，不外乎為華裔身上具備何種特點，致使企業細胞比菲人同胞活躍旺盛？我不假思索說出可能與眾不同的答案：華裔長期接受中華文化的薰陶而塑造成一種特殊的人文氣質。

他們定會發出中華文化有那些特質如此厲害神效？為使他們一「聞」了然，早入狀況，我以淺顯易懂的言辭輔以簡要解說。

儒家思想的孝道、博愛、誠信、勤奮、節儉、謙虛、勤學、開創、堅持信念、擇善固執、刻苦耐勞、回饋社會……等千古流傳的部份美德，滴水不漏地左右影響華裔的日常生活方式至深且鉅。一字一句脫口而出後，這回他們才猶似發現新大陸似的，在驚嘆聲中大開眼界，心服口服之餘，還異口同聲讚揚中華文化淵源流長的精髓結晶。

經驗傳承

我的經驗傳承，可能是他們引頸期待的重點。

於是我努力搜索廿年來一路走過的種種軌跡，現身說法，侃侃而談。

無限感恩先父生前送我赴台北求學的明智抉擇，讓在千島之國土生土長的我，可盡情無憂地陶醉在方塊文字跳躍飛翔的奧妙宇宙間。不管是充實腦袋，形塑人品，增強人際關係，抑或鍛鍊意志，此一果斷步伐，為我鍛造日後在商場馳騁的關鍵利器，更是我此生永無可代的無價之寶。

回首廿年前白手創業初期，因華語強勢，穿梭在台灣北中南地帶尋求商機的路上，總有許多陌生貴人相助相挺，事業逐而漸之平順發光發熱。

再回首十年前赴中國投石問路，同樣是探討商機，面對同文同種的炎黃子孫，他們都會以驚訝無比的眼神與我交談交易。一口對答如流，字正腔圓的華語，加上順暢流利的英語，他們甚且一度誤認我是台商而敬畏三分。

　　坊間許多貿易引發的糾紛，如手工拙劣、數量縮水、材料走調等品質亮出嚴重瑕疵一環，縱使一部份出自不屑劣商因投機枉法所為，然而出自溝通不良而造成憾事者亦比比皆是。例如，友人曾在交易會上鍾情一款產品，因質量超優，價位低廉而萌生一股立即下單成交的衝動。事後才恍然大悟，原來展銷會上的樣品是專為銷往歐美國家而製，一件報價十五美元，友人以不俗的殺價功力喜獲五美元一件定案。奈何因缺乏溝通，使廠家以次級材料報價的本意不為友人所明瞭，友人亦無法將心中的規格質量要求如實轉告廠商，一來一去的思考落差，放手一搏大量進貨的結果，必換回虧損連連的噩夢。

　　此實例在多如牛毛的經貿摩擦事件中，縱使不過是冰山一角，倘若不是語言造成的隔閡，此一令人心煩意亂的不幸故事，至少在中國已逐漸重視品質的年代中應早已消聲匿跡，無所循形！

　　所提及的商務溝通，過程不免圍繞在搜尋貨源、詢價、質量鑒定、銷售合同、貨期排列、售後服務等項目。每一步驟、每一細節、每一要點皆需要細心掛酌，凡雙方同意確認過的要點，皆需以白紙黑字詳加記載，以便爭取自身的最大利惠。尤其是中國正面臨割喉削價的戰國時代，不得不戒慎恐懼也。

語言威力

　　除中國之外，要伴隨「全球化」迷人的旋律起舞者，眼光觸角亦可投射至東南亞各國。鄰邦如越、泰、星、馬、印尼等國掌握經貿大餅的諸成功舵手，哪一位身上未淌流著中華兒女的血液？與他們接觸打打交道，縱使慣用的方言可能一時無法搭上線，但是方塊文字語言一出現，保證將獲得他們意想不到的燦爛笑容回禮。

　　美加幾座大城市，如舊金山、洛城、紐約、溫哥華、多倫多等地，規模較大的華人區域，在每一角落的路上閒逛，所撞見的洋人赫然變成稀有的「外國」人。一眼望去，熙來攘往的人群盡是道地的中華兒女。在如此的時空背景，單槍匹馬穿行在那些陌生大都會的大街小巷裏，還會心生孤寂無聊才怪呢！

　　目前中國的地方經貿呈現超飽和狀態，許多事業有成，蓄意往海外擴充事業版圖；抑或經不起國內激烈挑戰，瀕臨泡沫化，無法生存而另覓它途的企業或個體戶，都有向外發展而形成一股銳不可擋的企業出走外移趨勢。君不見爾來俄羅斯、歐洲、中南美、中東、非洲等國已相繼出現中國人成群結伴，絡繹於途，爭先恐後壓境搶奪地盤的奇聞妙景。

　　一言以蔽之，擁有一口漂亮純美的華語，除可隻身赤手跑遍全中國，全球各地則因漸趨茂盛的「有陽光的地方便有中國人」神奇畫面，而商機蓬蓬勃勃。華語儼然演化為放諸四海皆通的國際語言，身懷優良的華語文能力，確實是當今全球華裔族群，一生享用不盡的活水泉源。

　　語言能力的學習培養過程，誠然是一項艱辛的工程，也難以即時立竿見影。凡走過必留下痕跡，現在起步，往後肯定比眾人略勝一籌。奉勸熱愛華夏文化的青少年朋友們，善握良機，與其心動不如馬上付諸行動，不妨鼓足勇氣主動出擊，大舉向「實現學好華語」的雄偉抱負衝刺。但願這群未來的主人翁或華社明日領袖，來日在多元繽紛的人生舞台上捷足先登，出人頭地，大放光芒，異彩紛呈！

二〇〇七年六月三日完稿

翩翩少年自風華
──分享老二秋彬甜美的微笑

老二秋彬今年中學畢業，五月下旬開始在天主教創辦的私立黎、拉剎大學就讀會計系。記憶所及，他打從中二時，早已立志將來成為一名為人群明察秋毫、申張正義的好律師。原想步他大哥後塵報讀亞典耀大學，奈何該校法律系的預備科系不盡如人意，雖被錄取於企業管理系，然最終選擇就讀黎、拉剎大學的會計系。一心一意追求公共會計師（CPA）的頭銜後，再轉戰亞典耀大學，攻讀法律系，實現他夢寐以求，奮力奪取雙學位的遠大抱負。

略見領導才華

秋彬自幼天資聰穎，才思敏捷，性格外向，動作勤快，平日熱心助人。隱約培育出一股似與生俱來的，以服務代替領導的潛在才能，是他贏得一夥死黨同學親近愛戴的不二法寶。

他十七歲在敝家舉行的八八生日派對（八月八日出生），老師及百餘位男女同學，不惜犧牲晚間補習功課時間，或長途跋涉，或風風火火，成群結隊分批抵宅，為他慶生。老大秋文可就沒有他的本事，記得秋文生日同樂會，僅邀請五十餘位男女同學參加。由此可窺他內向的性情，所形塑的交友「手腕」，比起善於交際的秋彬，略為遜色。

他的另一特質，乃為大人在茶餘飯後所暢談的各項話題，他都會在一旁專注聆聽，事後再向我們提出，他幼嫩心靈所「嗅」出的獨到見解。令人驚訝在他腦袋中奔騰激蕩的思維思路，竟是如此難得的機靈成熟。

自從在中學游泳校隊集訓時，發生驚動全校師生的人為意外事件，在鬼門關前「虛晃」徘徊一趟後，他的性情三百六十度大幅轉變，人生態度更是積極向上，待人處事更加熱情老練，猶如脫胎換骨似的，令人欣慰。平日他在兄弟妹們面前，常不經意扮演一副老大的架勢，言談舉止皆令他們折服順從。

願為同學辯護

有一次班上同學考試時，因不堪應付單日多項考試的負荷，不知何來的「靈感」，竟膽敢嘗試作弊，因首次「犯案」，技術拙劣，尚未完工，不幸被老師當場逮獲，送往輔導處的結果，可想而知，是捧回品性「C」級當「祭品」。

當時年僅十六的秋彬，不知那來的膽量，竟毫不畏懼地，自告奮勇，為身陷窘境的同學向老師求情。他所依據的理由，不外乎首次犯錯的優等生，怎不給予一次改過自新的機會？殊不知倘被貼上「C」標籤的學生，在校內定會遭受到同儕及老師們「另眼」相待的莫名厄運。在一個充滿憧憬少年的成長旅程中，此種怪異待遇，將會連帶衍生何種負面效應，實在令人不敢想像。

彬兒懵懵然的一堆半生不熟的「辯詞」，班導師洗耳恭聽後，亦不敢怠忽輕視。老師亦深信此案確實另有商榷的空間，因

而建請輔導處網開一面，讓在考場上一時不慎誤踩地雷的好學生，有申請覆審、再從寬議處的機會。

「開庭」當日，「被告」同學在家長缺席的情況下，原只應邀「列席」旁聽的彬兒，見到同學無助的眼神，機警地舉手發言。在徵得輔導員的「開恩」認可，他義無反顧挺身為被告同學「申辯」。一場唇槍舌劍的結果，縱使學校尚未建制印發一本列明獎懲條例等校規的學生手冊，供學生服從遵守，然而在人治重于法治的現實校園裏，果然不出所料，以乾坤難扭的慘敗「業績」收局。學校的紀律再嚴明，亦不容錯估學生心理的激盪反應，而學生得到一次代價不菲的嚴厲教訓後，無可迴避地學乖，俯首認錯。彬兒在盡綿薄心力之餘，略抱遺憾地接受此「判決」的嚴酷事實。

令秋彬引以為豪的，莫過於學法出身的學校輔導員，對他主動協助同學之義舉表示肯定外，亦稱讚他過人的膽識。只因為在他輔導學生多年的生涯中，從未見過一位中三學生，有板有眼、有模有樣地為同學的權益辯護，並決心為其申張意志的案例。秋彬儼然是學校裏的首位在校學生「小律師」，值得師生讚揚鼓勵。

猶記得「開庭」前夕，他晚飯後在徵詢我的意見時，我原不要他多管吃力不討好的閒事。奈何看他熱情十足的眼神，加上斬釘截鐵，勢在必行的手勢，我只能勸他以謙卑的語調，盡情說出自己發自內心的觀點及感受，「判決」結果無論如何都要虛心接納，萬萬不可有狡辯失禮的行為。他若有所思地頷首示意，一場彌足珍貴的課外「社會」教育，就這樣自然平和地上演著。

隔晚我倆再談起此事，他神情愉悅敘述當日的情形，再亦察覺不出他有絲毫不平的意識。讓我與內人連日來「積蓄」的壓力，一時舒解不少，長歎一口氣後，心中想著：讓他單槍匹馬去見識磨煉一番又何妨？

發揮電子長才

秋彬另一特點，是對諸多e電子用品的嫻熟使用，且無一不精。平日學校的課內外功課（俗稱project），他都搬出家裏的筆記型電腦，電子投影器，數碼錄像機，液晶電視機，印表機等，不管是採訪人物，影音簡報，網上資訊匯整，他都會邀約同學來家裏分工合作，熱鬧相陪完成老師交付的作業。

有一次我剛好提早下班回家，看到他們一夥人正專心致志地投入工作。霎時，有位同學在桌上型電腦操作時不慎按錯鍵而出現當機似的問題，電腦一時動彈不得。眼見許多得來不易而即將完成的心血結晶，可能瀕臨付諸一「當」而陷入膠著的危機。在與時間拼命賽跑的關鍵時刻，大家猶如爆破的輪胎般灰心洩氣，一片唉聲嘆氣之餘，一股沉重的氣壓頓時籠罩周邊。對電子產品一竅不通的我，雖身歷其境亦束手無策，只能口中溜出幾句不知稱得上「安慰」的語句應景外，並催促他們稍事休息、用餐後再商議「解碼」之計。

經過一番苦思冥想，彬兒臨「危」不亂的鎮定神情，加上鍥而不捨的行事風格，讓他機警地在短時間內找出一絲生機。幾台電腦的交叉換點後，加上十隻手指在按鍵上飛躍式地來回跳動，所有「寶貝」資料在螢幕上再度完整亮相，失而復得的

雀躍表情，在一群稚童臉蛋兒上演詮釋，令人看了頗有愛惜及不捨的感慨。

喜獲模範獎章

秋彬中四畢業典禮上，崇德學校特頒贈唯一的「天主教價值模範獎」（Model of ChristianValues）予他，讓我與內人由彬兒陪同，再次心曠神怡地沐浴在臺上，接受眾人掌聲喝采的喜悅時刻。此景此情，天下父母心，若說此時此刻內心不沸騰，確是萬不可能。

感恩學校及師長，十三年來的細心栽培及呵護，讓彬兒不僅圓滿達成以天主教教義為中心主軸的完整學業，形成嚴謹篤實的學風，得以成功塑造一個身心健全，德智兼備的資優青年。我們欣喜，我們感恩，我們更滿心期待，期待彬兒往後在追逐夢想的道路上，能再接再厲，勇往直前，為自己打造一個更璀璨，更亮麗的大未來。

我們參與接受表揚的場地何止在學校的畢業典禮上，連在香格里拉大酒店登場的畢業餐會，亦因彬兒被當選「母校先生」，與「母校小姐」一起被安排就座於主席臺正中央，兩位孩子的兩對父母亦被高規格禮遇，應邀與校長等師長列坐于主席臺，奉為貴賓侍候。

眼前穿著燕尾禮服，神采飛揚地陪同「母校小姐」進場，以至走上舞臺中央翩翩起舞等的瞬間，彬兒從從容容的一舉一動，一顰一笑，皆一絲不苟，一揮而就。此一媲美童話故事裏神秘互動的幸福畫面，霎時映入眼簾，不免讓我有股彬兒猶似在迎取新

娘的錯亂迷思。這對年僅十八歲的青年俊才搭檔，有模有樣地讓眾老師，同學等推捧為小王子、小公主般簇擁的大排場，豈可草率與談論婚嫁相提並論？該是我這已逐漸褪色的想像力，譜就的一支走調的奇幻異想曲吧！若被內人知曉，不被瞪眼奚落調侃一番才怪呢！

少年博大胸懷

走筆至此，新買的索尼11吋筆電不知何故「打烊」休息。我發出求救訊號後，全都熟稔電腦鍵盤語言的四個小精靈，正全神貫注地，陪著內人圍坐在主臥室一起觀賞影片，劇情正進入跌宕起伏的片刻，唯有老二不為所惑地主動走近桌旁為我支援打氣，並設法讓一度偷懶曠工的筆電甦醒，接受指令繼續運轉。

猶記得兩年前我開始啟用蒙恬手寫板，在電腦塗鴉筆耕時，彬兒便是我的電腦老師。我在電腦寬廣的網際領域，逍遙馳騁中不管碰到任何狀況，彬兒總是第一位現身伸出援手的救星，讓我順心順意「築」完每一篇方塊小文。而每次跟他道謝時，他總不忘報以甜蜜的微笑相視。

今年上大一前的暑假，彬兒報名學習開車課程，在十天的理論及路況實戰研習後，他信心十足地偶爾由司機陪伴駕駛小車至學校上課，一切還蠻順利。豈知有一次老大秋文開車上學，他等不到另一部車接駁，竟放膽嘗試啟動我們新買的豐田九人座的大麵包車上路。行走在小巷窄路，因車型龐大，又因新手操盤實不易準確掌握路距，突然撞到一位游走在馬路上販賣豆花的小販，幸好無大礙，只是一碗甜湯全部溢出作廢。

　　他在電話中不急不徐地與我詳述事件的過程，並請我差人送七百元過去支援，因為小販表示他甜水泡湯，如再趕回工廠補料，整桶豆花恐無法於當日全部售罄。

　　事後，經司機轉述，只為一點點的甜湯，豈有承擔支付整桶豆花成本的道理？原本可與小販議價降低賠償金額，當司機正在為彬兒據理力爭討回公道時，彬兒氣定神閒地打斷他的「談判」言詞，毫不猶豫地，及時同意付給小販要求的七百元收場。

　　因為他當時心中浮現的意念是：感恩未有任何人車擦傷的意外發生，同時考慮小販的微薄生計而不忍心再與之計較。似此悲天憫人的寬容情懷，作為父母的何嘗不為之動容而感恩再三？

　　　　　完稿於二〇〇八年八月十日美國舊金山

當夢想之翼即將展開……
——寫在吾兒秋文赴日遊學前

誕生於一九八八年龍年中秋節的老大秋文，周歲前體弱多病，我與內人三天兩頭往返各診所求醫，舉凡中醫，西醫，神醫，祖傳偏方等，一有貴人好心指點，我們絕不錯失任何就醫的機會，只期他的咳嗽發燒宿疾從此絕跡。

當時可害苦了內人，她每到晚間便要繃緊神經，不敢熟睡，藉由鬧鐘每兩小時的叫床查勤，不然，稍不留意，秋文幼小身軀的體溫可是往往臨近三更半夜，便會毫無預警地發飆到四十度而令人心驚膽戰，手足無措。

所幸兩歲後，在誼父朱國榮引介下，認識到王芳成中醫師，經由他的細心把脈，對症下藥，固疾不久即漸漸逃逸無蹤。

性情內向乖巧

秋文小時候性情內向，乖巧聽話，每逢他有抗命調皮的行為出現時，只要聽到我一吭聲，或臉色稍變，他便機靈地收斂順從。說亦奇怪，他察言觀色的本領當時便可以發揮得淋漓盡致，令人疼惜。

五歲要報考崇德學校幼稚園時，由於他的害羞性格，好說歹說就是不肯單獨與老師進教室面試，眼看其他孩子一個個天真活

潑地，與老師有說有笑地被帶進帶出，而我家的小孩怎會如此不爭氣，令我擔心因招生名額有限，恐怕就此不得其門而入，心急如焚。幾次排定的面試皆無功而返，感恩蔡主任羅莎及蘇主任梅珍的從中斡旋，多給我們幾次面試的機會，皇天不負苦心人，經過幾次的現身校園，秋文對環境亦漸漸熟悉親切，終於卸下心理的重重「障礙」。最後一趟的「約會」，相信與老師必有良好互動後，而幸運被錄取。

形塑好學口碑

從此以後，他便開始在崇德學校戰戰兢兢的求學生涯。自幼聰敏好學的他，功課方面從不用父母操心，偶爾傳來他在班上獲得第二或第三名次，我們雖然適時給予加油鼓勵，但絕不施予任何形式的壓力，給他自由發揮的足夠空間。君不見他每天早上準時五時起床，六時準時出門，約六時半抵達學校。下午四時放學後，便去督課老師家報到補習及做功課，晚間七八時才能回家休息。若遇到期考，可要拖到深夜十一時才能到家，一日活潑忙碌的生活節奏於焉劃下句點。

我曾探詢他為何如此早起，何曾料得他小小年紀便通曉學校周邊地形，深知利害，（遲到可難逃被老師「通令」罰站的「厄運」）頭頭是道地對我分析云：學校臨近總統府，周遭道路狹窄又層層防備管治，六時半以後兩三條通路的交通，因車流量爆增而嚴重阻塞。錯開高峰期，儘早在六時半以前到校實為上策。

我很佩服崇德學校管訓學生的「魔力」，這套已沿用廿幾年，不知是否成文的規則準繩，雖有部份已趕不上時代而需調整

升級，但總的來說，保守學風在電子資訊混亂的年代，還是有它值得重視及推行的一面。幼童從小循規蹈矩接受此等嚴謹訓練，對身心發育未嘗不是件好事。

秋文平日的休閒活動，除練習鋼琴，參加學校游泳隊外，我們還會帶他四處旅行。他上小學二年級時我帶他及小他二歲的老二秋彬去臺北，一次在友人的飯局中，朋友考驗他幾個漢字，他都輕而易舉地當場揮筆，端正的筆跡令友人驚奇又驚喜，嘖嘖讚歎，感慨菲律賓華文的幼教紮根工作，誠不亞於臺北的學校。

也是電腦鬼才的秋文，時常浸泡電腦世界，有時確實在查找資料，做功課，趕報告，但線上遊戲的詭計多如牛毛，只要他自律自覺，我亦不時切切提醒，希望他勿忘曾經滿懷壯志描繪的那幅遠景美夢。

奮力泳往直前

提及游泳，依他膽小畏事的特徵，在一次海灘不小心跌跌撞撞，飲到海水後自此再也不敢碰水，一般六、七歲的孩童不管怎樣總是喜歡嬉水泡水的，只有秋文對水的恐懼反應異乎尋常。當時我們得花費九牛二虎之力，經由教練苦心，耐心加愛心地勸導，他才放心又投回水的懷抱裏遊玩，就這樣開始他游泳的專業訓練。有了此一基礎，在學校組成游泳校隊時，他同三位弟妹一併被選入圍，為校效勞。

往後的游泳生涯，他因以課業為重而在游泳領域並無締造傲人的成績，但對我而言，能晉入校隊接受嚴格集訓，並代表學校對外參加各項泳賽，及擁有一副身心健康的體魄，已足夠我感恩激動

了。尤其是他的蝶式風姿，因小有成就所獲得的口碑，更令我欣慰不已，之前為他辛苦重建游泳信心，所投入的心血終究沒有白費。

　　當他為學校奪得第一面金牌時，上臺領獎後走下往我貼近時，他深邃明亮的眼眸閃爍著猶似男子漢的光芒，我正癡傻的剎那間，他的手伸了過來，我用暖暖的大手握住他的小手，再望著他略顯青澀的笑容，內心有說不出的喜悅和感動。此時此刻，心情起伏之大，難以言喻。這段段過往的甜美親子互動畫面，至今記憶猶新。

彈琴討我歡心

　　他熱衷彈奏鋼琴，可從他週末晚間，隨心所欲的自發性抽空彈練可窺知端倪。他知道我喜歡古典音樂，便會在我晚飯後彈起JOSH GROBAN的幾首成名曲，看他優游自得地陶醉在跳躍的五線譜音符中，我與內人不由自主地滯留在客廳，輕靠著沙發，聆賞得好過癮，好開心。

　　他平日對陌生人不善言詞，但在家裏每逢心血來潮時，對我們就有一堆說不完的話，偶爾還會添加一些笑料，有時我及內人會為了一段笑話而笑彎了腰，歡樂的HIGH氣氛像花朵，綻放在每個人的臉上。這副上氣難接下氣地捧腹瘋笑的畫面，呈現在他眼前，他猶感神氣十足。因為他認為，我與內人每日的工作壓力大，難得有機會讓我們如此開懷大笑，舒解壓力。對此，他可有股兒成就感喔！

　　轉眼間，秋文即將告別課業繁重，但不失生機活力的四年中學旅程。畢業典禮前，他的鋼琴啟蒙老師柯美琪因深知他的

鋼琴才華，足可擔綱畢業典禮進行曲的鋼琴演奏者，在建議學校當局前徵詢我的意見，我直截了當告訴柯老師，只要她認為秋文可以勝任，我豈能錯失讓秋文在離開學校前，上臺亮相的良機？內人更是喜出望外，樂觀其成。奈何秋文獲悉後，堅決不買柯老師的帳。傳回的正面理由是他要埋首拼書，作最後的衝刺，以應付攸關學期總成績高低的期末考試，哪來的閒情逸致練習鋼琴？實際上，直覺提醒我，是他覷睚的性情又在作祟吧！

報考熱門科系

報考大學的準備工作，他一共考上了五家知名大學，之所以會選擇亞典耀大學的管理工程系（Management Engineering），緣自于他二舅的極力推銷。原來此一將企業管理系及工業工程系兩科系相結合的e時代新科系，錄取機率僅百分之二，在全國各地較勁爭取的一萬二千名莘莘學子中，僅有二百四十名幸運兒入圍，而四年後僅有約一半之學生得以順利過關，夢想成真。可想而知其淘汰率之高，競爭力之強。難怪該系學生畢業前，皆被國內外大型企業爭先恐後高薪聘用，前程似錦，無疑是當今最吃香的科系之一。

我與內人陪他參加亞典耀大學吳奕輝管理學院的新生講解會，得知學校每學期的基本分數門檻後，我對秋文曉以大義，再三告誡，要他用心讀完此一得來不易的科系，他默不作聲，敏銳犀利，又不失自信的眼神卻彷彿在傳達，他將全力以赴，絕不辜負我們對他寄以厚望的強烈訊息。

學習日本精神

第六個學期即將結束前，他有一天遞來學校為他們安排的國外遊學計畫（JTA），學生可依興趣，自由選擇赴美，歐，日，中國，新加波等地作為期五個月的遊學計畫，所得學分雖僅部份納入正規學系，但基於認同趁早培養學子的國際觀，及建立國際綱絡等理念，縱使全部費用需由學生全額買單，諸多家長亦皆樂於支持，共襄盛舉。此一遊學計畫實行以來，由於學生年年獲取的豐碩成果，有目共睹，已然被學校規定為每年重點實施的課程。

秋文起初因學、宿、遊等費用龐大，有點兒捨不得，況且尚待成績放榜後才可知是否有望入選（據悉，成績未達學校規定的最低標準者，將無緣參與），而一度不想多談此事。俟學期成績揭曉，他才興高采烈地向我報佳音，還興致勃勃地表示如有機會，想與同學一道去歐洲，領略巴黎的風土人情。經我再三開導，他有如醍醐灌頂，體悟我要他選擇日本之道。何況依日本的高水平消費，赴日的開銷絕不亞于歐美等地。

學習日本的文化沿革，生活習俗可直接切入日本企業精神所涵蓋的核心價值。此種價值觀正是當今全球企業競爭力的主要根基，是e時代企業家應俱備的「秘笈」能量。秋文曾經修過日語課程，因緣際會，如今豈可錯失此一千載難逢的機緣？

激情之餘，腦海中浮起父親生前對日本的特殊印象，他時常提及日本普獲世界公認一級棒的企業精神，對日本人有股既嚮往，又怕難以高攀的微妙情愫，如今他最疼愛的長孫秋文即將赴日遊學取經，泉下有知的父親必同樣含笑倍感安慰矣！

　　秋文於九月十一日動身，與十六位男女同學赴日本千葉縣城西國際大學報到，展開為期五個月的遊學旅程。臨行前三周，他每天倒數計日，言談間難掩既興奮又緊張的矛盾心情。他曾在我與內人出國時帶弟妹們逛商場，看電影，上餐廳。最近因學校已停課，他每日會陪我倆至公司上班，或幫忙處理一些文檔，或代勞核查審計部門的資料等，他有意無意間流露出想多接近我們的神情。連日來，我們一家六口，猶似多了親子間零距離的親暱，也多了手足間的友愛互動。首次即將離家這麼久的不捨情懷，溢於言表。

　　這是我在忙忙碌碌的商務旅程途中，撥冗點滴編串寫就，源自心田的小文，文中有我昨夜來訪的美夢。但願秋文繼續他從小就喜歡的旅程，其「運行」軌跡與我童年何其相似，即從不放過在月光浩潔的星夜追逐築夢的流星。企盼秋文勤於點燃夢想，勇於實現夢想，邁入一片美麗而遼闊的人生。

　　　　　　　二〇〇八年九月十四日泉州悅華酒店

歌聲飛揚，華語流暢
──觀賞崇德華語歌曲比賽，有感 於華文教育的墜落

需求中華文化

二〇〇八年二月十六日，由愛心文教基金會主催，名舞蹈歌唱老師傅秀瓊編導，在自由大廈中正堂舉行一場「老歌欣賞晚會」，聽眾雲集，場內座無虛席。後去的人踮腳翹望，遲到的人則無立足之地，悔之晚矣，只好悻悻而去。

論藝術欣賞，中國民歌只是音樂海洋中的一朵浪花，還有更多高雅的作品，如交響樂，貝多芬交響曲全球二十四小時播放，倍受推崇，百聽不厭。還有流行的迪斯科，熱烈刺激，讓人神魂顛倒。然而為什麼有如此眾多的華人偏偏對華語老歌情有獨鐘？這只能說明華人社會渴求吸取中華文化養份的動力，至今從未曾放緩「減速」，反而有與日俱增的「追趕」趨勢。

中菲關係，淵源流長，其歷史軌跡，有實物為證者，可以上溯至唐代，但華僑來菲登陸定居者，是在明初鄭和南航前後。鄭和首次率艦隊出航是在永樂三年，即一四〇五年。以此推斷，華人在菲律賓定居大約有六百年了。事實上，菲律賓華人、華僑已經在菲律賓形成了一個經濟實力雄厚，文化傳統獨特的社會群

體。菲律賓華人社會在中華文化傳承方面，也做出了堅忍不拔的努力，而且取得了輝煌卓越的成果。在早些時候，通過堅持不懈的努力奮爭，甚至經過血與淚的戰鬥洗禮，中華文化在菲律賓華人社會得到了較好的繼承和發揚。

無論是世代移居異國他鄉的老華僑，抑或是新近落腳的新移民，不分政治派別、思想見解、姓氏宗親、行業團體、性別年齡，菲律賓的華人、華僑，勿庸置疑，都有一顆赤誠的中國心，始終保持著強烈的中華民族意識。他們熱愛自己的民族，為自己是中華民族的一員感到自豪；他們熱愛自己的祖籍國，為中國的繁榮富強感到驕傲。

近些年來，由於種種恰似無可抗拒，又無力挽回的沉倫原因，傳承的勢頭明顯減弱，但對中華文化的需求依然存在，尤其是老一代華人仍然保持著一顆熱切渴望的心。為此，很多仁人志士正在呼籲，正在繼續努力，並且取得了顯著的成果。時常舉辦華語歌唱比賽就是多項活動中的重要一項。

華語歌唱比賽

二〇〇八年二月十八日，天主教崇德學校舉辦「中學部華語歌曲比賽」。女兒秋忻參加比賽，雖然落榜，自己直覺努力不夠，所以不氣餒也不灰心。我們都鼓勵她多下功夫，勤苦練習，爭取下次取得更好的成績。

我四個子女當中，女兒秋忻性情活潑外向，平日喜歡聽華語歌曲。我每逢出國常給她買一些流行歌曲的光碟，她會拷錄在她的IPOD隨身聽。

在崇德學校柯主任巧麗的苦心經營下，從去年開始就鼓勵多位未有上臺參加比賽的新手嘗試與賽，尤其是中四畢業生，讓他們在離校之前，有一次難得上臺演唱華語歌曲的機會，在他們的成長過程中必留下深刻回憶。

柯主任今年再次出擊，開華校風氣之先，首次邀請一些歌唱造詣不深的學生組隊參加比賽，在對唱組大顯身手。他們有的音色未臻成熟，有的差強人意，但勇氣十足，臺風極佳，載歌載舞，頗有看頭。尤其演唱台灣八十年代校園民歌〈三月裏的小雨〉一曲，由一隊男女學生對唱，成績不俗，榮登冠軍寶座。

回顧崇德學校中小學歷屆歌唱比賽的優勝者，清一色皆為經常參加僑社各種歌唱比賽的得獎者，演藝精湛，無懈可擊。假以時日，將成為華社歌壇的新力軍。

如何鼓勵畢業生在校外繼續從事與華語歌唱有關的活動，是當務之急。

發覺小學組參賽者多，中學組的人數相對稀少。是中學的教師疏於鼓勵輔導，抑或中學功課壓力大所造成，應該檢討。

猶記得女兒參加兩次校內比賽，一次校外比賽，皆無校內老師積極指導，幸蒙恩師莊麗桑師推薦華社優秀音樂家吳心慈老師。在吳老師極為有限的時間內調教，從選歌、動作、排練以至親自出席當日比賽為止，都無怨無悔，全程全力配合，悉心灌溉。其熱情執着溢於言表，我與內人感恩萬分。

經常展開華語歌唱比賽有助於華校的華語教學。華語歌唱比賽不僅應在校內舉行，而且還應在校外舉行。因此，呼籲各界繼續提倡、支持和協肋大專生或社會青年，參加與華語歌唱有關的各項活動。

華文教育堪慮

從參加華語歌唱活動的人數和演唱水平來看，參加的人數極其有限，演唱水平還有待提升。由此可看出，華校的華語教學水準還未從下滑中挽救出來。華文報紙上常有文章討論菲律賓華文教育的問題，筆者也甚為擔憂。

華校令人擔憂的問題很多，最使人擔憂的是，華校的華人學生嚴重低於華人的人口比例。這說明華人的教育普及率，或華族母語的普及率遠不如菲律賓的平均水平。二〇〇〇年，菲律賓進行了人口統計，公佈菲律賓華人的數量為九百八十萬，佔全國人口總數的百分之十一點五。顯然，統計把華菲混血兒包括進去了。倘若排除所有的華菲混血兒，只限于純華人血統，無論是官方還是民間，都認同在菲律賓大約有一百六十萬華人，佔全國人口總數的百分之二。考慮到新僑的大量湧入，這一數字是保守的，只少不多。

目前菲律賓在校的中、小學生有兩千萬，按華人佔全國人口總數百分之二的比例來計算，華人中、小學生應該有四十萬。然而，根據有關方面的詳細統計，全菲有華校約一百七十所，包括中學、小學、幼兒園，在校學生不足十萬，幼兒園的人數計算在內。四十萬減十萬，相差三十萬。考慮到華校的學生有一半是菲人和華菲混血兒學生，在外省市的華校，菲人學生超過一半，佔大多數。這樣一算，華人中、小學生及幼兒園的小朋友加到一起也不過五萬，僅佔一百六十萬華人的百分之三點一。菲律賓中、小學生佔全國總人數的百分之二十五。華校華人中、小學生如此之少，令人難以置信。

菲律賓華人世世代代嘔心瀝血地辦華校，結果只有百分之十二點五的子弟進入了自己經營的學校，百分之八十七點五的子弟不在自己的學校上學。很可能是沒有上學，或者華生流失到了菲校。華生為什麼會大量流失？不是我們華校的教育質量與管理有問題，就是學費昂貴，令華人子弟望而却步，逃之夭夭。

華校需要振興

傳統的經營理念，與由此產生和維持下來的落後的管理方式，依然在菲律賓華人社會普遍存在。這種情況出現在工商領域，就直接削弱了競爭能力，影響了企業的發展和進步；出現在教育領域，也就使教學滯後，中華文化難以有效傳承。一九七六年華校全面菲化，教育體制與菲律賓一體化，學校的經營、管理，華語的教材、師資、課時都受到種種限制，華語教育受到重創，從此江河日下，一蹶不振。追究其原因，一方面是菲律賓政府教育政策的改變，另一方面是華校管理高層戰略決策的失誤：事先沒有料到，事後沒有補救。也就是說，在事件發生前，主管華校教育的高層未能高瞻遠矚，制訂出適合於菲律賓國情的華文教育長期發展規劃及其方針、政策和應變策略。在事件發生後，主管華校教育的高層又未能及時調整華校教育的政策、策略、目標、任務、內容和方法，仍然保持過去雙重課程的舊模式，沿用過去的舊教材和舊教法，導致了華文教育不適應新形勢，長期連續滑坡。自一九九一年開始華語教學改革，經過十多年的艱苦努力，也只有少部分華校有起

色，就華語教學而言，仍然處於逆水行舟的困境，這與華校的
管理決策、大計方針不無關係。

二〇〇八年四月一日

暢遊台灣過新年
──台灣親子八日遊隨筆七之一

兩岸──體驗過年鮮滋味

在全球經濟海嘯衝擊下，籠罩在一片景氣冷颼颼的陰霾氛圍時刻，我舉家十一人毅然選擇去台灣歡渡耶誕假期。

比起往年六個月前即已訂好長假行程的慣例，今年因長子秋文於十一月初臨時告知，要我們取消赴東京遊的計劃而亂成一團。擬備為第二選項的韓國，也因我十一月底，忙於出席在台北召開的世界華文作家協會年會而耽誤報名期限。經友人指點迷津，臨時決定改赴台灣，反正我過去卅年來赴台約一百多趟，從未真正有過閒情逸緻遊山玩水，連聞名遐邇的阿里山、花蓮、台東等景點，亦未曾涉足留下腳印。倘有此全台環島的愜意機緣，豈可輕言錯過？

光是航班的訂定，就令內人大費周章一番，要二十五日出境，卅一日返回的機位出奇的爆滿，幾家旅行社的卡位術皆失靈無功而返。在別無選擇的情形下，只能接受二十六日至元月二日的班機。陰差陽錯，就這樣嘗試生平第一次在國外過新曆年，心中暗自盤算著，反正只要全家人聚在一起迎接新年，在異國他鄉過年也無妨！

　　這樣無心插柳的「結局」，隨喜締造了我生平的兩項過年紀錄，即二〇〇八年初的春節，我與內人、家母及岳母在中國華東旅遊，第一次在中國（南京市）過農曆年；年底的耶誕節至零九新曆年，則在寶島台北歡愉渡過，不知是冥冥中早已注定的，抑或是自然界的心靈節奏使然，能心曠神怡地趕在兩岸大和解的氣壓中，搶先於二〇〇八年一年內，在分屬兩岸不同政權管轄，兩個具有華夏歷史重要意涵的大都會，歡欣鼓舞地迎接兩個分屬東方和西方，文化韻味迥然不同，但同具除舊佈新，以新思維迎來新氣象、新契機的新年佳節。

　　要絞盡腦汁的後續苦差事，莫過於八日行程的規劃，翻開台灣地圖，靈機一閃，乾脆來趟U字型路線環島跑，從桃園、竹南、台中、日月潭、阿里山、佛光山、高雄、台東、花蓮、宜蘭等地，作一場隨著猶如馬拉松運動進行曲，走馬看花式的觀光，再到台北過除夕迎元旦。

　　在一次偶然的網路搜索中，在台北的多年好友，突然線上相遇，聊天之餘，我透露正為台灣行一事努力「拼圖」，平日忙碌的Alice聞後，毫無猶豫地一口答應為我圓夢。瞬間的「拼圖」工程，終於有貴人代勞，幸甚也。

　　一夕間倉促成形的「旅程表」，寵獲友人臨陣相助，將舉凡租車，旅館，膳食，景點，購物等需辦的事務，鉅細靡遺全數包辦，讓我與內人在歲末假日前的公私繁瑣雜事中，得以少掉一項足以牽腸掛肚的樂事而稍息喘氣。

　　所以〇八年耶誕渡假之旅，可謂因緣際會，彌足珍貴。全家大小無不為此一幕幕反反覆覆的美妙「變幻」情景，懷著既興奮，又感恩的心情，準備啟程上路。

竹南——載走嬸婆的愛心

我們一行十一人於二十六日下午四時許，抵達桃園中正機場（原名稱的中正兩字已被「去蔣化」的氣流掃除而消失得無蹤無影）。我們的行旅箱，因被多件厚重膨鬆的寒衣佔據大半空間，不得不揍成而托運的二十大件，加上每人手提箱，或推拉的小包包十多件，被來接機的遊覽車司機看傻了眼，一度還誤以為我們在大遷徒大「搬家」呢。

我當時也被大型雙層遊覽車出現眼前，給嚇了一跳。原來此款只供卅人乘坐的總統椅遊覽車，與二十五人座的中型巴士全程租費相比，僅差幾千元台幣，下層又可置放大小行旅的大空間，而一人坐擁兩張總統椅，繞行寶島一圈的路程上，可自由交換使用，加上音響視頻器具完善，不論卡拉OK，或欣賞影片，皆是浮生若夢的難得機遇，讓一家老少坐的寬心，行的放心，遊得舒心，玩得安心，一舉數得，不亦樂乎。

從中正機場往中部出發，首站的竹南鎮，是頂祺宗叔公居住的地方。九十高齡的叔公，近來因身體不適而在台北榮總養病。早已熱切期待我們到訪的嬸婆，因不知我們到達的詳細時間而苦苦等候，在司機問路找路的兩通電話後，嬸婆索性站到馬路邊迎接，在黑暗中一路行駛被我一眼認出而欣喜相逢。

不直接告訴嬸婆我們抵達的準確時間，就是避免麻煩她老人家張羅菜餚招待。我們原打算路過竹南探望後，便直接趕往台中過夜，順便上館子用餐。可事與願違，她老人家還是準備了十多道美食迎賓，為不辜負她老人家的一番美意，我們恭敬不如從命

地留下，品嚐一道道美味可口的佳餚。飯後又一樣樣的水果甜點上桌，嬸婆一一點名查「勤」，未及時食用者可逃不過她的伶俐「法」眼，讓我情急之下連忙向嬸婆直呼，下回每人要多帶一個「肚子」來應付，才得以填滿嬸婆熱騰騰的「愛心」。

臨走前，嬸婆又備好沒用完的水果及飲料，大包小包連喊帶叫，要我們帶走，我稍不聽從，她氣急敗壞地要內人陪她一一帶上遊覽車，這才讓我們不得不接納。有吃有喝又有可拿的心悅好事，豈不受寵若驚？

台中──逢甲夜市人氣旺

電視新聞播報：「財源滾滾」、「心想事成」、「招財進寶」等歲末見面祝福吉祥語，因經濟寒流來襲，也成為今年台灣人，避人耳目的反吉祥話。原因是其諧音被喻為「裁員滾滾」，還不趕快滾開；「薪响四成」，嚴重縮水至一半不到的薪水，情何以堪？「遭裁禁飽」已丟了飯碗，當然也要禁飽為妙。此一現象衍生的創意負面詞彙，聞之令人莞爾。

龐大安穩的遊覽車，在精明幹練的謝師傅的駕駛下，沿著寬闊平坦的高速公路馳騁，不一會兒的功夫，即現身台中市區，Alice安排我們住宿座落於逢甲大學附近，著名夜市區的商務旅館，就是要我們就近逛街購物，可我一見到人聲鼎沸，人頭攢攢的人擠人鬧區，早已舉起雙手「投降」，為免因眼花瞭亂，暈頭轉向，我還是自覺地返回旅館休息。

近來蒙受經濟海嘯眷戀「忘返」之苦的台灣，由台中夜市人氣、買氣、財氣旺盛的景象看之，似乎嗅不出不景氣的哀怨氣

息。心想：不景氣將淘汰不爭氣的人，只要腳踏實地，真心真意
向前打拼，將有「知命，造命，再轉運」的機會隨風降臨。

舊樓新改裝的碧根商務飯店，其客房讓人有一股濃濃的溫馨
味。想起大陸公司的業務，我一刻也閒不得地啟動筆電上網。回
覆幾封電郵後，轉閱私人電郵，老大秋文來電報平安。他已到達
大阪旅遊，大阪氣溫比東京暖和，讓他們在飽嚐寒天凍地滋味幾
個月後，得以重新呼吸熱帶的溫暖空氣，備感愉悅。一夥同學當
日相約去環球影城（Universal Studio）泡了一整天，但他還是覺
得美國佛羅里達州的環球影城較為好玩，值回票價。

自助旅行的花費不見得便宜多少，只是期望不受硬性行程
束縛，可以隨心所欲調度時間，轉換景點，畢竟是渡假休閒，犯
不著筋疲力竭，累壞身體，尤其家母及岳母兩位銀髮人，已晉身
七年級歲階，對於日以繼夜的趕場觀光，體力倘不勝負荷，何來
好心情接觸大自然的明媚風光。因而說服Alice一再機動調整路
線，以安全、輕鬆、自在的逍遙遊為最高目標。

二〇〇九年一月十五日

人文山水逍遙遊
——台灣親子八日遊隨筆七之二

九族——見識原住民風情

二十七日早上，我們先到九族文化村。買好七百元新台幣一票玩到底的入門票進場後，發現偌大的主題樂園人煙稀少。經濟寒冬，不景氣狂吹，民眾「薪」情疲弱，所引發的怪異現象，從此可嗅出一點兒端倪。

九族文化村是匯集台灣達悟族、阿美族、泰雅族、賽夏族、鄒族、邵族、布農族、卑南族、魯凱族、排灣族、葛瑪蘭族等十一個原住民的民俗文化村，透過展示各族群的民情風俗，傳統住屋，傳統技藝等，結合綠色休閒，及現代旅遊設施，而創建的一座文化遊樂園區，是旅遊台灣不可錯過的一個重要觀光景點。

九族文化村內的園林，隨處可見「櫻」姿煥發的花景。適值櫻花盛開，初開花朵呈現粉白，再轉為粉紅，花形小而緊密，山披花衫，遠看十分壯觀，吸引許多遊客圍觀賞櫻。

雖然風大寒冷，不時還飄下細雨，但絲毫不減人們賞花興緻，山間花團錦簇，櫻花樹下都是蜂擁而至的拍照遊民。一片花海少不了蝴蝶，可盡情觀賞「成群起飛可蔽天，成串高掛可遮葉」萬蝶飛舞的奇景。姹紫嫣紅的一些不知名花卉，也一同爭

妍，彩繪大地。花兒迎風搖曳，交織成浪漫花鄉，如夢似幻，美得令人心醉。

走入「歡樂世界」廣場，孩子們見到遊客稀少可樂透了，幾個刺激好玩的大型電動玩意兒，不用大排長龍，便可輕鬆來回乘作幾趟，不直呼過癮才怪呢！

在眾多狂樂設施中，我只鍾情下列幾樣玩意兒，請諸看官大人暫且稍安勿燥，跟我來窺豹一斑：

「金礦山歷」遊客乘坐獨木舟，隨流飄盪，沿途欣賞彎曲的金礦山脈坑道，及淘金的各式景象。途經兩處懸崖激流，傾斜角度最高達45度，落差達15公尺的大小瀑布，將遊程帶至最高潮。

「UFO歷險」這是一具目前台灣最高最大的自由落體遊樂設施，總高度85公尺，上升時UFO載具緩緩旋轉、同時攀升，因此乘員可以順勢盡覽四面八方、360度全方位的鳥瞰美景。當UFO載具升到最高處時，忽然遽降，以重力加速度之勢，重返地面，下降速度最高達到時速105公里，降落煞車區以非電力磁浮系統設計，讓乘員安全舒適，在聲光炫麗的情境中，完成一趟21世紀全新體驗的UFO之旅。從UFO的母艦處，可以俯瞰這片九族文化村的歡樂世界、遠眺文化村的綠林美景！

「夏威夷巨浪」利用兩臂不同軸的轉動，產生高落差的旋轉，搭上此機，彷如乘風馭浪，忽上忽下，忽左忽右，想像面對突來的巨浪、瘋狗浪，乘坐者一定要有過人的膽識。

「太空山」獨特的室內雲霄飛車，全程在黑暗中翻轉滑行，有如經歷一場驚險的太空之旅。

一趟原本要走六至八小時的大型景點，在我們搭乘台灣第一座輕載量空中纜車系統，輕鬆自在的鳥瞰九族文化村全區美景，

從不同的視野，發現九族的山林之美後劃下句點。如此遊逛，僅花費三、四個小時的功夫，我們便提早交卷互道：「沙喲那拉！」（日語，意指再見）。

中午抵臨日月潭，就近挑選一家標榜「過貓」招牌菜的餐廳用餐。原來「過貓」只是一種野菜，而非我想像中，有如廣州人食用貓隻治療風溼，或當保健品之保健美食。一年四季盛產的冬筍，也是一道不可或缺的風味美食。

為不被時間糾纏，我們果斷取消走訪文武廟，只在車上觀賞日月潭的明媚風光。此景名不虛傳，景致宜人，有如人間仙境。

一路上，因有影片一部接一部地播放，又有各式各樣的零食、水果「伴嘴」，不覺無聊，時間反而快速流竄。只是通往阿里山的山路有多處崎嶇難行，二個小時的繞來晃去，有點暈糊糊，所幸無人開口暈吐。也真佩服司機的開車技術，在高難度的山坡路段上飛揚跋扈，唯一美中不足的是，遇到雙向車流時，司機未主動剎車讓路。想起十一月中旬去東京探視老大秋文，有一次隨他們一夥同學去日光山遊玩，同是難行多彎的山路，日本人斯斯文文的放緩車速，細心觀前顧後，遇有需要讓路，他們可是禮尚往來，相互揮手致意。這一點台灣人似乎應多向日本人看齊，好好打造行車安全的尚禮文化，又可避開意外事故。

阿里山──看日出迎曙光

只要聽過鄧麗君演唱〈高山青〉的靡靡之音，阿里山獨特風情的畫軸，徐徐展開。從台中循著新中橫公路，在玉山底下的繞山路徑，可直達阿里山。

　　提到山城遊，無巧不成書，我去年一共走訪了五座山城。四月下旬大妹友仁結婚，我與家母陪同專程來菲參加婚禮的兩岸親友，赴菲律賓避暑勝地碧瑤山城旅遊。六月底我們參加中國雲南遊，在海拔三千多公尺的香格里拉及海拔不詳的麗江雪山，親身爭睹萬山群峰，千變萬化的風景線。

　　十一月中旬與內人去東京，陪同正在千葉縣唸書的老大秋文，遊覽日本名山——日光。

　　這趟台灣行，又與一家人一齊登上由十八座大山組合而成的阿里山山脈，迎候晨曦。

　　二十八日清晨四時，即被飯店人員叫醒，穿上多層禦寒的保暖衣褲後，「抵抗」着冷氣團，趕搭世界上唯一改作觀光用途的森林老爺火車，緩緩上山。

　　感恩天公當日作美，氣溫雖低，不見冷風「騷擾」，更無細雨「鬧場」。大家興緻勃勃，摸黑湧進祝山觀日台，排排站著仰望無垠天空的另一端。

　　眼皮尚未完全清醒，迫不及待地投其所好，在海拔三千多米處，颭著氣溫攝氏三度，刺骨的寒風，眺望偌大的天幕雲海，連日來翻山越嶺所「打造」的疲憊不堪的人體，也無怨無悔地接受被罰站近一小時的「獎賞」。大夥兒「引頸就戮」，只為漫遊在自然百變之美，體驗韻律天地之妙。同時不忘苦苦呼喚遲遲不見來臨的第一道曙光，及早現身亮相，以償眾人夙願。

　　君不知，看日出可遇不可求，好運氣才能看得到。第一道曙光，倘若大發慈悲地早點報到，我們便可快速遠離天寒地凍的觀景台，大可「饒恕」個個已頻臨飢寒交迫的身軀，也給大家有一快樂解壓，鞠躬「下台」的美好藉口。

　　七點零四分，與阿里山遙望相視的玉山，頂上終於綻出光芒，旭日從千堆火紅的雲霧中，冉冉躍出，露臉的優美風采一覽無遺。金黃曙光乍現，千人拍照，萬人驚呼，所有期待化作聲聲讚嘆，更雀躍欣喜地深感不虛此行。此時此刻，身心相伴的，豈不是一場尤堪回味的、流動的天際饗宴？

　　Alice及夫婿Terry在一旁直呼：「太幸運了！」。原來她之前來過四次，枯站苦候許久，卻只迎到厚厚的雲層，抱憾無緣見晨曦而屢屢苦哈哈退場。

　　鐵路、森林、雲海、日出與晚霞，合稱為阿里山五奇。由于行程所限，我們此行只有晚霞奇景無緣領略，可謂美中不足矣。

二〇〇九年一月十八日

在林間小路擷取的靈思
──台灣親子八日遊隨筆七之三

森林──暢浴林海綠色

　　距離阿里山閣咫尺的森林，有一條森林浴健康步道，沿途有紅檜，台灣扁柏，柳杉等天然及人工林，並有姊妹潭水氣，可散發天然芬多精及陰離子，氣味芬芳，空氣清新，能鎮靜益養神經，消除緊張疲勞。大家遵照「告牌」提示放緩腳步，多作幾回深呼吸，暢快洗個健康森林浴。

　　園內百年老樹，各自擺出各種姿勢，處處美景，老樹蔭庇，營造一股股幽情。站在小徑上遠眺一邊的群山，那開闊與壯觀真是教人嘆息。以自然林木極景，濃密織就的綠色海洋，所散發的無盡能量，想必讓置身其中的人們，真正體悟心靈釋放及心理平衡的寶貴。平日的喧囂消聲，煩擾匿跡，大家悠然浸淫檜樹林海，高聳入雲的百年老樹群，也不吝大手筆分享，其香甜又可口，高山鮮美氧氣齊放所賜的盎然境界。此一在林間小路所擷取的串串靈思，也是此行最貼切的心情寫照之一。

　　在車上選片觀賞時，Terry提議曾風靡台灣電影界，票房突破新台幣五億元的華語影片「海角七號」。欣賞一部反映中日兩國戰亂時代，衍生的師生戀情，講述包容與夢想等普世價值的故

事，也巧妙含蓄地為台灣以南的恒春島嶼請命，爭取地方資源及
權益。此一部以小成本描寫小人物悲喜的劇情，起伏交錯，在在
扣人心絃，以跌破眼鏡的成績重振華片信心，不愧為當今華語影
界中最優秀的一部影片。其主角范逸臣一舉成名，成為台港影歌
界的明日之星。

佛光山——耕耘心靈財富

　　沿著南二高路段，行駛過中寮隧道後，看見右側山邊矗立一
棟棟宏偉壯觀的堂皇殿宇，與一百二十尺高的接引大佛，就抵達
遠近馳名，香火鼎盛的佛光山。

　　佛光山的立山四大宗旨為：以慈善福利社會，以文化弘揚佛
法，以教育培養人才，以共修淨化人心。誠如佛光山發給遊客的
導引目錄中標示的「提供社會大眾一處淨化身心的淨土，使佛法
得以普及社會，走入家庭，成為民眾調和生活步調，增進家庭和
樂的妙藥良方，進而共同促進世界和平，社會和諧，人民和好，
心靈和悅……。」，佛光山四十多年來，在僧俗二眾弟子們無私
的奉獻下，確確實實說到做到，身體力行，如今已是台灣最大的
佛教寺院，也是世界公認的佛教聖地。

　　走到大雄寶殿禮佛，順便點燈祈福，隨喜陪著全家老少排
排站，在三尊大佛祖面前，俯首虔誠祈求闔家美滿幸福，平安快
樂，兄弟們的事業興旺，兒女們的學業有成，歡喜 迎接 牛年的
福氣、喜氣及財氣。

　　佛光山全球己丑年春節平安燈會，是以星雲大師的新春賀辭
「生耕致富」作為主題，並規劃「信仰、平安、和諧、工藝」四

大主軸，期許大眾在生活中用心耕耘，勤奮努力，耕耘生活也耕耘心靈，必能獲得外財與內財的豐收富足，圓滿富貴。

佛光山最吸引我流連忘返者，無非甫成立的「文教廣場」，寬敞明亮的空間規劃，陳設佛光山開山大師──星雲法師的各類充實人類心靈的著作。因時間所限，未能如願多留幾刻，無法讓紛擾的思緒悠遊其間，徜徉在法海裏，在書香中心靈充電，挖取內心的財富。我為失去能一窺人間佛教之浩瀚與深度的絕佳機緣而感嘆再三。

夢時代──嶄新購物商城

參訪佛光山後，冒著寒風細雨進入高雄市最現代、最龐大的夢時代廣場。初看其外觀及內部的造型風味，玻璃帷幕，花崗岩牆等建材，呈現出海洋，大地的自然律動，宛如SM亞洲廣場的規劃藍圖，有異曲同工之妙。只是前者的佔地規模遠不如後者宏大，是當今世界購物廣場的時尚建築新風格。

提起購物商城的建設，菲律賓的SM集團可是亞洲國家的創始者。廿五年前，獨具慧眼的施至成即已成功實現他的雄偉夢想，一座座集生活、時尚、休閒、購物、餐飲、文化等於一體的商城的相繼崛起，已大大改變菲律賓人的生活模式。

座落於高雄市的夢時代，其功能結構與一般購物商場無異。相較於菲律賓的SM商城，其佔地規模，店家比率，地理位置，娛樂設施皆稍微遜色，僅消費能力指數這一項，菲律賓的確遠遠不如台灣的各座商城。

當我們進入夢時代商場繞行一圈，由於大家缺乏購物興趣，只有快速折返遊覽車，準備開往市區。

高雄市為配合〇九年七月舉行的世運會，特別盛大舉行「大港OPEN，高雄飛犇」跨年晚會，會場即選擇在夢時代廣場搭建。

高雄──捷運站口大拼比

從華王飯店搭乘計程車，前往夜市途中，映入眼簾分佈於高雄市的各捷運出口站，其建築物風味互異，玻璃筋骨，水泥牆面，顏色造型，大異其趣，各顯神通，猶如時尚建築品的展覽會，成為高雄市最受好評的地標之一。

因受金融海嘯衝繫，一片萎迷不振的低氣壓瀰漫四方，每日身肩載送各階層民眾任務的計程車運將，最清楚基層民間的脈動所繫。他們苦惱生計之餘，不忘無奈地調侃自己，每天穿梭各地所耗掉的「白花油」相當可觀，荷包漏洞難以縫合，日子苦不堪言。

週日的六合夜市，人潮疏稀，路旁各式攤販長達五百公尺，吃的、玩的、穿的、用的應有盡有，琳瑯滿目，只要輕移幾步，就可以一攤吃過一攤。

只是商販再怎麼拼命吆喝拉生意，招徠買氣，買氣就是扭扭捏捏，難以成形。偶爾傳出商販間的互相打氣對話：「不要再喊冷了啦，愈喊會愈冷喔！」一語道破時下景氣的真實「氣象」。

我們挑選一家，老二秋彬及老么秋彥曾經一「嚐」鍾情的魯肉飯，肉羹，蚵仔煎等美味小吃的食攤。大人對肥肉滿滿，香味難擋的魯肉飯，即愛又恨，只能退而求其次，點選雞肉飯代勞，

加上各式青菜小炒，大夥兒還是大快朵頤，飽餐一頓。兩個孩子點了一碗又碗，一口氣各吞掉三碗嚕肉飯而大呼過癮。

在高雄下榻的華王飯店，是我與先父於三十年前的一次高雄遊，曾暫歇腳憩息的暖窩。出乎我的意料，華王飯店一如往昔，維持卅年前的高雅清淨。以日本人為主打市場的觀光飯店，能保有如此佳績，難能可貴矣。

拜景氣大神所賜，華王飯店將我們預訂的六間標房，全部升級為套房，讓我們有賓至如歸的禮遇，也是此行的另一驚喜。

二○○九年一月二十四日

聆聽來自太平洋的海風
——台灣親子八日遊隨筆七之四

林邊——體驗採收蓮霧果

高雄往台東的路上，我們在盛產蓮霧，素有蓮霧「首都」雅號的「林邊」農場休息片刻，親身體驗採收蓮霧的農趣及其自然生態。

孩子之前曾採過多種水果，對農場早已見怪不怪，無啥新鮮感。可是當他們看到滿園掛在樹枝上的蓮霧，個個身披白色護膜衣裳的可愛模樣給震懾，原來每一粒蓮霧的背後，皆蘊藏著無數則鮮為人知的深奧學問。經過這場實地採擷的洗禮，他們對農場細心呵護每一粒蓮霧的快樂成長，印象尤為深刻。

拜農業科技之賜，蓮霧近來已搖身一變成為三粒一斤的碩大果實，皮色深紅發亮，果肉脆而甜膩，汁液飽滿，甜度激增。廿年前，日本遊客曾豎起大拇指稱讚林邊鄉蓮霧，果然是水果中的珍品「黑珍珠」，從此林邊黑珍珠聲名大噪，至今不衰。

蓮霧食用時不需去皮，非常方便，且非常清甜多汁，是消暑極品。其中含豐富的維生素及礦物元素，而其熱量及脂值卻非常低，實為現代多吃也不怕發胖的絕佳美食。

台東──山海間景色壯麗

廿九日早上按原訂路線，沿著南迴公路開往台東。台灣東部地區位處於菲律賓板塊和大陸板塊交接處之前簷，經數百萬年來，兩大板塊相互的推擠，所形成的造山運動，在河川切割、侵蝕、沖積及海浪衝擊等天然作用下，在山與海之間造就了變化多端的地質景觀。

台東西側山嶺為中央山脈，坡度陡峭，氣勢雄偉壯觀，並頗富靈秀之氣；其間時有斷崖之處，雲煙渺茫；或經河川橫切為奇峻之峽谷；在山脈與海岸之間，可見縱谷與平原交錯，令人讚嘆大自然鬼斧神工。

東部海岸以礫石灘、沙灘、岩岸珊瑚礁為主，其中以三仙台、小野柳最為壯觀而獨特。全區遍佈海蝕平台、壺穴、海蝕溝等海蝕地形，此外，陸上罕見之海蝕洞、海蝕凹壁，更為地質學上之陸地隆升現象最佳佐證。

原生──探索應用植物園

兼具休閒、運動、養生、保健、學習等複合式機能，也創建慢速生活的樂活社區，也專門提供遊人，探索東台灣珍貴植物知性之旅的台東原生應用植物園，以原生精神，保留原始植物、生物生態。主要種植多種原生應用植物，各式各類可以用作食物及藥材的植物，遍地繽紛綻放，讓人充分享受農趣，及體驗自然生態，更少不了知性的滿足感。

中午品嚐植物園內唯一的養生氽燙鍋自助餐廳，品味多樣我們生平首次接觸的青菜，每一道青菜盤邊皆有說明名牌的陪襯，非但不突兀，反而給人耳目一新的時尚印象。且別小看這一盤盤青翠的菜葉，每一款青菜，入口細膩，美味可口的背後，可涵蓋一大堆學問。

植物園推出的有機蔬菜，係產自台灣最後的一片淨土——台東。由於台東沿海有黑潮經過，所帶來的溫暖氣候，及全年平均且充沛的雨量，可謂是植物生長的絕佳環境。

火鍋餐廳利用如此優良的天然環境，再運用自然農作方式加以培育栽種，定期檢測土壤，確保無農藥殘留，生產出讓人們飲食無負擔的多元有機蔬菜。

原以為平時多肉少菜的兒女們，面對滿桌青菜，可要節食挨餓一番，沒想到號稱自家優質飼養的豬、牛、魚、鹿等生鮮肉片，早已被動員上陣侍候食客。據說，此地生產的各類肉品，沒有使用抗生素及生長激素，飼養成本較一般多三成，肉質緊實有彈性，肉汁飽合度遠勝一般肉類甘甜，養生又安全。

各種養生青菜及肉片在火鍋燙煮，再沾用各式中藥材特調藥草醬汁，口感確實與眾不同。喝碗湯品嚐盡其鮮味精華，搭配養生飲品及當季水果，讓男女老少食欲大振，笑咪咪，吃得津津有味。

飯後，園區派專人導覽，介紹並解說各種原生植物的用途及功能，繞了一大圈，各式各樣的原生植物果真大有來頭，各各盛裝打扮，大顯身手，爭相為人類的養生保健奉獻一己心力。且看遍地原生的白鶴靈芝，魚腥草，金銀花，何首烏，雷公根，紅莖九層塔，枸杞，刺五加等等。只要人類肯信任它

們，肯親近它們，更肯用心呵護它們，它們助人身心健康的威力實不可覷也。

古典中帶有時尚的調性，彷彿時光靜止，淡淡的古意，隨著空氣中瀰漫的灰塵，緩緩升起，頗引人入勝。

園林另一角落的牛隻，不時發出聒噪聲，打破這如詩畫般的美景。

知本——舒泡暖湯養生池

夜幕低垂之際，我們轉入台東市一個幽靜美地入宿。

豐泰飯店位於知本富野渡假村內，其靜中帶動，青山環繞的露天溫泉池及室內湯屋，是遊人絕不可錯失的養生行程。

我們眼見戶外浴場擠滿成群結隊的中國貴客，寧可選擇遊客較少光顧的室內湯池。減少喧嘩噪音，也減少可能帶來的諸衛生議題，也不失為一種悠閒樂事。

溫泉SPA水療館用地底的水氣合流之力氣，製造翻騰，讓全身接受翻滾的按摩，除洗滌身體，更可放鬆心情。泉質溫潤，總能讓人滌塵解勞，靜享身心與自然緩慢「對話」的安逸與素華。

浴後皮膚感到特別滑潤，對於美白肌膚，舒緩風溼，筋骨痠痛等有所助益，因而慕名而來的遊客絡繹於途。

冬天舒泡暖湯，可盡情享受驅走身體寒意，舒活身心之外，還可坐擁森林清新綠意，觀賞彩蝶飛舞，讓我傾心嚮往，如此好山好水的景色，魅力確實無法擋。這就更加令人賞心悅目，陶然忘憂了。

　　今日為女兒秋忻生日，我們晚上在客房中為她慶生，點亮蠟燭的巧克力蛋糕，伴隨著生日快樂的優美旋律突然出現，讓她一時驚喜不已，措手不及。她原以為家人早已因快樂出遊而忘了她的生日，沒料到遲來的祝福聲還是讓她喜上眉梢。（前幾年在國外渡假的慶生方式多為早上或中午登場，只有一次在中國上海及這趟，因行程關係而被拖延至晚間，但我覺得這也無妨，來點創意巧變，也可為她帶來一場意外的驚喜）。

　　翌日，在日出的曙光中，輕推開套房門窗，站在景觀陽台，聆聽來自太平洋的海風，優雅的吹奏著熱帶冬季的組曲，讓關島的蜜月回憶悄然再此浪漫再現。此時此刻，不論視覺、味覺、感覺、靈覺，皆有意想不到的感受。

　　離開豐泰飯店前，岳母在路邊買了兩小籠特大號釋迦果，一籠已成熟可即食用，另一籠硬邦邦的則準備帶回菲繼續品味。

二〇〇九年一月卅一日

揭開山巒的神秘面紗

——台灣親子八日遊隨筆七之五

關山——騎單車盡情追風

赴台前，老二秋彬曾上網搜尋，得知台東一帶闢有多處單車道路網，供遊人騎鐵馬逛遊。因而在行往花蓮當天早上，提早二小時出發，路過關山。

三個孩子由弟弟妹妹們及Terry伉儷等陪同，懷著一股「雙腳踩天涯」的熱血衝動，租下幾部單車暢遊親水公園，在海濱盡情追風之餘，遨遊在山巔海濱的絕秘美景間，一片寧靜又繽紛的花水艷景，盡收眼底。更在汗水淋漓的旅程中，享受一段自由奔放的活力時光。

我雖然也樂於騎單車與子女一起出遊，但顧及內人，大哥，母親及岳母等對單車行一舉，素來敬而遠之，只好留下陪他們一同在自行車出租場附近，漫步徜徉。陪同兩位老媽及老婆的健行瞬間，儼然成為我最甜蜜的「負荷」。

關山一帶的民宿，讓人沈浸在美式鄉居的詩情中，景氣寒冬的魔掌，似乎並沒有延伸到這個山間小鎮。

意猶未盡的秋彬，上遊覽車後，迫不急待地分享著他追風的喜悅情： 與風競速的快感讓人上癮，欲罷不能，坐擁單車的機

遇，令人陶醉，賞心愉悅；當風聲與單車奔馳嘶哮聲並駕齊驅，
兩邊美景幻影般掠過，迅速消失在身後，此時，世界被喚醒了，
感官被撼動了，這難以描寫的感覺，一「騎」難忘。

　　健康有氧的養生之道，不知不覺就在這趟健行呼吸之間，青
山綠水的休閒之樂，原來就緊密伴隨在我們左右。如此優閒愜意
的慢活哲學，悄然上演。

太魯閣－大理岩的始祖

　　行駛了兩個多小時的路程，即轉往奇萊山脈的太魯閣首站九
曲洞。據說，台灣海拔三千多公尺的山巒多達百座。每當亞熱帶
颱風從花東山入境，總被擁有三千九百九十七公尺高度的中央山
脈的崇山峻嶺阻擋或減弱。中國廣東，福建，浙江一帶也因而受
惠不少。台灣登山界甚且以攀登百岳為榮。

　　太魯閣國家公園，位於台灣東部的花蓮，屬於峽谷型國家公
園，以峽谷景觀聞名，具有雄偉壯麗的山川景色，長春祠、燕子
口、九曲洞等峽谷景觀美不勝收，著名的白楊瀑布、清水斷崖展
現太魯閣國家公園地形之險峻與地質之奧妙。

　　九曲洞實際上是步道，並非有九個彎曲的山洞，人車分
行，車行隧道，人行步道為舊有公路，全長約二公里。我們下
車悠遊步行，據稱，這是太魯閣峽谷最精華路段之一，全程耗
費四十分鐘。我們一家老少親子共遊，沿途一邊欣賞，一邊拍
照，大理岩峽谷、溪流、斷層、岩生植物生態等景觀，一一被
數位相機及錄影機「搶進」收藏，為此一自然生態之旅，留下
彌足珍貴的鏡頭。

從燕子口步道往下看，有一座長約二百米的吊橋，可眺望溪水穿流於山谷的景象。最令人驚艷的是泛著淡淡寶藍色般的水色，儘管冬季水量不豐，依然迷人，而溪谷上因溪水切割而成的奇岩怪石，也頗具特色。

長春祠邊上小橋流水，分布在蜿蜒的山路上，樹林濃密，碧草如茵。另一邊山谷風光清麗可人，綠意盎然，襯托相看而不厭的牛群……數位相機一舉，信手捻來都是幀幀佳作。

司機顢頇行為不可取

走完兩個景點，已然近五時，心中暗自竊喜，中午吃飯後還好沒上司機的當，被帶往大理石工廠強行推銷，否則若錯失這良好風光，可不是光用「可惜可憾」等詞彙，足以描述之於萬一。

我們當初包租遊覽車，已講明純粹旅遊，而非採購，況且又沒請專業導遊隨行，司機何權行使非他分內的職責？我們與司機愉快相處幾天後，有些行程的午餐，因想屆時再隨便就近，隨興隨緣挑選地方風味餐廳用餐，而沒有事先預訂。為讓司機有點油水「潤喉」，故意請他推薦介紹三次用餐地點。沒想到他軟土深掘，得寸進尺，在代訂花蓮的午餐後，便自行安排餐廳所在地的大理石工廠人員，於飯後帶我們去走一趟，美其名是推介好東西的「知性」之旅，實際上欲陷我們於購物漩渦的「詐術」之中。我們這群旅遊「達人」豈可輕易「就範」？

司機在未得便宜後，便露出其猙獰面孔，態度瞬間大逆轉，還頭頭是道佯稱：「是他請托『貴人』要盛意接待我們，這下不知如何向人交待云云。」之連篇鬼話。

之前我們在車上未看完的精彩影片，他也故弄玄虛，停播示威。開車的速度也故意加快加猛，令人啼笑皆非。似此德性，已嚴重摧毀台灣辛苦建立的優良形象，哀哉！我與Terry也故作愚夫，視而不見，暫不將它當成一回事，也不跟這班人一般見識，讓人車安全返回台北為優先考量。

花蓮——悠遊擺盪山水間

台東往花蓮太魯閣的花東縱谷，同樣繞著海岸山脈，崎嶇彎曲的山路盤旋馳行，山路盤路多，搖搖晃晃中，一路上似是柳暗花明，曲與山澗交錯，煞是美麗。這是山谷，抑或只是「小品」？還有更多更大的山中湖，這趟山路行，更可深入親近花蓮山脈群山的神秘風情。

由於縱谷自然環境優美，民風淳樸，環境未受污染，具有獨特的自然及人文景觀，觀光遊憩資源極為豐富，沿路田野風光處處可見，盡是一片綠意和綿延的秀麗山川，田園景觀，富於變化，水田、茶園、牧場、金針、文旦、瓜田等美景，不斷映入眼簾，令人看了莫不心曠神怡，這就是「流奶與蜜之地——花東縱谷」。

我們到達花蓮，已近黃昏時分，一座座群山被照得火紅，與夕陽餘暉相互輝映，顯得詭異迷離。

看著天空與雲彩，在光的自由暈染幻化中，盡享由橙黃到霞紅的美麗變奏。可惜抵達花蓮港餐廳，天色已黑，不然可以一邊享用鮮美海鮮，一邊觀賞海岸線的絕妙山水風光。

以「看見曙光，開啟希望」為主題的太平洋國際觀光節，由縣政府在花蓮美崙酒廠廣場，一口氣推出十天十夜的跨年晚會，

邀請張惠妹、伍佰、范逸臣，梁靜茹、王力宏等百位巨星薈會獻演，吸引全市眾多男女老少，一起拍手晃臀瘋跨年。

當晚住進歐式風格的藍天麗池飯店時，雖然才約八時，但因身感疲憊，而打消去跨年晚會會場湊熱鬧的意念。老二秋彬及老么秋彥則因好奇座落飯店對街的「麥當勞」快餐廳，由五弟展榮，小妹蓉蓉等陪同，上門見識在台灣土地上發光發亮的洋人「麥當勞」速食文化的翩翩風姿。

卅一日早上，我在飯店用早餐時，發現一種類似地瓜的紫紅色食品，嚐了一口，口感頗佳，再多添吃兩個。向餐廳服務生探詢，才略知此為花蓮開發的芋頭地瓜特別品種，令我這祖籍地為「地瓜鄉」的惠安人印象深刻。

友人曾提醒，走訪花蓮不可錯過「曾記麻薯」，買來當休閒零嘴，也是一大樂趣。

二〇〇九年二月八日

追尋台北巷弄的新舊味道
──台灣親子八日遊隨筆七之六

深坑──豆腐打造的奇蹟

花蓮到台北縣的路程約需四小時，遊覽車行駛在蘇花公路上，左側是中央山脈，山脈上方與一片雲海相連，右側的花東山脈，則面向碧海藍天的太平洋，山脈與海洋兩相照映，形成的絢麗景色動人心魄。舉目遠望，猶如大夢初醒，令人陶醉其中。坐在遊覽車內抱頭大睡的一家大小，一進入此路段時，紛紛被我喊叫「起床」，以抓住欣賞此一稍縱即逝的美妙景色。

當我們可以面向無垠的浩瀚海洋，抬眼眺望遠方，已是一種無上的快樂。

抵達台北深坑，已屆午餐時分，Alice安排到老街品嚐豆腐演化的美食。步行至老街前，遠遠即飄來濃郁的臭豆腐氣味，令人垂涎三尺。原本因冠有「臭」字名號的豆腐，令孩子們有點兒噁心不敢恭維，經歷過這一香味發酵，及後來的親聞實嚐，已讓他們立即改變對臭豆腐的「臭」印象。

豆腐居然可以帶動深坑老街的產業榮景，乍聞之下，確實有點兒不可思議。翻開菜單，果然被豆腐烹調的獨特魅力所震撼。僅用豆腐一款主料，透過巧奪天工的一流廚藝，竟可以變魔術般

的端出四十多道，足以令人嘖嘖稱奇的豆腐大餐。煎的、炸的、炒的、蒸的、烤的……豆腐捲，豆腐羹湯，豆腐鐵板燒……甜的、辣的、酸的、鹹的、臭的……一應俱全，不勝枚舉。一盤盤噴香撲鼻的美味豆腐宴當前，尤其是金黃酥脆的臭豆腐，外酥內軟的超棒口感，令人恨不得再多吃幾口饞饞嘴。

大夥兒正慶幸天賜口福之餘，不得不為自身及兩位銀髮媽媽的尿酸指數捏一把冷汗。

豆腐創造的奇蹟，印證了集體同心打造的單一品牌，運用正確的行銷策略，商機的無窮潛力，誠 大有可為！

除豆腐外，老街的各式各樣食品，飲品業也被活烙帶動，應運而生。從街頭一路逛到街尾，各家食、飲品攤位皆競相招呼客人免費試吃試喝。其它精品、飾品店也不遑多讓，紛紛林立，搶搭這波另類商機的列車而分得一杯羹。

天下沒有白吃的宴席，逛完一趟，結果可想而知，只見人人手中拎著大包小包，滿載而歸，勢必讓我為打包行旅一事傷透腦筋。試吃的行銷手段果然有效，值得業界試行採用。

龍山寺──香火盛人氣旺

遊覽車駛進台北市，已將近下午三時。因東部與北部明顯的溫差，加上這兩天新聞不時播報天氣預報，除夕夜至元旦將有強勁寒流，並將持續發威數日。我們一行人步出遊覽車，便快速衝進旅館取暖，我隨即發佈口令：要全員搬出「洋蔥式」的套裝「應戰」，晚間參觀101煙火秀，站立街頭迎候新年的約卅分鐘，體力才有「耐力」保障。

　　由於早晚氣溫異常，說變就變，有時一早出門包裹了一身寒衣，午後因天氣回溫，必需一層一層剝開，解熱透氣，俟入夜後溫度又急轉直下，讓人們措手不及，再穿上之前卸下的衣物。內人金媛為全家人準備的「洋蔥式」套裝，以舒適透氣的超薄衛生衣為貼身底層，保暖禦寒的長袖襯衫及羊毛衫夾配中層，再以抗冷防風的風衣外套為外層。加上機動性的使用寒帽，圍巾及手套等，這樣的「裝備」，便於彈性調整。大家在「解脫」及「攻防」交接的剎那間，雖忙得團團轉，但也因能大口呼吸冰冷空氣的超「炫」感受，而不亦樂得「酷」（苦）哈哈。

　　原定下一行程為淡水的漁人碼頭，傳來因應跨年晚會，淡水四周的交通，午後已被警力封鎖而被迫取消。Alice提議到萬華區逛龍山寺，我一度認為在高雄已登過佛光山禮佛，言下有赴行天宮拜見關帝爺，祈求保佑的強烈意念。奈何司機大爺另有高見，以停車方便與否為取決準則。

　　我與關帝爺結下的喜緣，源自於創業初期，受已故岳父的牽引薰陶，對生涯及事業的重大規劃，皆全心虔誠地交由關帝爺指示籤詩定奪。後來在中國經商，每回泉州行必兼程到通淮關岳廟參拜關公。可能心誠則靈，在無緣遊訪行天宮後，沒料到龍山寺原來也恭奉關公，讓我一時喜出望外的依俗，向關公秉報我內心的「秘密」，祈求關公暨諸天善神庇佑，並成全我們全家人，來自心海的喜願。

　　建築古色古香的艋舺龍山寺，供奉神祇異常靈驗，雖歷經震災，風災，蟲蛀等災害，香火始終鼎盛。一九四五年二次大戰時中殿全毀，觀世音菩薩卻仍端坐蓮台，迄今傳為佳話。

　　龍山寺尊奉觀世音菩薩、關聖帝君、註生娘娘、月老、文昌帝君、媽祖、福德正神等。時值歲末，到龍山寺點燈祈福的人流如潮，絡繹不絕，熙來攘往。經濟蕭條，景氣不好，人們越會尋求神靈慰藉。安太歲、點福燈、改運制煞等，求助神明加持的動作更加蓬勃；求事業、求姻緣、求子女、求考試、求升遷等人間煩惱事，不一而足，使得全台各地佛寺廟宇，更加熱鬧滾滾，人氣旺旺。只是點燈多寡，確實反映了社會的真實現象。

　　龍山寺幾十年來聲名遠播，香火鼎盛，更因早已成為觀光旅遊一級景點，國內外遊客人氣鼎沸，造福台北市及萬華區的繁榮興隆，不言而喻。

　　在科技發展一日千里的e時代，無遠弗屆的網際網路，也大力推出網路點燈，其效力是否較親身到廟裡點燈薄弱，不得而知。心靈專家提示：「只要覺得心安，焦慮解除，不管在哪點燈都一樣」。

萬華──追尋巷弄的回憶

　　已將近卅年未曾再踏上萬華的我，被煥然一新的周遭景物驚嘆不已。台北捷運帶來一片新景象，將原來破舊不堪的傳統市場，改建在地下商場，地上開闢綠色公園，供民眾休閒健身，大幅提升此一富饒古樸氣息、人文薈萃的古老廟街。

　　記得一九八〇年在台北求學時，家父每回台北行，必帶我去龍山寺燒香，後光顧臨近的華西街，品嚐四物鱉湯，也順途逛逛夜市鬧區，領略蛇膽蛇肉如何被宰、被取、被煮，再送入

人肚的操作流程。另一條廣州街則是玉市集中地，也是萬華的另一賣點。

為充分利用時間，我們從龍山寺出發，兵分三路，家母想買烏麻油，黑白木耳，杏仁等食品。由Alice及五弟陪同到迪化街採購。Terry及內人則帶路去忠孝東路逛SOGO百貨；我則回飯店索取內人忘了帶出門的衣物，準備六時半到饗食天堂會合用餐。

近日來，迪化街已擠滿採買年貨的人潮，雖然景氣衰退，不少消費者荷包縮水，但在年貨還是不能缺的思緒作祟下，再次鼓動迪化街的歲末榮景； 商家為刺激消費，寧可降低利潤也不敢漲價，紛紛打出低價促銷，不失為台灣民間拯救經濟的一條捷徑。

期待煙火的光彩魅影

今晚是除夕夜，依例要享用一「頓」大餐，祭祭五臟廟。明曜百貨公司內的饗食天堂的大排場，即有五星級酒店的氣派，一餐訂價千元新台幣。中、西、日式的冷、熱、甜食品，應有盡有，包羅萬象。偌大的場所，被幾個擺設數十道精緻料理的區塊擠滿，實令人看了眼花瞭亂，目不瑕接，霎時真的不知從何取食，從何吃起才好。

視覺和味覺的混合演繹，果然成功打造了一場華麗饗宴。

晚飯後，為等候鐘響十二下，以便擁至台北101附近湊上一腳，參與倒數跨年，並欣賞摩天大樓「吐放」招牌煙火秀的燈光魅影。

大家只好沿忠孝東路精品服飾店巡迴「割胅」，消磨時間，也幫忙消費，救救經濟。

　　台北捷運各線通往101的人潮塞爆，為讓家人親睹捷運的活力風采，我們也入境隨俗擠進車站，只是十三個大人小孩，在人潮洶湧的超顛峰時段搭車，差點兒鬧到警局上演「尋人記」。

　　十一點五十九分，台北101全面熄燈，我們早已群聚最佳觀賞的東北方位置，屏息以待。

　　「……五、四、三、二、一！」二〇〇九年零時一到，「紅光乍現」畫破天際，台北101幻化為火樹銀花，伴隨燦爛煙火「拉手」、「盆花」、「花束」、「笑臉」等數十種花式煙火直衝天際，揭開188秒絢爛的精采序幕，也將101大樓完全包覆起來，更顯華麗耀眼。

　　三千萬元台幣換回的煙火大秀，果然被全球媒體鎖定，爭先播報。當跨年煙火秀在音樂的搭配下施放，紅、金、綠等各色煙火奔放飛騰，奪目璀璨；當101樓身秀出「二〇〇九」、「TAIWAN」及「愛心造型」等彩色圖樣時，現場近五十萬人驚嘆連連，歡呼不斷。

　　激情歡呼，曇花一現，人們真能喚回心中早已失落的夢想？強強滾的人氣，用熊熊煙火燒掉煩憂，真能揮別金融海嘯的陰霾，祈求來年「牛」轉乾坤嗎？

　　縱然迎新煙火一如往昔般的炫奇金閃，在台北灼灼輝煌的夜空下，迎面而來的散場人潮中，在刺骨的寒風中，不難發現映照出的一張張臉龐，卻滿是愁悵不安的引頸企盼。此時的我，真想趨前向他們打聲招呼：景氣已經很差，心情不要再跟著蕭條壞下去，朋友，加油！

喜獲中正紀念堂寶物

中正紀念堂內蔣公坐姿大銅像頂上，即八角形屋頂內的約一千四百多片，中正紀念堂字體及梅花形狀的金黃色雕刻板，因逃不過「去蔣化」肆虐而慘遭民進黨政府統統拆除。啟明嬸透過關係，爭奪數片即將送進垃圾場的瑰寶，再予以創意加工，以淺咖啡色書法字體襯底，雕刻片置於正中央，裱成一幅亞克力木框。她隨口問我有沒有興趣收藏，對於極有可能終成古董般的文物珍品，我豈有說不的道理？

一幅重約六、七公斤的文物畫框，提供不同風格的奢華，不亦樂乎？

二〇〇九年二月十五日

邁向創新城市的新紀元
──台灣親子八日遊隨筆七之七

湘廚──老菜新吃吃個飽

　　湘廚餐廳以湘菜為主，既可做經典老菜，也能創新意。自推出非自助式的，一票吃到飽的創意策略，百餘款精美手工菜任君自由選擇「下單」，好吃想再吃的菜色，可逕自加點，一盤接一盤源源不斷供應，物超所值，為饕客族及青少年族群青睞，紛紛趨之若鶩。

　　精選的小牛排，嫩到入口即化，連甜點也費盡巧思，做出各種造型，像是一件件雕塑品。現炸的芋頭酥，口感鬆軟無比。湘廚的每一道菜餚，送進嘴裡，每一口都是驚喜，吃巧也吃飽，誠為不可多得的美食之一。

　　十五年前我曾帶著老大，老二，家母及岳母先後光顧數次，他們因吃得津津樂道，成為我每次去台北必「報到」光顧的行程之一。湘廚曾風靡一時，全盛時期一度分店十多家，聽說近年來拼不過激烈競爭，成本驟增，菜色開發面臨瓶頸等窘境，以致營銷江河日下，店數逐年萎縮，僅剩下的一家，也有可能敵不過這一波景氣陰霾的衝擊，而不日可能將吹熄燈火，收攤大吉。

101——台北第一地標

台北政界過去一直為爭取台灣的國際能見度，不惜代價，紛紛擾擾，使出銀彈外交，渡假外交等自認高明策略，搞得海峽上空不時瀰漫著烏煙瘴氣，陰雲密佈。影響所及，台北為政者無端被洋人冠上「麻煩製造者」的名銜，令人詬病，得不償失。

101摩天大樓的誕生，無庸置疑，被舉世公認為最高、最先進的樓宇，不僅成為「首善之都」台北市的新地標，亦是台灣進入現代化的嶄新標誌。相信此一在建築業界爭奪一席之地的璀璨亮麗成就，才是提昇台灣能見度的最佳、最務實的策略。其威力效果絕不亞於任何正式的外交途徑。尤其每年年終，台北101的招牌跨年煙火，更是全球人類爭睹吸睛的盛事。又如台北發射的福爾摩沙衛星，在中國汶川地震後的第二天，及時提供中國政府的災區實景圖片，以供人道救援，是全球第一枚，在第一時間拍攝最清淅，最準確的衛星圖照。此一對人類空前性的重大貢獻，豈不遠遠超越任何外交禮儀？每年除夕夜的煙火秀，火樹銀花，絢麗斑爛，魔力四射，不也同樣吸引全球電視機前數十億觀眾的眼珠？凡此種種跡象及演化，何嘗不是台灣人的驕傲？

我與內人之前已先後登上紐約帝國大廈，芝加戈西爾大廈及馬來西亞雙子星大樓。台北101大樓，不論是建築高度，安全深度，軟體精度，設備廣度，確實有它獨占鰲頭，獨領風騷的一面。

繳付一人四百元台幣的入場費，搭乘世界金氏紀錄最高速恆壓電梯，僅需三十七秒即可直達三百八十二公尺高的八十九層。

站在室外觀景台，居高臨下，除感受高空風力，雲霧圍繞，以最近距離仰望大樓最高點，五百零八公尺高的塔尖等飄逸情境外，也擁有台北縣市全方位絕佳的景觀視野，眼前霎時浮現的，猶如一幅浪漫醉人的夢幻圖畫。

台北──向創意城市靠攏

台北市擁有濃厚的藝文氣息，還有多樣的異國風情，藝文咖啡館，特色異國料理餐廳林立，處處聳立著多元化的建築風格，其生活機能齊備，文教特質濃厚的住宅環境，令人嚮往。除了規劃整齊、綠意盎然的街道，還有分佈各區域的大型綠色公園，為生活品質加分，成為全球居住品質率最佳的城市之一。

台北市另一特點，莫過於創意市的無限潛力。創意城市的真正精華，是在於城市是否具備高出一截的生活節奏，風格訴求，以及創新思維。

一塊塊創意的街區正在台北形成，例如信義計劃區的吵藝術節，天母的生活市集，東區的粉樂町，牯嶺街的書香市集等，它們讓台北變得非常特別，人們縱使看不到雄偉的建築物，但是街區的豐富體驗，絕對走在亞洲各大城市的最前端。

隨著地鐵悠然滑進南港捷運站，幾米「地下鐵」的經典畫面，就在月台、樓梯牆面向人招手。這一虛構已演化為真實。台灣自一九九三年設置捷運公共藝術以來，首次將台灣本土創作者的經典作品，融入車站設計，形成獨樹一幟的台灣捷運藝術，引起國際間的熱烈迴響，亦帶領台北市正式宣告，邁向捷運城市新紀元。

另一標榜「高科技」特色的忠孝敦化捷運站，運用LED燈打造「樹河」，夜晚時在牆上亮出兩棵燈樹。

公館捷運站的公共藝術品「偷窺」，在地面與地下月台的藝術品中，裝上攝影機與液晶螢幕，讓車站內外的景象節奏，並呈於螢幕上，使觀察者同時成為被觀察者。這是國際間少見的互動式公共藝術，是一項空前絕妙的高科技。

我們蜻蜓點水式的走訪各創意街區，真的無法深入體會到，各創意點子的另類奢華，更難充分理解台北市，如何成功挑戰世界創意城市大拼比。

台北誠然是一座不斷在學習如何創造風格，表現風格的世界級城市。

小籠包──擋不住的誘惑

逛過台北的旅遊達人，無不知道鼎泰豐的小籠包傳奇，別誤以為個個小巧玲瓏、精緻美妙的小籠包，都可闖出什麼名堂來。其招牌菜小籠包，由於皮薄汁多，食材新鮮美味，名聲不脛而走，是當今國際觀光客，不可錯過的美食站點之一。我之前的無數次台北行，皆會安排去鼎泰豐用餐，連遠遊馬來西亞、關島、美國加州、日本、雪梨等地，也擋不住小籠包令人垂涎欲滴的誘惑，不管行程再怎麼緊張，也得千方百計，非到鼎泰豐享用美食不可。

這次台北之行，啟明叔伉儷帶我們到鼎太元打開「口」界，品嚐由鼎泰豐合夥人之一，另起爐灶，與鼎泰豐招牌美食如法泡製的系列美食。鼎太元果真名不虛傳，讓老少饕客愛不釋口。

師大路──探望久違叔公

二日上午，我們舉家探望住在師大路的郭明芳表叔公及嬸婆。大夥兒分乘四部車抵達，樹戀表叔及美莉表姑早已忙進忙出等候接待。睽違多年，叔公身體雖已大不如前，坐在輪椅上與我交談時，神采奕奕，記憶力強；嬸婆好似沒啥變化，一幅和藹可親的模樣依舊，倒是樹戀叔被歲月摧磨，有點兒老態龍鍾；美莉姑多年前開設幼稚園，如今事業如日中天，令人甚感欣慰。

廿九年前，當我赴台留學時，明芳叔公位於伊寧街的住宅便是我在台北的家。每逢週末或假日，我必興致勃勃準時報到，與叔公一家人，渡過一個既溫馨又快樂的週末。

記得初識叔公時，他身穿淺藍色中山裝，言談舉止威風凜凜，儼然一位典型的軍訓教官，令人敬畏三分。叔公是曾祖母的侄兒，與曾祖母長相尤其神似。自從父母親於一九六〇年，初次到台灣蜜月旅行起，叔公便是父親在台北的至親長輩。父親往後赴台經商的旅程，叔公總是形影不離，陪同父親走南闖北，東奔西走，兩人情同父子的微妙關係，維持逾卅年。

父親於一九九三年十二月作古，那年的四月，父親隨同菲華消防隊考察團赴台北訪問，其間曾與叔公約定某晚登門造訪，無奈跟隨團體行動，時間把握不準，遲一步叔公便已就寢，父親當時未見到叔公，猶感惆悵，耿耿於懷。回菲後曾多次提及此事，心中無法釋懷，溢於言表。

父親旋於十二月五日，無預警地撒手人寰，事後我又無意忘記通報叔公。前後種種跡象，難免令我聯想到，父親當年去台北，可

是生前的最後一趟，欲探訪叔公，猶似欲向他老人家「辭行」；未見到叔公，好比叔公不願也不捨與父親「告別」；治喪期，我又未及時稟報叔公，像是父親冥冥中也不忍心讓叔公憂傷似的，似此一串串揣測，只有留待與父親夢裡相會時，再提示解解謎吧！

圍爐——酸菜火鍋饗宴

　　去年十一月下旬，我應邀赴台北，出席第七屆世界華文作家會議期間，台北著名作家蕭蕭夫婦，在忠孝東路四段的圍爐餐廳，設宴招待我們一行，盛情款待，銘感五內。

　　宴席採用北方大火鍋，熱呼呼的酸菜湯頭，其酸中帶甜的口味，配上各類鮮美肉品，組合絕佳，風味獨特，寒冬享用顯得格外貼心。其蘿蔔絲餅手工菜，香酥咬勁，令人忍不住多想再狠吃一口。

　　我們一家人台灣之行的最後一餐，我選擇重返圍爐，除想解解口饞，也想「好吃相報」與家人分享中國北方的傳統美食。

　　九日的親子台灣行，就這樣在逗人驚喜的人、事、物、景的聯心匯演而圓滿落幕。大家體力雖然稍嫌疲憊，但精神上所獲得的大豐收，難以估計。在桃園中正機場候機時，孩子們已開始意猶未盡地，七嘴八舌向內人推薦下一個耶誕假的行程。奇怪，孩子們居然比我們更了解各國的旅遊景點。瞬息間，我們實在不得不承認，電子資訊的威力，正無聲、且快速地將我們的老舊腦袋給邊緣化了，不再努力往前追，恐怕真的要被淘汰了。

二○○九年二月廿二日

九旬光寶婺，百歲晉霞舫
──祖母九秩悅辰溫馨回憶

　　我家老祖母莊駱碧玉女士，（祖籍福建惠安縣東園鎮埭村鄉，娘家惠安縣張扳鎮下宮赤石村）於十一月八日（農曆十月十一日）歡渡九秩悅辰，大家庭四代的大小成員及少數親友近百人，濟濟一堂，為祖母歡喜慶生。

　　壽宴結束後回到住宅已約十一時半，我躺在床上正準備就寢時，一段段與祖母過去的親情互動往事，猶如影片般，頻頻閃電似的，瞬間在腦海中來回重播。我無法壓抑，自己籠罩在不斷翻滾的低氣壓思緒中，狂烈的思念祖母。稍事起身至房外取杯水喝，樓下傳來魚缸嚶嚶細細，鎮日響個不停的水流聲，在這沉寂的夜晚，路過父親慈祥容顏的遺照前，又情不自禁的懷念父親。躺在床上，整夜輾轉難眠，直覺今夜註定要奉陪「失眠」到底。

　　正愁無施可計之下，我靈機一動，走到書桌上打開筆電，一波波思念祖母的微妙情感，如潰堤般傾瀉，召喚出一格一格文字片段。一來感恩祖母的德澤廣被，二來祝福祖母長命百歲。

　　就這樣塗塗寫寫了四個多小時，不知不覺中，斜穿過窗戶的熹微陽光，透過窗帘布右側空隙亮晃晃……。

喜見家族興盛

當天早上七時半，我與內人循例向祖母拜壽，她聽到我們祝福的言辭，笑容將臉上的皺紋一一推開。與祖母交談，略感她講話力氣，大不如前明顯驟減，但意識依舊清晰伶俐。我帶去燕窩湯及蘋果，她一再揮揮手，口中喃喃地說，好像要表達不要帶這麼多似的不捨，讓我內心深感愧疚。

其實老人家渴望的，絕非敬奉的物質。一聲聲祝壽語的威力，便在於它蘊含的關心與用心。

坐了一會兒，她再三詢及也在場的大弟，是否已知曉晚餐的地點，並囑我要攜同兒女參加。我因一時不清楚老二秋彬在拉剎大學的放學時間，也未講明為何我們只四人出席，讓她不放心的一再低聲叮嚀。原來祖母要我一家六口及母親、弟妹們一同赴宴。經過我的詳述，她才恍然大悟似的，明白老大在日本讀書的原委。祖母或許忘了，老大秋文在九月十一日，隨亞典耀大學管理學院赴日本城西大學遊學前夕，我曾帶他去向「阿太」辭行，祖母還若有所思的提及，父親當年如何溺愛秋文的溫馨往事。

我們大家庭的成員人數，從十五年前餐敘需排宴席四桌，而迅速成長至如今約七席，繁衍茂盛，家門興旺，不言而喻。這些擺在眼前的興旺景象，毋庸置疑，祖母是大家的靈魂人物，也是大家的精神支柱。莊家歪頭伯（太曾祖父的別名或正名一時無從查證）的子子孫孫，今日的所有成就，祖母居功厥偉。沒有祖母當年的堅忍不拔的毅力，沒有祖母當年的聰穎智

慧，沒有祖母當年的超人膽識，今天那來我們豐衣足食，享樂天倫的幸福時刻？

當祖母由兩位護士推輪椅進場的霎時，我內心因浮想聯翩，百感交織，一股發自內心莫名的欣喜，油然而升。

不為病魔所動

祖母近年來因輕度中風而行動不便，每日起居由兩位護士輪班全天候陪侍。猶記得病魔纏身之初，原本健壯的身子，被折磨得益形單薄。可祖母每日勤於復健操練，定期由按摩師作穴位點擊，活絡全身筋骨，改善血液循環。虛弱體能雖無法一時完全復原，但她神采奕奕，神智清醒，對周遭事物，反應靈敏。祖母屢屢露出堅毅的神情，不為病魔所惑、更不為之所動的堅強意志，由此也可看出端倪。

時光猶如電影中幾秒鐘的過場鏡頭那般，二十年就這樣飛快過去了。一眨眼，我從二十四歲變成了四十五歲，原本烏黑發亮的頭髮變成霜雪斑斑。而最大的不同，恐怕是當年身為人孫人子的人，如今已然升格成了人夫人父（再過四、五年，說不定更上層樓亦要擠身爺爺族）。

自從父親於十五年前無預警的撒手西歸，大家庭內為生意利益糾紛，鬧得沸沸揚揚，滿「街」風雨。我們確實有過一段時間沒有參加祖母的慶生宴席，即使如此，我還是堅持每年於這一日，與母親攜帶內人及兒女們向祖母拜壽致意。而這幾年在生日當天的短暫聚首，祖母照樣全數發給我們每人一個紅包納福，可見在她老人家心目中，還是可以充分理解，我們當時

突然失去父親的「加持」，所形成前所未有，鬱悒無助的心理
窘境。

失去父親與自己成為父親，是兩種迥然迥異的人生際遇。

典型惠安女性

祖母是一位典型的惠安女，約二十歲不到的青春年華，與故
祖父莊公開宗在家鄉訂情結褵後，滿懷壯志遠渡重洋，來到這個
雖然美麗，但十分陌生，且荒煙漫草的千島國打拼，一心只知要
往前衝，追尋一場前景卻未可知的人生奮鬥之旅。

二次世戰前的千島國，物資匱乏，生活困苦。經過一場戰爭
的洗禮後，舉國滿目瘡痍，百廢待舉，生活條件更加險峻。已故
父親莊公澤江於一九卅九年誕生後，姑姑、叔叔八人相繼呱呱落
地，要從從容容維持一家食指浩繁的生計，談何容易？

再者，依惠安女的特性，因全村男性不是經年出外謀生，就是
負笈城市求學。據已故水金堂叔公轉述，故曾祖父莊公聯輝早年在
北京大學上學，曾參與五四運動，百年老家是埭村鄉當時少有的書
香門第。祖父自幼秉承詩書卷氣，性情中人，木納寡言。況且祖父
患疾早逝，祖母不畏艱辛，刻苦耐勞的拼搏氣質，對挺身單挑此一
重擔，扮演了相當吃力的角色，簡直是個無敵女超人。

識字功力超強

祖母雖然沒有接受過正規教育，但習字識字的功力驚人，待
人處世之道更是有口皆碑，是道道地地的中國傳統女性。

說祖母識字的功力，自我有記憶以來，她每天會翻閱報紙，對同鄉親友的婚喪喜慶，瞭若指掌。據母親的描述，從未學過英文的祖母，對客戶支付的銀行支票，水電月單等的核對及記錄，對月份，金額及一些基本資料的英文單字，皆可輕易的逐字辨識無誤。其憑靠的助力，無疑地是她過人的記憶力。這點，我相信在她同輩們中，無人可出其右。

提及待人接物，祖母奉行禮尚往來，面面俱到。對於親朋好友的紅白帖，她必躬臨全程參與，滴水不洩。祖母尤其重視親情，五服內（五代血統親屬）大家族的長輩們，她亦會經常探訪，或關照起居，或閒話家常，重溫家鄉年少時的歡樂情景，一舉數得，不亦樂乎。

平日樂善好施

祖母平日勤儉持家，不該花用的，或能節省的，絲毫不馬虎，此一特質，在各種小事上發揮的淋漓盡致。但遇有需要幫助的親友，她必盡力而為，適時伸出溫暖的雙手。多年來受過她照亮發光的親友無數，時時被街坊鄰里傳為佳話。

祖母對待咱家店鋪工人，也有一套令人感念的行止。熱衷追隨「迷信」的祖母，逢年過節，必照習俗擺設多道食物，供奉神明。尤其春節前夕及中元節，早上供奉觀音菩薩、土地爺等神明及諸祖靈遺照，下午供奉地基主及好兄弟，一天準備的熱食數十道，加上罐裝食品，糕餅甜點等，一時堆積如山。在行禮如儀，燒完冥紙仙幣後收攤時刻，只見她準備了不少大小塑膠袋，把乾

的、熱的食品一一分類包裝，然後分配給所有員工，讓他們各自帶回家與妻兒共享。

祖母此一幕幕的善行畫面，早已深深的烙印在我幼小的心靈深處。我後來白手創業，在最艱辛的起步階段，每逢遇到拜祭神明這一禮俗，我也完全承襲祖母慈悲心懷的基因，如法泡製，讓員工一時驚喜不已。後來事業稍有進展，連我及內人的生日，有時贈送罐頭食米，有時擺設自助餐招待員工，每每會爆出意想不到的喜悅。此外，中秋節擲骰子遊戲，暑期郊外旅行，慶春節送甜糕，年終耶誕節派對及抽獎等等，已然成為我公司多年來奉行不逾的例行性活動。

祖母平時仁慈助人的言傳身教，讓我耳濡目染，真正感悟施比受更有福的核心價值。

辛勤打點裡外

父親是長子，與母親於一九六一年結為連理後，連續四年為莊家添加四名壯丁。據已故培珍姑婆的敘述，母親婚後一年一胎，曾祖母，祖父及祖母欣喜萬分，見親友登門道賀時，總是笑得合不攏嘴。祖母更是年年為母親張羅作月子忙得團團轉。爾後，五弟及兩位妹妹的相繼誕生，作為祖母的，何嘗不為父親，擁有五男二女的傳統吉祥數字，而喜上眉梢？

記得七〇年代菲國每逢大選，天生菲籍的母親，依政府當時規定，需回原出生地投票，因而有機會回娘家，到怡朗市渡假幾日。母親外出的幾天，我們四個調皮搗蛋的小籮葡頭，每日的生活作息，尤其是洗澡這一被她視為疏忽不得的環節，祖母絕不假手佣人，親自為我們四人細心打理。

　　我十一歲那年患急性盲腸炎住院開刀，祖母憂心如焚的為我四處求醫問卜，尋求當時最負盛名的外科醫師葉文咸（亦為時任總統馬可仕的首席私人醫生），為我操刀治療。手術後的足足一個月內，祖母每日無不為我準備一條生鮮石班魚等補品，為我補身養病。為我日後的體質奠下深固的基礎。凡此種種，在我孩提時，祖母便一直是我心目中的偉人。

　　我自幼偏好道地的家鄉菜餚，如薯粉麵線，魚籤湯，蒸肉圓，每逢祖母親自下廚，燒煮出的香噴噴佳餚總是有我的份兒。至今每思及此，不禁要垂涎三尺。

　　祖母對我們的學業獎償，亦有一高招。一百分的大小考卷，一律一張十元計，一次收穫幾十元。對當時而言，此數額已足夠我們滿足貪婪零食的嘴饞。若期末考上前三名，除金錢獎勵外，更要推派我們去錦鏽堂，同鄉會及惠安公會領獎。此外，祖母也非常重視我們的華文教育，平時還會帶我們去當時盛名的亞洲戲院，金龍戲院或首都戲院觀賞華語影片，自幼加深我們對華文的說聽能力，大有俾益；暑假時，更要我們報名自由大廈文復會的各種文藝研習班，舉凡珠算，國畫，語文，書法等班課，都留有我們吸取中華文化精髓的足跡腳印。

　　隨著年歲的增長，我因逐漸形成的直率個性，又對很多事物懷有自己的見解，而敢於直言。經常有意無意間，與祖母意見相左而冒然頂嘴。屢次理直氣壯的「辯論」中，只見祖母愣了一下而欲言又止。經歷些許世故之後，憶起這段湮遠昔事，倍感祖母不因此而嫌棄我這個「不肖」孫子的寬宏大量，而感激涕零。

二〇〇八年十一月十一日完稿

媽媽的眼神
──媽媽趣事拾零

虔心學佛屢遭誤解

　　媽媽卅年前，經朋友引介，加入在菲拓展的日蓮正宗佛教團體，每日早晚必作勤行，參加週會，幹部集會，及勤於「廣宣流佈」等。因虔誠禮佛，紊亂的心靈，獲得空前的慰藉，而樂此不疲。可惜屢遭祖母及爸爸誤解，認為日蓮正宗佛教為一門邪教，被妖化成「入魔」，言詞中常流露反對，和干擾信仰的聲浪，令媽媽相當為難。

　　殊不知日蓮正宗原為日傳佛教，早晚勤行課採用的經書，皆為中國佛教經書上所引用，由印度佛教創教者釋迦牟尼佛宣揚的法華經，只是誦經語言為日語發音。只要虔心向佛，印文、日文、華文、泰文又何妨？慶幸媽媽信心堅強，從不為所動，更不為所惑。曾幾次聽聞媽媽被委派，在週會以閩南語講經，看她事前磨拳擦掌，一副認真準備的緊張神情，以她的華文水平，是足以勝任的。我深為媽媽勤於學佛，也樂於分享心得的慈悲情懷，暗自竊喜。

走出喪夫陰霾歲月

自從爸爸於一九九三年，毫無預警撒手西歸，媽媽的日子顯得孤伶伶，每日精神不振，多數時間關在房裡觀看台灣的電視節目，消磨苦悶的時間……。我因商務纏身，較少回去探望她，偶爾在電話中問候交談，我會鼓勵她出去走走，提議早上參加黎剎公園的晨運，下午也有多處練功場所供選擇。如此安排即可鍛鍊身體，結交朋友，又可揮走難耐的孤寂，一舉數得，何樂而不為。

媽媽多少也對日益發福的體態擔憂，走上練功的道路，是絕對正確的選擇。香功、太極、元極舞等操功，隨著悠揚配樂的運轉，媽媽對每一項功法，都會專注學習，並享樂其中。近年來，元極舞更時時圍繞著媽媽的心靈，讓身心健康，大幅升級。

家逢變故後，媽媽一直無法釋懷者，莫過於爸爸逝世後至今，家族公司未曾給予分文資金。想到爸爸早年於先祖父作古後，不由分說毅然棄學從商，協助祖母把事業擴大。而儲存在香港多年的公司資金，叔叔姑姑六人，曾相繼赴港提領或轉戶，唯有爸爸的份額至今交待不清，而懊惱不已。面對此一串串不幸發展的牢騷語，我常無言以對，或欲言又止。

一念之間興起的「路不轉心轉」的勵志名言，只能苦勸媽媽錢財為身外之物，一枝草一點露，只要兄弟們同心協力，爸爸遺留的「支離破碎」五金店鋪，終有鹹魚翻身的一日。偶爾也會提醒媽媽曾經教導我們的名言：「天有目，一切讓祂作主」，「該來的錢財，自動會滾滾而來；不該得的，再多反而造成橫禍」，「因果報應」等互相打氣，暫緩舒解媽媽憂鬱不平的情緒。

所幸媽媽鼓足勇氣，看破譎詭現實，面向陽光，大步走出痛失父親的陰霾。也安然適應，父親走後的人情冷暖，逐漸開懷地參加各項晨操練功，繼續投入日蓮正宗的佛學活動。晚間偶爾參加坊間的各類健康講座等，生活頓時充實，更加有活力，令人欣慰。

每當從醫學講座獲知有關健康常識後，媽媽都會迫不及待地與我分享，電話中，我可以充分感受到，媽媽愛子心切，要我如何如何，不要這、不要那的，我有時顯得有點兒不奈煩，但我何忍澆灑媽媽冷水？

最令我實用實惠的，乃是媽媽從各種練功，所學會的一些簡易功法，一一展示讓我學習操練。那怕是坐在車上的短程旅途，媽媽也會不厭其煩地，再三提示，乘機來一場腦部自行按摩，或兩手搓揉等，有助活絡經脈的小功法。

連哄帶騙出遊歐美

一九九六年，爸爸大祥日過後一陣子，我擅自作主，幫媽媽報名參加，由某旅行社主辦的歐美四十日遊。當她獲知要辦理旅遊簽證等事宜，在電話中推三阻四，語意堅決不肯「就範」上路。我招架不住之餘，靈機一動，一句「我已全部繳款付清，旅行社講明若取消，無法退款」，把她滔滔不絕的似是而非托辭，給徹底阻擋。這一招術，果然湊效，但我深知只能闖關一次，下不為例。

媽媽首次赴歐美的遠行，一切平安順利，四十天一晃而過。問及媽媽遊興，她們因行程超緊湊，幾乎每兩日更換酒店，遊走

的景點雖多，但只能走馬看花式的瀟灑走一回。唯一美中不足的事，莫過於與她從不相識的同房婦人，常擺出霸用洗手間臉孔，生活上暴露的諸多自私行為，一路上或蒙昧無知，或明知故犯，令媽媽很不自在，掃興之情自不在話下。

說也奇怪，我每隔幾天在長途電話中，與她閒聊出遊事，她總是不肯告訴我這一段小插曲，使我無法為她及時解憂。事後，才知道媽媽不想讓我操煩，才一路憋著氣回家，不與怪人一般見識。

媽媽就是擁有這副慈眉善目，待人處世，小心謙卑，向來寧可吃虧一點兒，也不與人爭長短。

媽媽到達華府，我拜托正在美國渡假的岳母，及大姨子就近關照，沒料到旅行社臨時改變行程，害了大姨子連開一個半小時的車程，才抵達媽媽下榻的瑪莉歐酒店。為此，媽媽也耿耿於懷，一直覺得不好意思勞師動眾，拖累岳母。

經過這次的「教訓」，往後的外出旅遊，我一定再三催促媽媽尋找相識的遊伴，以免再重蹈覆轍。

參觀冰雕摔傷脊椎

一九九八年十二月聖誕節期間，中國哈爾濱政府，在菲律賓舉辦冰雕展，我邀約媽媽與我們一同去觀賞冰雕藝術。媽媽照樣提出一堆理由，任我怎麼費盡唇舌遊說，就是不肯點頭答應，後來經不起我連日使出的電話「催眠」術，媽媽最後勉強答應隨行。

未料，當天剛走進會場不久，媽媽站在有點兒黑暗的一角，正開始慢步品賞，即被地上一小灘溶解的冰水戲弄，不留意滑倒

在地，躺在地上動彈不得。瞬間，我被突如其來的撞擊聲驚惶失色，手腳發麻。幸好媽媽落地時未撞及腦部，主持單位緊急召來救護車，護送至鄰近的聯合國大道，一家華人醫院診治。

急診室連續照了幾張背部Ｘ光片，診斷結果，一切正常。可是媽媽腰酸背痛，苦不堪言，更無法自行轉身，經醫師解說，乃是短暫性的皮肉之痛，脊椎節未有任何裂痕，或脫序跡象，讓我大鬆一口氣，只好安排媽媽暫且留院觀察一晚。

隔日一早，媽媽躺在床上仍無法自由轉動，還略帶呻吟，得知病情似有愈演愈烈之勢。我要求醫生再重新照Ｘ光，主治醫師赫然發現脊椎第十二節處，有壓迫性裂痕，當場痛斥急診室的實習醫師，糊塗至極，並趕緊重新派藥，服用急性肌肉痠痛，和緩解中度疼痛的藥物，療傷止痛。

因不放心此家醫院的醫療品質，我當場決定轉院，尋求名醫接手照料。

對此一幕幕驚悚上演的情景，我內心感到相當自責與愧疚。倘若我不囉嗦強求，媽媽就不用承受如此肉身的折磨，及精神上的「刑」求。

半年後，媽媽經由穿戴矯正鐵製背心，加上藥物等治療，脊椎的傷痕逐漸癒合，臉上也開始綻放久違的笑容。

滿心期待全家同遊

我知道媽媽特別珍惜，我們全家人一起出遊的美好時光。國內遊如：在碧瑤山坡上、盡情踏青的悠然自得；在巴拉灣依爾尼洛渡假村、獨木舟鑽進山洞探險、與岩石間擦身而過的刺激與過

癮；在納卯跨島嶼遊艇上、與波濤洶湧海浪，共舞的險象環生畫面等。

國外行如：搭乘皇家加勒比郵輪赴星馬遊、舉家在郵輪歡聚，美式百老匯劇目的賞心悅目；在新加波的聖淘沙主題樂園纜車上、翱遊四周旖旎風光；在馬來西亞吉隆波雙子星大樓、體驗登峰造極的神采飛揚；在泰國曼谷河上浮動市場、追逐便宜貨的飄然灑脫；在台灣令人垂涎三尺的南北小吃；在阿里山見證太陽、慢條斯理露臉的萬變風采；在台中溪頭享受萬竿千竿，綠竹蔽天的深幽靜謐；首次在南京歡渡農曆年，陶醉於大片雪景，目睹「白色恐怖」籠罩一切的心曠神怡；欣賞上海的現代化建築線、一路迤邐；在雲南麗江見識劇力萬鈞、震撼魂魄的「印象麗江」大型戶外歌舞演出；在雲南大理洱海遊輪上，領略一片山水美景；及在香格里拉高山、陪伴嬌媚雲層，四處遊蕩的飄逸時刻；在浙江舟山，香火鼎盛的普陀山虔誠禮佛等等。凡此種種，行前行後，從媽媽臉上展露，一副歡心愉悅的神情，對其熱切盼望親子同樂，可窺豹一斑。

我也一直鼓勵弟妹們，把握每年的各種長假，如復活節，耶誕節等，舉家出遊，讓媽媽盡享天倫之樂。唯一美中不足者，為三弟一家，因長期「獨家」肩負，照料年邁祖母的任務，從而無法隨心所欲成行〈說也奇怪，祖母的兒女及內外孫數十人，何不輪流值班看護？〉。

有一年暑假，我為四個子女，及二位妹妹申請美國旅遊簽證，除長子秋文因年齡關係，僅獲得有效簽證一年，其餘皆為五年有效期。為使秋文的簽證不致於荒廢，趁期末假期，我趕緊安排媽媽，偕同二位妹妹，陪秋文赴美加三週旅行。

　　媽媽乍聞之下，仍舊「老話」綿綿，但一提到秋文也隨行，她在舌尖打轉好幾圈的話，立即收縮，拍板定案。

疼愛孫子溢於言表

　　媽媽早被爸爸感染，對長子秋文疼愛有加，一場寵愛長孫的接力賽，延續開跑。每次探視孫子，媽媽總是大包小包的食物，每每讓秋文等喜上眉梢，紛紛跑去又吻又抱，迎接阿嬤的來訪。媽媽起初有點兒不習慣，要孩子採菲律賓人，對長輩的吻手禮儀即可，原因是大人的臉頰，外出時會染塵，或散發的面霜，為衛生起見，不宜貼近或親吻。但是內人金媛始終堅持，孩子也照吻不誤，媽媽勉為其難欣喜接受。這種禮俗，沿用至今，縱使秋文已年逾二十，老么秋彥也十六歲了，長大的孩子，有時回家見到父母，也羞答答的僅叫一聲爸媽，省卻親吻一節，我倆也隨興應對。可是孩子們每次見到媽媽，無論身處何方，皆會主動趨前，親吻他們的阿嬤，由此一自然動作，可看出媽媽在孫兒女的心目中，是多麼的令他們樂以親近。

　　有一回媽媽週日來訪，吃晚飯時，金媛告訴媽媽，剛買的二份炒麵線，一份留著帶回去給弟妹們食用，媽媽暫不發一語，眼睛只管掃描，桌上已快見底的麵線食盤，再檢視秋文及秋彬等的餐盤，不假思索，立即拆開另一份原封的炒麵線。金媛強著打斷媽媽未說完的話，秋文也連忙比手要阿嬤收回，並表示桌上尚有多道菜餚。預測到一齣，沒完沒了的「一來一往」鬧劇即將上演，我便發聲要秋文順從阿嬤的美意，溜口說出：「阿嬤知道你們喜歡這道菜，絕對不會把它帶走」。此時只聞秋文喃喃自語：

「下次多買兩份，阿嬤就可放心帶回家」。媽媽見到孩子們又繼續挾來，填補食慾，臉神露出欣慰感。孩子敏銳的眼力，何嘗不也感悟，阿嬤的心中有愛。

三弟的三個小蘿蔔頭，因住家毗連四弟及五弟經營的五金店鋪，得以天天見到媽媽。三個調皮好動的小壯丁，跟媽媽的零距離互動，不只因為地理優勢，重點是源於無隔閡的語言交融。我好羨慕三個侄兒一口流利的閩南話，我自己的四個子女，就是不肯堅持母語對話，閩、菲、英語混合使用，常令我為此一嚴重失職，而深感愧疚。

媽媽慶生添譜插曲

媽媽六十五歲生日，因祖母健在，依習俗不宜鋪張慶壽，為給媽媽一個意外的驚喜，我邀約媽媽幾位好友，加上我的朋友，席開十餘桌，觥籌交錯，賓主盡歡。事前事後，我被三方面「質疑」：一、生性儉樸的媽媽，一再責備我不應該籌辦此一慶生會，理由簡單明暸——即不必多花憨錢；二、因不敢驚動家族長輩，遂未在邀請之列，也被誤解為不尊重他們，不與他們往來；三、工商總有人甚且誤以為，我在搞小圈圈，私下邀約青壯派成員餐敘。凡此皆令我面對這一堆無心之「過」，一笑置之。

媽媽平日自奉甚儉，一身打扮樸實無華，大妹友仁出嫁前，幫媽媽買了多套普通外出，及參加宴會應酬的服裝，有時也被媽媽嘮叨幾句。每日的廚餘剩飯，媽媽自有一套解決之道。可以再食用的，存放冰箱保鮮，隔日續用。易壞的食物，媽媽便打包分給店鋪員工帶回家，一點兒也不浪費。

牽腸的心事誰人知

兄弟妹們只有三人成家，三位弟妹皆逢適婚年齡，尤其四弟及五弟，因終日被店鋪瑣事糾纏，分身乏術，自無法結識佳人。媽媽每日還得為他們張羅三餐及點心，牽腸掛肚。我常會勸告弟妹們，男大當婚，女大當嫁的人生「鐵」律，一個個儘早擇偶成家，減輕媽媽快壓不住的負擔，讓媽媽得以及早向我岳母看齊。瞧岳母那無憂無慮，沐浴在半年美國，半年菲國的愜意生活〔菲國的半年中，還時常隨友人國內外到處旅遊〕，何等逍遙自在，令人稱羨。

四弟生性內斂，不擅言辭。多年來又因潛心事業，無暇交際，一直苦無對象。看上他的，不被青睞，他中意的幾位妙齡女友，又嫌他年近四旬，歲數稍大，就這樣陰錯陽差，虛耗一段可貴的青春期。近來經妹夫引介，與一位北部女友搭上熱線，但願他努力馳騁的戀愛路上，能平平坦坦運行。祝福他們心心相印，及早結為連理。

五弟性情急燥，語言能力，差強人意。對談戀愛技巧，保證無虞，可惜擇偶條件，有點兒挑剔，加上醉心於拓展事業，被店鋪「綁架」多數閒暇時間，落得孤形吊影。我屢試不厭，脫口曉以大義「訓誡」，他亦莫可奈何，苦笑回敬。

小妹也屆適婚年齡，最近為我公司設計童裝，兼管零售部的部份營運業務，整日忙進忙出。大妹去年歸寧，她也自知逃脫不了，一場終生大事的洗禮，幾次苦口婆心的提醒，她不知是否聽而不聞？且拭目以待吧！

　　總之，他們三位的婚事，絕對是媽媽朝夕引頸企盼的大事，倘若弟妹們要使媽媽心花怒放，實現遲來及該來的婚姻美夢，愈快愈好。

　　二姨媽黃美霞，三姨媽黃麗霞于最近相繼辭逝，令媽媽在前年痛失大姨媽黃玉霞後，又增添二椿骨肉死別憾事，而傷心沮喪一陣子。

一場大火無家可歸

　　大哥一九六二年呱呱墜地，由於媽媽當年才剛滿廿歲，一位初出茅廬的天真少女，缺乏照護嬰兒的經驗及常識，又不假手於保姆，因而令大哥經常在半夜發高燒，身體一直處於虛弱多病的狀態。我一九六三年八月下旬出世，由於大哥生病的前例，家人又無暇分身看顧我，祖母逐委託，由當時名兒科專家劉麗玲醫學博士，經營的育嬰中心代為照護，打算待一段時間才抱回家養護。

　　詎料，一九六四年二月，天公生辰日當天，華人區的一場空前大火，猛烈火苗一口氣，吞噬四條平行大街的房舍，我們住家就座落，鄰近起火點的顏拉拉街段上，整條街道的房子，不一會兒的功夫，夷為平地，家人一時無處可憩。據媽媽回顧，祖母帶領一家大小，暫厝馬拉汶市華藏寺的臨時收容所一段時間，再另覓房子安頓，可爸媽為念及病魔纏身的大哥，因需冷氣供應，暫投宿旅館。

　　我就一直滯留在育嬰中心，逾期不歸。我在育嬰中心一年多的托育生活，每日只能與白衣天使為伍，稍大一點兒，還到處走

動，終日以育嬰中心為家，當時幼小的我，何嘗體悟得出，一項極為無奈的人生際遇，正迎面而來。

等到新家安置妥善，爸媽便把我抱回身邊，可是這一舉措，對我無助的心靈，是件非同小可的「打擊」。我突然搬到一個完全陌生的地方，一時認不得這麼多的陌生臉孔，晚上更是哭哭鬧鬧，家人大費周章想盡辦法解套，還是無功而返。原來揭開的密碼，異常簡易，只要穿上一襲白衣白裙，來安撫我不安的情緒，便萬事OK。

自幼隔離家人所產生的不安全感，衍生我日後一段時期的孤僻感。在中正學院附設泉笙培幼園上學的第一天，便死纏著媽媽，好說歹說，就是不肯獨自一人，留在教室與其他同齡兒童一齊上課，害慘了媽媽得扮演「書僮」現代版角色，長達數月之久，才逐漸落幕退場。這一齣笑劇，無疑地為我的童年，留下親切、且逗趣的溫馨回憶。

閱讀習性身教感化

媽媽喜歡閱讀皇冠、讀者文摘等書籍。加上爸爸的港台雜誌、報紙。他們床頭上不時放著一堆精神糧食。「萬般皆下品，唯有讀書高」、「少壯不努力，老大徒傷悲」等金玉良言，更是媽媽時常掛在嘴邊的口頭禪。我自小就是在這樣的書香氣息中成長，潛移默化，耳濡目染，久而久之，對華文的親近，產生濃郁的興趣。

媽媽平時對我們的功課，絲毫不敢放鬆。自我有記憶以來，媽媽即是我們兄弟四人，放學後的督課老師，媽媽對學校所有的

大、小考試，以緊迫釘人的方式督促及追蹤。倘若考試滿分，拿去給祖母看，一定有獎金可領。成績若不好，媽媽也不會疾言厲色訓誡，頂多說教幾句，讓我們自己主動去思考、改進。

媽媽擁有一手中英文皆優美的筆跡，書寫中文的毛筆、鋼筆字，端正有勁，清晰靈活。未曾努力學會「複製」媽媽的筆跡，是我至今深感可惜的憾事。

媽媽擅吹口琴，對學校分發的華語歌曲講義，她會事先「吹」給我們熟悉，等老師上課教唱時，我已耳熟能詳，唱得比別人開心。我對簡譜的啟蒙，便始自於此。日後身上的音樂細胞末梢，因逐漸被開發，被磨練，而充滿了活力。學校的歌唱比賽或音樂活動，我皆能應付自如。

自從小學一年級尹始，每年的學習成績，我皆保持在前三名。課外活動的成績亦不俗。猶記得上四年級時，有一次參加校內的造句比賽，獲得第一名。六年級首次參加朗誦比賽，勇奪冠軍。初試啼聲，一鳴驚人。當年級任老師莊麗桑恩師，對朗誦技巧的訓練有方，加上鍥而不捨的培訓精神，值得讚揚。但整體而言，倘若不是媽媽，從小為我紮好堅固的華文根基，恐怕一時也不容易獲此佳績。

祈願媽媽四處遨遊

今年八月，我原計劃去美西渡假二週，再次邀請媽媽及小妹蓉蓉隨行，好不容易勸服媽媽應允，卻因內人一場感冒，而拖延行程。念及媽媽未曾去過加州洛杉磯市，又巧逢小妹好友，也將回洛城省親，兼覆行移民「囚牢」義務，只好催促他

們兩人，于九月初旬啟程，兩週的緊湊行程，也讓媽媽忙裏偷閒，其樂無窮。

回菲不到三天，媽媽又準備隨同一群朋友赴中國，參加上海、西安、鄭州，南京九日遊。抵達西安的第二天，我在電話中請安時，媽媽無意脫口，說出身體不適，我當下認定，是睡眠不足引發的症狀。剛從美國回來，尚未完全適應時差，又再上路，對一個年屆七旬的人而言，可是一件不勝負荷的苦差事。心中萌生一股不捨之餘，特囑咐儘量在車上多補眠，也叮嚀媽媽在旅遊區內，若體力不支，要租車代步〔我深知媽媽不肯多花錢的節儉習性〕，以免影響遊興。

永遠傳承愛的眼神

媽媽在我成長的過程中，在各個關鍵階段，所投射關愛及督促的多采眼神，時時牽引著我智慧的走向。但願媽媽保持潛藏在心靈深處，那優美的眼神，繼續照耀我們的心靈，讓我們這一代，以及下一代的子子孫孫們，永遠繼承媽媽此一獨特的眼神。

二〇〇九年九月廿六日寓所

高山景行

——敬仰人物篇

默默耕耘的園丁
追念　誼父莊雲萍逝世週年

　　誼父莊雲萍老先生，筆名莊無我，是菲華馳騁詩海的著名中國傳統詩人，亦是早期新文學運動在菲律賓的拓荒者之一，更是大力推廣中國新舊文學，長期不斷投入大量時間，金錢及心血的菲華文壇宿將。誼父的作古，不啻是菲華文藝界難以彌補的一大損折。

　　我與誼父是在八〇年代菲華文藝復甦時期的一次文藝盛會不期而遇。當時的他，已幸運地逃脫兩次無情中風襲擊的魔掌，身體狀況自是不宜亦不堪再披星戴月，東奔西波於出席文藝界如雨後春筍般的大小雅集。多虧誼母杜瑞萍女士的悉心照料，數十年如一日，無怨無悔，堅持不懈，讓這對鶼鰈情深的文藝夫妻檔的身影，不時相伴出現在瀰漫濃郁詩文氣息，有藝文聲光的各項場合。

　　謙虛、樸實、溫和、厚道、富正義感，從不弄虛作假，且有仁者風範，在在反映出誼父領導菲律賓晨光文藝社的行事風格。他尤其是義不容辭，亦義無反顧，毅然決然地肩負起晨光文藝社在聯合日報每週訂期出版的〈晨光副刊〉主編工作，更是令人感動，亦令人敬佩：

　　以當時報紙全版篇幅，約一萬六千餘字才能排滿版位，且要費盡心思，絞盡腦汁方可設計出一幅別出心裁，質量均優，又得保持一定水平的文藝副刊，此是為「一」重壓力………。

　　每週要及時應付一次由約稿、集稿、閱稿、選稿、配圖、編排、版圖規劃，文稿彙整送到報社等串聯組成的繁瑣編務工作。偶爾遇到文稿短缺甚或稿「荒」時，更要親自提筆上陣補白，再加上全年無休，風雨無阻，一週復一週，固定見報，又絕不能缺「席」的出版高瀕率所面對的嚴酷考驗。此是為「二」重壓力………。

　　〈晨光副刊〉每期出版前夕，即週六晚間，行動極為不便的誼父，必由誼母攙扶相偕遠至王城內聯合日報編輯部，排字部舊址，展開另一波吃力不討好，但為求好心切而不得不，亦列為編副刊整個過程中的最後一道工序──文稿的校對工作；一直要折騰至版幅排訂後再仔細重新校對一遍，才肯安心搭乘自備轎車（經常甚至要夫妻倆老搭計程車）摸黑趕回馬尼拉市外，約一小時半車程的萬達俞央市居所，此是為「三」重壓力。

　　一項不平凡的艱巨任務，由身患宿疾，病魔纏身的「半」殘障老翁獨力支撐，必令常人招架不住且喘不過氣的「三」重壓力，實在有夠難為誼父。然而，誼父卻憑著一股醉心文藝的狂熱，藉著一顆偏愛中華文化的赤子之心，對此一項在海外薪火相傳，延續中華文化命脈的千秋萬世使命，甘之如飴，且樂此不疲，爰以「燃燒自己，照亮別人」的高尚情操，默默無聞地拼老命耕耘。

　　時光荏苒，瞬息間匆匆又過了一載。誼父雖已遠離人世間，但他生前的風範，他無私無我的奉獻，他的音容笑貌，他的詩文印跡等，將永遠縈繞在他周遭的文藝同仁，親朋好友及門生弟子的記憶裏。

二〇〇四年五月卅一日

永不屈服的老兵
——林勵志師大祥紀念暨《林勵志作品選集》發行有感

光陰荏苒，歲月如梭，我所敬愛的林勵志老師撒手塵寰，一晃兩年了，緬懷昔事，回顧音容，歷歷如在眼前。林老師最後交付與我的唯一任務，即作品選集的出版，於焉告成。

臨危受命

一九九五年九月九日清晨七時，接獲一通突如其來的電話，電話的另一端傳來既陌生又急迫的聲音，原來 是小學同窗莊萬江學長令尊莊天賜先生受林老師之請托，囑我儘快赴醫院一趟，林老師有要事與我商議。莊先生再三叮嚀，事不宜遲，最好今早就去。那天早上，我偕同內子，急速驅車直往菲律賓心臟中心探望林老師。

林老師見到我，激動得眼睛在燈光下閃爍，臉上泛著紅光，單薄的身軀禁不住微微地顫抖著。

早在兩三個月前，林老師令媛蘭娜女士曾向我透露林老師的夙願，即希望其四五十年來，曾在報章雜誌發表過的作品編纂成冊，盼我相助。當時我憶起菲華名作家黃碧蘭（亞藍）女士作古後，菲華文藝界一群熱心文友曾集資為她出版作品選集的前例，

同時認為以林老師在教育界及文藝界的豐富經歷，實有必要將其畢生辛勤耕耘的作品出版專冊，以便廣為流傳。

經過我與黃珍玲文友（《亞藍作品選集》的主編）磋商後，立即獲得她的熱情支持。她不僅願意出面邀請文藝界熱心文友募捐集資，並應允肩負起主編的工作。

此事傳開後，在短短的數日當中，連本人在內共有十二人響應支持，慷慨解囊，共襄盛舉。

情勢突變

林老師那天要我去看她的主要原因，便是徵求我對這本書的內容如何編排。當時我沒料到林老師的健康情形會如此急轉惡化，所以僅安慰她先專心調養一陣子再詳細規劃。

四天後的九月十三日，林老師終敵不過病魔而與世長辭，令人悲痛不已。

功不可沒

林老師生前不僅熱衷於教育，醉心文藝，對國家民族的忠誠情懷，尤令人肅然起敬。在教育方面，林老師于五十年代應蘇秀康先生之聘請，先後共同創辦泉笙培幼園及中正學院實驗小學部。歷任主任、指導員、顧問等要職凡四十幾年。退休後又創設啟智幼兒教保中心，及受聘於中正學院大學部兼課。

泉笙培幼園及中正學院小學部草創初期，物質短絀，師資匱乏，但林老師有堅定的意志、堅強的毅力、持久的恒心，加上創造的精神，勉勵自己肩負起時代的託付與使命。

中正學院小學部及泉笙培幼園迄今所締造的璀璨成績，龐大規模及優良師資團隊，林老師奠立始基，至深具鉅，功在僑教，功不可沒。

文采飛揚

在文藝方面，林老師早在六十年代便活躍于菲華文壇，是菲律賓華僑文藝工作者聯合會（文聯）的重要幹部之一。林老師的愛國小說《增產》在《劇與藝》（由亞薇先生主編、蘇子先生獨資發行的文藝刊物）發表後，時任《大中華日報》總編輯、專欄「話夢錄」作者唐山人（施穎洲先生）曾于一九六八年十月六日撰文推崇林老師為「……不僅是菲華首席女作家林勵志個人最佳的小說，亦為《劇與藝》第九期最佳的作品，也是今年菲華最佳的小說……」

林老師擅寫小說、朗誦散文詩、雜文、兒童文學等，其作品散見於國內外報章雜誌，文情流暢真摯。

菲華文藝協會于八〇年代成立，林老師為發起人之一。後被敦聘為顧問。

一九八三年我在《聯合日報》主編兒童文學版「童話城」，林老師一直是我的忠實作者與讀者。她賜予的作品包括童話故事、兒童寓言、兒歌、童詩等。為「童話城」的內容增添無限的光彩。

翌年，文復會菲分會主辦之暑期文教研習會寫作班，聘請臺北兒童文學專家嚴友梅女士蒞菲擔任講座。林老師以八旬高齡報名參加，為該研習會歷年來最資深的學員，一時傳為佳話。

寫作班結業之前，我曾向林老師提議由全體學員組成「菲華兒童文學研究會」的構想。林老師除肯定、支持外，還不斷提供多項工作要點，充實了我的理念，使我信心倍增。

兒童文學研究會宣告成立後，林老師膺任指導員，名實昭著，頗受尊崇。

兒童文學研究會成立伊始，限於人力的拮据，無法全面展開工作，我適時規劃「將兒童文學帶入校園」方案。其中擬訂兩項工作方針：

第一：擴大延攬人才以創新局，由大岷區卅所華文學校小學，及幼稚園的主管或教師代表組成理事會，推展會務，同時作為本會與各華文學校之聯繫，溝通及協調的橋梁。

第二：策劃作品展覽以開新路，舉辦全菲兒童作品展覽會，邀請全菲華文學校甄選學生優良作品參展。從兒歌、童詩、兒童故事、作文、書法、國畫、手工藝等領域，發掘優秀人才，同時藉此提供老師及學生們互相觀摩切磋的機會。

此一方案在企劃書草案擬訂之初，即獲得林老師全方位的支援，從鼓勵、指導至落實執行，每項工作過程，林老師必會親臨參與。她對兒童文學的關懷，歷久彌堅。

愛國救亡

在對國家民族的感情上，溫文爾雅的林老師更是一位不折不扣的「愛國鬥士」。從「七七事變」在廈門抗敵後援會《抗敵月刊》發表的第一篇朗誦散文詩〈抗戰的號聲響了〉，以至身體力行，響應蔣委員長「八年抗戰」的偉大號召起，林老師便與抗日

戰爭結下不解之緣，亦激發林老師戰後一篇篇愛國小說，朗誦散文詩等作品的一一面世。

林老師在回憶錄中提及「……家國仇恨，好友的慘殞，我心頭的痛恨，不能消除，於是每執起筆來，便寫愛國文字。好像不愛國，便沒有靈感，是有切膚之痛，並不是偏見。」

此段振奮人心的文字，充分顯露林老師對於神州故國變色，骨肉同胞慘遭迫害的深恨痛絕的心情寫照。

堅忍不拔

一九八三年至一九八六年間，我任菲華文經總會文宣委員，曾受命推動各項文宣工作。每逢國家重要節日，或僑社慶典，均在報上出版特刊或專輯，在規劃過程，只要我一通電話邀稿，林老師一定按時交稿。猶記得第一次從林老師手中接獲文稿的當兒，一股莫名的不忍之感湧上心頭，久久未能平抑。

林老師雙手顫抖地宿疾向來未曾痊愈，每握筆所書寫的文字總是東歪西斜。而林老師想要寫得一手較「像樣」的字體，還得利用清晨四五點時段動筆，才可奏效。後來為了減輕編輯的閱稿壓力，曾委託莊麗桑老師，或由令媛蘭娜女士代為重抄。林老師堅忍不拔、對命運不屈不撓的精神，令人感動。

培青學會合唱團於一九八五年舉辦「歌我中華」演唱會，林老師應我之懇請，特別精心撰寫散文詩〈歌我中華〉作為大會的主題。

慷慨豪壯、大氣磅礡的〈歌我中華〉朗誦詩無疑是中華民國艱難締造，充滿了血和淚的歷史縮影，更是中華民族數十年來衝破橫逆，莊敬自強的精神力量的反映。

辛勤耕耘　默默無聞
——寫在蔡羅莎老師惜別暨授獎會前夕

前言

　　天主教崇德學校小學中文部主任蔡羅莎老師已光榮退休，學校董事會為她舉行的惜別暨授獎會即將召開。此時此刻，學校諸領導和全體師生無不依依惜別，難捨難分。漫長的四十三年，歲月崢嶸，給人留下無窮無盡的深刻印象，多少人、多少事在腦海裏翻來覆去，久久不能抑制。然而，使人難以忘懷的卻是蔡羅莎老師的臨別感言：「每一個昨日都無悔無憾；每一個今日都感激萬分；每一個明日都充滿希望。」這三句話恰好是蔡羅莎老師四十三年歷程的精闢總結。

每一個昨日都無悔無憾

　　四十三年前，蔡羅莎老師畢業於中正師專中文系，成績優秀，才華出眾。時任中正學院院長，已故鮑事天博士有意保送她到臺灣去進修深造，能仁中學時任校長已故妙今法師，及達克羅

班市已故林後繼校長也同時分別邀請她去任職。就在這個時候，一件奇妙的事情發生了。

到臺灣進修深造是她渴望已久的目標，正當她夢想即將成真的關鍵時刻，祖母生病了。祖母的病倒可能延誤她到臺灣進修的計劃。蔡羅莎老師心急如焚，馬上到位於總統府附近的天主教崇德教堂參加每週四的降福禮。意想不到的是，有一次她體力不支，突然暈倒在教堂內，教友們立即把她送到楊故神父博德的辦公室稍事休息。自此，她認識了崇德學校主要創始人之一的校長楊故神父博德，也就毅然決然加入了楊故神父及曹故蒙席金凱興校辦學的行列，成了該校的創辦人之一，與崇德學校結下不解之緣。用崇德學校創校校長，楊故神父生前常津津樂道的話來說，是上帝感召蔡羅莎老師獻身宣揚中華文化的偉大事業，也是上帝安排賜給了他的一個特別得力的助手。

從中正師專一畢業，蔡羅莎老師就每天陪伴楊故校長走街串巷，挨家挨戶地登門拜訪，苦口婆心地勸說每一位鄰近的家長，把一群天真活潑的華裔學生，一個一個地請到崇德學校就學。歷經幾個月的艱辛，也飽嘗人間冷暖：有熱情，有支持，也有冷漠，還有譏諷。這是人生旅途的初次嘗試，也是無私奉獻的開端，蔡羅莎老師為崇德學校的創建奮力拼搏了整整四個月，可是她毫無怨言，而且分文不取。

就這樣，蔡羅莎老師與兩位從中國遠道來菲傳教，隸屬羅馬聖言會（SVD）教派的神父，共同攜手創辦天主教崇德學校。從無到有，從小到大，由一間木造平房擴大到七棟水泥鋼筋大樓，由草創初期的一百多名學生發展到四百多，八百多，一千六百多，直到後來的三千五百多。學校不僅規模日益龐大，而且教學

質量也節節上升。一九九四年起參加全國小學生學力考試,連續十多年榮獲大馬尼拉地區菲校和華校的第一名,學生素質水平甚至超越赫赫有名的馬尼拉公立科技中學,過之而無不及。我曾訝異學校對於如此重大收穫,為何從不聞見片言隻字文宣報道,奈何所換回的答覆是,楊神父生前為人謙虛為懷,對此殊榮不願大肆張揚,以免樹大招風,似此高尚情愫我們豈能不由衷地對楊神父肅然起敬!為此,前三屆連年奪冠的佳話傳開,時任菲國教育部長羅細士博士還專程移駕學校視察,除了擷取成功經驗的法寶外,也對全校師生加油勉勵。崇德能夠取得如此巨大的成就,當然每一個昨日都無悔無憾。

每一個今日都感激萬分

蔡羅莎老師一心一意,全力以赴,幾十年如一日,教學精益求精,管理井井有條,育人潛移默化。與此同時,她也獲得諸領導的關愛,老師的擁護,學生的愛戴,家長的支持。由於她的優異表現和突出貢獻,先後榮獲首都銀行全菲優秀教師獎、宿務無名氏華校華語模範教師獎等多種獎項和榮譽。

有很多事使蔡羅莎老師感激不盡,其中之一是獲得他人的認同和理解,得到社會源源不斷的支持和幫助。她治學嚴謹,對篩選師資有一套高標準的規範,從最起碼的學歷、儀態、熱誠、書法等皆難逃她縝密的審核。她更關心教師的福利,決心為老師籌集一筆福利基金。一九九二年,她在取得楊故神父的首肯後,親自發起並組織一場募捐之綜藝晚會,由師生校友合力演出,募得善款四百五十多萬。後來,她又說服校長楊故神父,每年從學

校福利社的盈利中撥款三百萬元，充實教師福利基金，縱使此舉先後僅維持三年，最終使該項基金一度達到叁千多萬之巨。直至今日，除了法定退休金之外，每位退休教職員至少可以領得十萬菲幣的福利金。這使退休的老師深受感動，使在職的老師深受鼓舞，也使蔡羅莎老師感到無比欣慰。

一九七八年至一九九〇年期間，蔡羅莎老師的夫婿多次患憂鬱症，她不得不請假在家照顧先生。學校照常發給她月俸，她雖一度婉拒不收，未料時任院長曹金鎧蒙席和時任校長楊博德神父聯袂送到她府上，令她始終滿懷感恩。尤為感激的是，故校長楊神父還曾多次在百忙中撥冗，到傅家府上帶蔡羅莎老師的先生去公園裏散步，聊天，欣賞大自然的美麗景色。這對一個憂鬱症患者來說，是最大的愛護和恩典。這對蔡羅莎老師而言，是莫大幫助和支持。難怪她深深地體會到每一個今日都感激萬分。

每一個明日都充滿希望

崇德學校將天主教教義與中國優秀傳統文化相結合，使孩童從小就信奉天主教，德、智、體、群四育並重，養成高尚人格和健康身心。因此，學校自建校以來不斷發展壯大。一九六三年七月崇德學校開學，全校只有六位教師，一百九十二名學生。一九六九年，增辦中學部，十年之間，教職員劇增到一百多位，學生人數躍升至二千九百九十八人。自一九八九年至二〇〇〇年的十年期間，教職員達到一百九十多位，學生人數一直保持在三千五百多名。學校各科考試成績在各校排名中屢屢名列前茅，深受各方面人士的褒揚和讚賞。在華語教學江河日下的今日，其

他華校學生人數逐年減少的情況下，崇德學校依然興旺發達。這與蔡羅莎老師主抓的小學基礎有著密切的聯繫。她在苦心、用心、耐心、全心加愛心的五心俱全的教學策略指引下，努力經營開拓，不僅學生的華語能力強，而且在音樂、舞蹈、美術、書法、文藝寫作等其他領域，都能在各種國內外競賽中奪魁，把崇德響亮的招牌揚威四方。

崇德學校在現任馬院長凱思神父，及倪校長格修神父的睿智領導下，承先啟後，再接再厲，力求進步，不斷創新，在師資、教學、設備等各個方面與時俱進，為菲華下一代的成長，提供了先進而完美的教育。工作的進步與事業的成功，使蔡羅莎老師對學校的發展和未來充滿信心，所以她對每一個明日都充滿希望。

結束語

蔡羅莎老師辛勤耕耘，默默無聞，把四十三年的寶貴時間，全部奉獻給菲律賓的華文教學事業。小學中文部主任確實不是一個顯赫的職位，然而卻是菲律賓華校奠定學生基礎的一個關鍵崗位。如果各華校的小學中文部主任都能夠盡職盡責，知人善任，充分發揮老師的特長，積極調動一切有利因素，引起兒童的學習興趣，紮好學生的華文基礎，華校的學生就不會輕易流失，菲律賓的華文教學水平也不至於下滑到今天這個地步。

難能可貴的是，蔡羅莎老師在平凡的工作崗位上，獲得了不平凡的感受：「每一個昨日都無悔無憾；每一個今日都感激萬分；每一個明日都充滿希望。」有了這種感受，就是一個幸福的人，也是一個能夠使別人感到幸福的人。

　　為永久追思並感念楊故校長生前創校的千古德澤，崇德學校
董事會設立了「楊故博德神父紀念獎」。在惜別會中，首屆紀念
獎和首枚獎章將同時頒授予蔡羅莎老師，意義尤為深遠，蔡老師
受之無愧！

二〇〇七年九月十九日寓所

平凡中見偉大
──悼念師丈許芥子

八月，天氣變幻無常，夏天以來常是一陣悶熱，然後又是一陣風雨。

十一日午間，林忠民先生的一通電話，讓我驚悉芥子師丈逝世的噩耗。室內的沈悶氣氛驟加。心裏不由得不泛起一種慘然而又若有所失的複雜思緒。

萬萬想不到芥子師丈這麼快地離去，他平日身體還算硬朗，並無不適的感覺。雖然最近一兩個月以來，他是瘦了，但是，對一個中年人來說，瘦了些兒並無礙事啊！

芥子師丈的大名我雖仰慕已久，但我與他第一次見面，卻是於民國七十一年三月在文總辦事處裏，當時我剛進報館工作，經友人介紹，始獲知他是老師李惠秀女士的丈夫。他那穩健的身材，頗有深度的談吐，給我留下深刻的印象。

那天，我們談得很多，很暢快。暢談中，我體會到他對寫作的熱忱和執著，對文學也有別具見地的言論。尤其難得的，是他當時已有很多優秀的作品問世，但他總是以非常謙虛的口吻，回答我對寫作所提出的諸般問題。

芥子師丈是位恂恂儒者，說話輕聲細氣，與之交，如飲醇酒，使人有即之也溫的感覺。他的文章，一如其詩作，曾被台灣收入名家年度詩選。

　　芥子師丈雖然文名早著，但因人耿介，生活樸實。文人命蹇，大多類此。他從未以窮困為念，每有文酒之會，他也總是笑逐顏開；工作的時候，總是一心專注，精神奕奕，忠誠對人，與世無爭；其修養功夫，真是高人一等。

　　芥子師丈杯酒下肚後，對世事觀察入微。他對於飲酒，也有特別的看法。他曾說：「如薄飲至適可而止，智力以酒力而昇華，是人勝酒；若縱飲而醉，神智昏然，言行皆為酒所役使，是酒勝人。控制酒者自勝，被酒控制者，雖由好勝，然終自敗矣。」

　　一位成名的作家很可能會擁有很多的讚譽者，但是確實「值得」人去喜歡的真是不多，而芥子師丈是那少有之一人。他的文格與人格是一致的──他的幽默風趣間或帶著嘲諷，有著一種「錦繡胸懷冷面孔」的味道，他深刻明白「小襟人物」的悲哀，卻絕不肯縱容「懷才不遇」的自憐。《聯合日報》總編輯施穎洲先生說他是「菲華社會一個偉人」。詩人莊無我先生喻他為「一代文豪，品德兼優，修齊雙俱」。《環球日報》總編輯陳齊治先生說他是「一個學識與修養都臻于一流的長者」。凡此評價，皆形容得再恰當不過了。

　　芥子師丈後期文章寫得雖然不多，可是真有「大家」風範，大概就跟他那《海的抒情》學養有關吧。

　　三十多年來，芥子師丈就這樣地朝朝暮暮，周而復始，堅守在他熱愛的工作崗位上，奉獻出智慧的心血和汗水，以至積勞成疾。他一生為黨務和報刊編務赤忱忠誠，令人欽敬。

　　中國有一句古語「平凡中見偉大」，我用此句古語來結束我的追忌。師丈許芥子是一位「平凡」的人，他曾為菲華社會鞠躬盡瘁，並留下不少令人懷念的人、事、物。他的軀體生命

雖已辭離人世，但他的「愛國愛黨」及「愛好文藝」的精神生命，將永遠活在我們的心坎裏。

勇於築夢　勤於圓夢
──觀賞《築夢──施至成先生的成長奮鬥史》歌舞劇有感

　　二○○八年元月十九日，SMX會議中心舉行一場別開生面的音樂餐會，題為「築夢──施至成先生的成長奮鬥史歌舞劇」。歌舞劇詩意盎然，韻律優美，音樂和諧而奔放，仿百老匯方式熱鬧登場，依照時間順序，分片段展現施至成先生成長、奮鬥的歷程。約二千名觀眾應邀觀賞，用眼、耳、鼻、舌、身、意等感官，滿懷激情地分享他夢想成真、事業成功的喜悅，深受鼓舞，感慨萬千。

　　筆者忝為SM百貨的長期商貿夥伴，有幸更有緣如期現身會場（在超短時間內發請帖通知），親身溶入SM「魔術」王國又另一媲美國際的新穎會展中心，欣賞由SM集團經營團隊，在不及一個月內動員SM大家庭各階層成員九十八人（另禮聘演藝圈三人助陣），將施至成先生一生為追逐夢想，一路走來的斑斑軌跡，以大陣仗的歌舞劇形式，更能貼切抓住一代傳奇人物的歷史精髓，如實詮釋，公諸於世。無論舞臺、燈光、道具、場景、音效、影視、演技、劇情、曲目等皆超乎意料的完美呈現，無懈可擊。

　　眾人皆知，SM的有形和無形資源豐厚，倘若斥巨資委請專業藝團包演多齣類似歌舞劇，實不足為奇。最難能可貴的，也最

令人津津樂道的，莫過於這齣為向大家長施至成先生致敬，大型舞台獻禮的籌備過程，硬是蒼促篩選大集團內從最高行政人員、各級經理，以至低階員工等參與滙演。絕大部份榮幸被點名「入圍」者，皆無粉墨登場公開演出過的紀錄。提及這項難度高的方案如何在極為有限的二十多天時間內，按期進行時，SM首席副總理林利奇（飾演施至成父親角色，可圈可點。）雙眼炯炯有神對著筆者，自豪地表示：「所有演員對施先生長久以來即懷着一顆誠摯崇敬的心………」。

正是這股出自演員內心的浩翰力量，驅使他們無怨無悔，犧牲每日下班後及週末的休息時間，採馬拉松式與光陰「賽跑」，分秒必爭，用心排練。然而，戰戰競競，從零學起的決心及毅力，皇天不負苦心人，最終交出的是一份引人矚目，且普獲各方稱羨叫好的亮麗成果。施至成先生看了必定感動又感恩。

此舉不難令人聯想SM王國中熠熠生輝的百貨零售，購物商場，房地產，金融，旅遊，慈善等事業領域，可因此而輕易再增加演藝業一項，以滋潤並豐富人間的心靈世界。

築夢開始

十九世紀卅年代末，來自中國的一位少年曾經有一個夢想，夢想掙脫不堪忍受的貧窮。這個雄心壯志的夢想就是：不管付出多大代價，也要爭取一個較好的未來。歌舞劇的序幕剛一拉開，音樂中年輕的施至成就唱道：「那邊有一片天地，我在夢中已經看見。我要進入那片天地，這是我美好的理想。我在夢中發現，我能成功大業，我能成為偉人，一切都取決於我自己。我夢見一

片天地，我贏得了這片天地，從這裏人們可以獲取，獲取各自所需。我夢見一片天地，迫不及待地要進入那裏，我相信夢能成真，只要有理想之夢。」

12歲的施至成先生離鄉背井，從中國福建省晉江飄洋過海，來到當時被家鄉誤傳為，處處可挖掘金銀珠寶的快樂天堂——菲律賓呂宋島。自此，他懷著一個美麗的夢想，勇往直前，從不回首。

篳路藍縷

在馬尼拉落腳之後，施至成先生幫助父親開辦經營的，一家當地人稱之為「菜仔店」的小雜貨鋪看守店鋪。該店位於街道拐角上，兼賣蔬菜、乾貨和日用品。每天晚上，施至成先生都要清理櫃檯，以便騰出一點兒空間席地而睡。目睹父親的慘淡經營，少年時期的施至成先生便有了一個夢想：開辦一個大的店鋪。

不幸的是，在二戰期間，施家唯一的產業遭到毀滅性的破壞。施至成先生被迫開始學徒生活，還當了一段時間的售貨員。施至成先生在與美國士兵交往的過程中，慧眼發現美國的鞋子遠比菲律賓的好。於是，嘗試批購美國的鞋子擺到市場上販賣，結果意想不到的奇佳。他便將眼光集中到人們的生活必需品——鞋子，開始他與鞋子終身為伍的生意，店鋪稱為SHOEMART（鞋莊）。

由於他腳踏實地的努力耕耘，不到幾年，小店的美好聲譽不逕而走，引起外國商人的注意，逐請他跨出大步，往美國走一趟。也就是從這個時候開始，他經常乘坐螺旋槳飛機顛簸四十個

小時到紐約採購進貨，並利用各種機會觀察領會當地人如何經營鞋業。他的足跡遍佈歐美，每到一處都潛心學習一些生意理念，擷取經驗。而今，當時用的古老黃銅收銀機已成為辦公室擺設，顯然是要時時刻刻提醒自己當年創業的艱辛。

高瞻遠矚

在《時髦瘋狂》一場，音樂中的施至成與合唱隊一同唱道：「時髦瘋狂，流行時尚。你若保持時髦，眾人投來目光。時髦瘋狂，朝夕兩樣。轉眼一瞬間，又是新趨向。時髦瘋狂，就在身旁。你不能懈怠，潮落又潮漲。」

施至成看出時尚對民眾的深切影響，極力緊跟時尚，引導和改變菲律賓人的生活方式。這一方面反映他超人的智慧，另一方面也說明他站得高看得遠。在他馬尼拉的辦公室裏，有一隻雄鷹雕像，翼展七英呎。雄鷹寓意明顯，就如施至成先生所說的：「我相信應該有異常堅強的個性和銳利的眼光。」在登上「菲律賓零售業之王」寶座的歷程中，他本人的眼光就像雄鷹一樣犀利，瞄準並抓住了一個個永無止境的龐大商機。

他的第一座SM購物商城，創建在大馬尼拉北部郊區的荒地上，佔地約17公頃，可出租面積達26萬平方米。當時菲律賓政治動盪，經濟蕭條閉塞，商業同行們都大惑不解，認為該商場先天不足，必定遭到門庭羅雀的厄運。馬科斯總統下臺前後，菲國歷經空前的三四年黑暗的非常時期。有人建議他及早放棄或調整步伐，但眼光敏銳的施至成先生卻有獨到見解，他深信雨過總有天晴的一日，軍事管制一旦取消，菲律賓的社會會逐漸轉型開放，

零售業將面臨一個前所未有，革命性的發展機遇。事實出人意料，首座SM商城開張後，生意興隆，顧客盈門。

後來，施至成先生又在祖籍國的故鄉福建晉江，重演相同的「劇本」。他在晉江城郊的田野荒地上修建SM廣場，人們都以為他又瘋了。而施至成卻能看出，這片「荒地」位於交通樞紐，極具升值潛力，是市井小民進行商業交際，或休閒娛樂的理想去處。

施至成先生給民眾帶來嶄新的購物理念，「一站式」購物方式引誘千千萬萬的顧客。週末，全家老小一同遊走SM商場，衣、食、住、行、育、樂，面面俱到，老少咸宜，各取所需，盡情遊樂。菲律賓四季炎熱，清涼優雅的SM購物中心則成了民眾趨之若鶩的天堂，既可消費享受，也可免費乘涼（所有成本最終攤在消費者頭上）。難怪在他眾多的購物中心和超市內，每週末的造訪率高達約兩百萬人次。

SM成了菲律賓家戶喻曉的零售業品牌，國際名牌商品和快餐店紛紛進駐SM，無疑給施至成先生帶來了鉅額利潤。菲律賓《利潤》雜誌發行人克雷傑說得好：「施至成的確瘋了，瘋得像隻狐狸，然而對於購物中心的投資，他從未犯過錯誤，一次也沒有。」

雄才大略

施至成先生曾說：「並非眾多的人都能做到。你也許有興趣，但是沒有資源。你也許有既有資源又有興趣，但是沒有勇氣。你必須有大幹的勇氣。你必須有長遠的眼光。你必須有樂觀進取的態度。」這些話恰好體現他的雄才大略。

　　菲律賓是一個極度窮困的國家，非施至成先生這樣的遠大目光，不可能大舉進攻消費領域。事實上，菲律賓的消費增長速度很快，國內私人消費以每年3.9％的速度遞增。即便是亞洲金融風暴席捲之時，國內生產總值萎縮了0.5％，私人消費依然奇蹟般地增長3.4％。SM商場不僅大大促進了零售業的發展，方便民眾的消費，更重要的是它儼然成為「財政引擎」，為國家及地方的稅收作出了巨大貢獻。

　　施至成先生清醒地認識到，如果將商城的營業面積出租給零售商，獲取的利潤將遠遠大於在相同面積上銷售自己的產品，而且租金來源穩定，幾乎無需環節繁瑣的資金再投入。確實，在SM商場租用店面的零售商不大固定，但總有更多的商家排隊等候騰空的位置，特別是在馬尼拉地區，購物中心的營業面積出租率總能保持在約90％以上。

　　SM集團現已成為一個擁有三萬八千六百名員工，和年營業收入達到十七億美元的零售企業。富比士雜誌列出了菲律賓最有錢的四十位富豪，施至成先生家族名列第二。這個龐大的家族企業正在逐步對外開放，在過去的兩年中，已經把百貨店和購物廣場的日常管理委派給從商界各領域延攬招聘的一流人才，集團的財務也交由專業人士參與規劃及決策。現在商討企業的經營會議，再也不是施家的家庭私人聚會了。

美好願景

　　歌舞劇《隨你心願》一場唱道：「有恩惠顯現，我與你相伴。哪怕分手別離，也要隨你心願。」「在你身上看到了雄偉的

夢想，我們的家庭與生活連在一起。因為我們正在創造世界，正在建設未來。」

佔地四十萬平方米，總投資達六十五億比索的「亞洲商城」在馬尼拉灣落成，創亞洲商城之最。除了酒店之外，人們所需的吃、喝、玩、樂、育、購，在這裏應有盡有，包羅萬象。施至成先生有美國零售王國沃爾頓一般的故事，也幾已翻成菲律賓版的沃爾瑪現象。願SM在施至成先生的監督護航下，以大女兒施帝絲為首的六名子女全面順利接班經營，大展宏才，傳承並再拓展其父的事業版圖。

倘若施家第二代子女，齊心合力，再接再厲，用心演繹「築夢，再築夢」續集，讓宏偉壯觀的夢景藍圖，再昇華至一個更高更遠的境界，屆時SM這個每一舉動都足以讓人心動，且鏗鏘有力的標誌，不僅能夠徹底改變菲律賓人的生活方式，提高菲律賓人的生活質量，而且還能使菲律賓在全球的能見度，知名度更為突出，更為顯赫。

二〇〇八年元月二十四日完稿於寓所

丹心一片　熱血滿腔
──感恩蘇梅珍老師無私奉獻華文教育四十三載

　　天主教崇德學校幼稚園主任蘇梅珍老師離休榮退。隆重的惜別會熱情洋溢，感激涕零。學校領導、教職員工、學生、家長、親屬、朋友及來賓出席了這次盛會，一往情深，依依不捨，高度讚揚她因材施教丹心一片，為人師表熱血滿腔。筆者應邀代表家長講話，感到無比榮幸，借此機會向學校領導表示衷心的感謝，向各位老師致以崇高的敬意，特別向蘇梅珍主任致以誠摯的祝賀，祝賀她功德圓滿，載譽榮退。

立志獻身華教

　　蘇梅珍主任無私奉獻菲律賓的華文教育四十三年之久，幾十年如一日，勤勤懇懇，忠心耿耿地躬耕于教育園地，為天主教崇德學校的建設與發展赤膽忠心，嘔心瀝血，奉獻出了自己寶貴的青春年華和畢生心血。尤其是在幼兒教育方面貢獻卓著，遐邇聞名，享譽菲華社會，蜚聲海內外。天主教崇德學校出了這樣一位名人，實在是學校的自豪，老師的驕傲，學生的福分。

　　蘇梅珍主任畢業于菲律賓中正學院，後深造於菲律賓東方大學小學教育系，在華文、英文、教育專業等方面造詣頗深，這為

她後來出任天主教崇德學校幼稚園主任奠定了雄厚的基礎。可以說，蘇主任是一位資深的幼兒教育專家，功不可沒。崇德學校能夠贏得今天的輝煌，與她的刻苦學習、勤奮工作、一心奉獻和突出貢獻是密切相連的。

為了菲律賓的華文教育事業，蘇梅珍主任終身未嫁，有人說她把自己嫁給了崇德學校。這話簡單樸實，然而含意深刻，是在讚美，也是在頌揚，多少話盡在不言之中。這話真摯深沉，蘇主任做出了巨大的貢獻，同時也付出了極大的犧牲。這種犧牲只有她本人才能完全體會得到，不僅僅是要品嘗人生的酸、甜、苦、辣，恐怕還要承受社會的壓力、生活的磨難、工作的艱辛、學習的勞累，也許還有種種艱難困苦和重重障礙阻撓。無論如何，她走過來了，腳踏實地，一步一個腳印，走出了一段光輝的歷程，讓人仰慕，一提起她就肅然起敬，崇敬之情油然而生。

致力教材編寫

正當崇德學校在楊故神父博德校長的卓越領導下蓬勃發展的時候，華校碰上了突如其來的菲化厄運，此一菲律賓版的「文化大革命」，引發華文教育面臨一場空前危機。崇德學校的華文教育何去何從，能否生存下來，到了生死攸關的時刻。首先面臨的困難是教材問題，不得採用應用多年的臺灣教材。教育是一個系統工程，在這一工程中有兩大關鍵環節，一是教師，二是教材，缺一不可。教師要優秀，教材要精良。有了優秀的教師，而無精良的教材，只能事倍功半，收不到良好的教學效果。在這種情況下，只好自己編寫教材。蘇主任不負重托，臨危受命，編著了一

套幼稚園華語教材，課本與練習齊備，共計三十八本，堪稱幼稚園最完整的華文教材。

後來的教學實踐與豐碩成果，進一步證明該教材具有科學性、先進性、獨特性、實用性、高效性等鮮明的特點，在華文教材的編寫上開拓創新，獨樹一幟。採用蘇主任編寫的華文教材，幼兒們在校學習三年後，華語發音準確，表達流暢，能聽能說能寫，獲得了堅實的語言基礎。語言方面的堅實基礎是後來學習，乃至工作的必要條件。崇德學校的學生善長學藝，無論是參加唱歌、繪畫比賽，還是參加講故事比賽，都能取得優異成績，充分說明幼兒園語言教學的重要性。

崇德學校小學部參加全國學生學力測驗，連續十年名列榜首，遙遙領先，這與幼稚園打下的良好基礎，密不可分。這裏說連續十年，其實不止十年。因為楊故神父生前為人謙遜，無意張揚，連續十年之後就再不發佈任何有關「競賽」的消息了。當然，崇德學校的實力和競技是可想而知的，在校外的各類比賽中斬將奪魁，名列前茅是在預料之中的結果。

努力栽培新秀

個人能夠進步是一種榮耀，使別人能夠與自己一同進步則是一種高尚的情操。蘇主任不但自己好學上進，勤勤懇懇，無私奉獻，而且也為崇德學校的長期發展努力發掘人才，培養人才，熱心栽培後起之秀。今天，當她即將離開的時候，大家高興地看到，崇德學校的幼兒教育及其教學管理都後繼有人。教師隊伍穩定，師資實力雄厚，領導才學兼備，管理井井有條，教學工作將

進一步持續地向縱深發展。這是學校領導和全體家長感到無比欣慰的，無不向蘇主任表示敬意和謝忱。

蘇主任對崇德學校有著一份特殊的感情，她不僅把自己的畢生精力獻給了崇德，而且也循循善誘，耐心輔導，把自己的兩個姪女培養成了崇德的老師，讓她們也一心服務於菲律賓的華文教育事業。在當今社會，教育得不到足夠的重視，教師的薪水微薄，因此教書這種職業不受人青睞，不少老師還毅然離開了自己從事多年的教育事業，這塊陣地人才缺乏。在這種情況下，蘇主任不顧世俗的偏見，把自己的親人送進學校當老師，顯然是一件不同尋常的事，其意義是重大的。

熱心公益事業

蘇主任不但辛勤耕耘，竭力奉獻於崇德學校，而且也積極參與社會的公益、福利事業。她擔任多種社會職務，如武功蘇姓華文教師聯誼會副會長、菲華兒童文學會理事、崇德學校職員退休基金會副財政等。她不計名利，盡心盡力，踏踏實實地為社會的進步而努力工作，有一分熱就發一分光。如果大家都像她那樣熱心公益事業，我們這個社會一定充滿喜樂，和諧安康。這也是值得我們宣揚和讚美的。

喜獲各種榮譽

蘇主任的功績之多，貢獻之大，不是用三言兩語就能陳述詳盡的。我們且看一看她曾經獲得的各種殊榮就可以一目了

然，略知大概：榮獲一九八八年及一九九四年宿務無名氏優秀
華文教師獎；榮獲一九九四年中華民國僑務委員會海外華校資
深優良老師獎；榮獲一九九二年菲律賓中正學院校友會優秀校
友獎；榮獲一九九三年崇德學校教職員連續服務三十年獎牌及
獎金。這些獎譽，蘇主任都當之無愧，也值得教育領域內的同
行們學習和效仿。

教育界的前輩鄧廣福師曾經致贈給蘇梅珍主任一首賀詞：

> 幼苗纖纖校園間
> 驪歌聲聲謝華年
> 松竹梅芽又苗壯
> 歲寒三友互珍勉

賀詞恰好地讚美了蘇梅珍老師，無私奉獻華文教育四十三年
的豐功偉績，及其高貴品格。

二〇〇八年三月十三日

鞠躬盡瘁　畢生奉獻
──有感于鮑事天老先生竭誠服務中正學院六十年如一日

　　今年是鮑永久榮譽董事長事天博士一百歲冥誕，作為中正人無不緬懷思念，他的音容笑貌一定會再次浮現在眾人的腦海中，讓人肅然起敬。鮑事天老先生如此受人敬仰尊重，全在於他竭誠服務中正學院六十年如一日，鞠躬盡瘁，畢生奉獻，用他的全部心血為中正學院譜寫了一曲壯麗的凱歌，同時也為自己譜寫了一篇輝煌的歷史。

創建功巨

　　母校菲律賓中正學院是菲華社會唯一的一所高等學府，由研究所、大學、中學、小學、幼兒園構成一個完整的教育體系，全院師生人數將近七千。如此龐大而完整的一所學院，在海外華校中也是屈指可數的。其創建包含創立與建設兩個階段，創建是艱辛、短暫的，而建設卻是艱巨、漫長的。無論是在創立時期還是在建設時期，在中正學院的校園裏，處處都遺留着鮑老先生的身影，在中正學院前六十年的歷史上，篇篇都載寫着鮑老先生的令名。

　　一九三九年，王故校長泉笙及熱心教育僑領，為培育華裔青年，儲備建國人才，交流東西文化及增進中菲友誼，共同創立中

正中學。鮑老先生應邀來菲，任中正中學訓育主任，主管學生活動及課外工作。之後，深受校董事會器重，先後委以代理校長、校長、院長、董事長、永久榮譽董事長等重任。

一九九二年，鮑老先生任滿三屆董事長，任期九年。按董事會章程規定，凡擔任過院長及董事長兩職者，始能升為永久榮譽董事長。他德高望重，人心所向，榮膺這一殊職名副其實，當之無愧。

鮑老先生經歷了中正學院創建的每一個個重要時期：戰後從廢墟中重建校園，增辦華僑師範專科學校，增設泉笙培幼園，升級為高等教育院校及其擴充，增辦小學，增設音樂研習中心、語言研習中心、計算機中心，增辦研究所，修建中正大學樓。他兢兢業業，夙夜匪懈，每個時期都離不開他的參與、組織、策劃與領導。

開拓前進

成功地創辦一所學校，只是邁出了教育大業長征路上的第一步，以後的開拓與進取則任重道遠，困難重重。建校興學需要在硬設施和軟環境兩個方面下功夫。否則，不可能有長足的發展。

就軟環境而言，中正學院是一所華校，其教學目標、教學大綱、教學方法、課程設置、內容進度等諸多方面，都不同於菲律賓的公立學校或私立學校，也不同于祖籍國——中國的學校。這些重大課題都需要在實踐中探究，摸索前進。鮑老先生博學多才，老成見到，自出機杼，別樹一幟，重訂教職員服務規程及學生訓導管理規章，為中正學院打造了一個嶄新而完整的教育體

系，既適應菲律賓的國情，又能與國際先進接軌，同時還全面而系統地傳承了中華文化。

就硬設施而言，鮑老先生處心積慮，嘔心瀝血，從無到有，由小到大，把中正學院建成了一座現代化的高等學府。建校不久，由於學生日益增多，學校需要購置新校址，建設新校舍，以適應菲華社會的迅速發展。鮑老先生協助王故校長泉笙募集籌款，歷盡艱辛，終於在新校址建立一座嶄新的校園。後來，鮑老先生相繼升為校長、董事長、永久榮譽董事長，深知硬設施和軟環境兩者之間的密切關係，雙管齊下，齊頭並進，始終如一，鍥而不捨。

一九四〇年代興建新校舍西樓、正樓、東樓，重建圖書館、科學館，修葺教員寓所樓。一九五〇年代修建新校園東南端樓房、西側木質體育館、泉笙紀念館，擴展泉笙培幼園。一九六〇年代興建介壽館、思源體育場，增設視聽教室、語言中心、舞蹈訓練中心、會議廳。一九八〇年代拆除木質教室，改建為三座鋼筋水泥大樓。一九九〇年代建成美輪美奐的中正大學樓。這一系列的基礎設施建設為當今中正學院的發展與飛躍奠定了厚實的基礎。

臨危受命

一九七三年，菲律賓公佈的新憲法規定，所有外僑開設的學校一律菲化：華僑學校必須改名，不得有國家或民族意識；各校行政人員包括董事、校長、主任及重要職員須由菲國公民擔任；完全依照菲律賓學制辦學，漢語只能是選修課；華籍學生人數不得超過全校學生總數的百分之三十。毫無疑問，菲國的種種新規

定旨在取消華校。華文教育處於生死存亡的危難時刻，鮑老先生先挺身而出，作為華校總代表，巧言善辯，據理力爭，以「中山」、「中正」是世界領袖，對人類和平均有貢獻為由，方保住了中山與中正兩校的名稱。並將菲化時間由三年延至五年。

隨後，前總統馬可仕發表一七六號行政令，要求徹底菲化華校。校總組成緊急委員會應變，推舉鮑老先生為主席，要求菲教育部放寬華校菲化政策。緊急委員會以備忘錄形式列舉各種理由，呈送菲教育部。無奈教育部過於狡詐，竟以總統命令已經下達為由，拒不接受。

目前，菲律賓全國尚有華校一百七十多所，華語教學依舊繼續進行。政府部門對華校的教育狀況睜一隻眼閉一隻眼，基本上是不過問，給華校留下了一定的存留空間。這與當年鮑老先生一般人馬的奮力抗爭不無關係。

一片丹心

王故校長泉笙身為國民政府立法委員，並兼任兩個公司的董事長，常駐北京和上海，校務由鮑老先生全權負責。一九四九年十月，共產黨奪取大陸政權，王故校長返回馬尼拉，主持中正校務。此時，鮑老先生覺得繼續留任代理校長不宜。於是，向時任董事長楊啟泰先生陳情：「個人犧牲，我不在乎，只求學校工作沒有阻礙，董事會應做合理調整。」

楊董事長慎重考慮後，決定改任鮑老先生為副校長兼辦公廳主任，工作內容完全不變。後來，王故校長知道這一情況時對鮑老先生說：「你對學校的忠誠我很敬佩！」

一九七五年，鮑老先生服務中正學院三十六年，年滿六十五歲，可依章退休。他正式提出後，董事會慰留。鮑老先生當即表示，出於對中正的愛護，可以繼續服務，但屬義務性質，五年內不拿薪水。董事會欣然接受。

這兩件事足見鮑老先生對於中正學院一腔熱血，心虔志誠，顧全大局，克己奉公。

遠見卓識

對於中正學院的思想建設和作風培養，鮑老先生更是高屋建瓴，見微知著。一九九四年，他在「中正之夜」提出了三點意見：一、中正的歷史與地位是經過五十餘年的艱苦奮鬥、兢兢業業、力求進步所建立的，必須大家愛護，不容任何人變動搖撼；二、中正的成就是全體董事、師長、校友與在校同學堅韌卓絕、孜孜不倦、始終不懈所獲得的成果，必須大家珍惜，不容任何人抹煞損傷；三、中正的前途遠大，使命綦重，必須大家協力創造，始終不渝，共同完成任務。

無需解釋闡述，這三條含意深遠，對中正人保持和發揚中正精神，同心同德，精誠團結，密切合作，有著長期的指導意義。此一提議，可見鮑老先生站得高，看得遠，目光如炬，深謀遠慮。

緬懷追思

筆者與鮑老先生有過一段經歷，回憶起來更讓人思念和懷念。那是在一九九〇年，他幾次約我到校走一走，有事相商。但我覺

得無非是中正學院的工作,筆者因事業剛起步,創業維艱,力不從心,也無暇顧及,猶豫不決之餘,就遲遲沒敢回應。後來恩師李惠秀知道了,就再三勸告筆者應該去拜見鮑老先生談一談。

與鮑老先生見面後,果真談及中正學院的校務工作,鮑老先生誠邀筆者為學校分擔一點責任。盛情難卻,於是就應聘為中正學院學生課外活動輔導會執行秘書。工作了一年,雖然約定每天上班兩個小時,但由於學生課外活動大部分時間是在晚間和週末進行,實際投入的時間超乎想像得多。自己勤勤懇懇,任勞任怨,盡了個人的綿薄之力。如今回首當時的情景,甚感欣慰。

當鮑永久榮譽董事長事天博士一百歲冥誕來臨之際,我們不僅緬懷這位中正史上的巨人,同時也追思中正史上的各位先賢。他們一個個博學多才,足智多謀,時時秉公無私,處處仁者風範。如果沒有他們的奮力拼搏,沒有他們的戮力同心,絕對不可能有今天中正的輝煌騰達。他們是偉大的,高尚的,值得我們銘心刻骨,學習效仿。也只有這樣,中正才會有更好的明天。

二〇〇八年三月五日完稿于寓所

東風吹奏園丁曲　大地迎來桃李歌

——有感於中正學院中學部圖書館冠名「莊克昌圖書館」

紀念名師

近日，母校菲律賓中正學院以「莊克昌圖書館」冠名中學部圖書館，不僅在校內舉行了隆重的儀式，而且在華文報刊上發行紀念特刊。董事長邵建寅親自提筆作序，其他重要師長、人物紛紛題詞或寫文章，大張旗鼓地頌揚中正學院的創始人之一，兼一代名師——莊克昌老先生。

邵董事長在弁言中高度評價莊老先生對中正學院的突出貢獻：「三十年殫精竭慮，擴充設備，蒐羅典籍，庋藏之豐為菲律賓華社圖書館之最。成績斐然，遐邇同欽。」同時也熱烈褒揚他的文學才華：「先生博古通今，見多識廣，法眼洞察入微，筆觸輕靈簡練，文采粲然，揮灑自如，如劃畫人生百態，亦莊亦諧，妙趣橫生。」

題詞有「典範永昭」、「禮樂家聲遠，詩書世澤長」、「松竹梅歲寒三友，桃李杏春風一家」、「門牆沾化雨，桃李倚春風」。題者極盡言詞之美妙，傾訴內心之衷情。由此可見，莊克昌老先生對中正學院的貢獻確實非同一般。

創業先驅

　　菲律賓中正學院高層決定紀念、彰顯、宣揚老一代嘔心瀝血、貢獻卓著中正人，雖然遲了一點，但未為晚也，實屬英明之策。這對中正學院未來的發展和崛起，有著重大的現實意義與深刻的歷史影響。

　　先父莊澤江（高中第十五屆）在世時，常常提及莊克昌老先生，說他不僅是菲律賓中正學院的創始人之一，而且是一位人人尊敬愛戴的傑出師長，默默耕耘，功不可沒。

　　在菲律賓中正學院的創立過程中，莊老先生積極參與，最為令人稱道（突出）的，莫過於他起到了催生「助產」的特別作用。據學長劉天佑老先生回憶，在籌備過程中，開辦費固然重要，但適當的校址難覓，最感頭痛，而開學之期轉瞬即屆。黃澄秋老先生亦為籌備人之一，他也認為斯時情勢迫在眉睫，不容再拖，就與莊克昌老先生商量，兩人乃擬就招生廣告，未經王故校長同意，逕交各報刊登。翌日，王故校長見報端廣告，只好承認既成的事實，加緊尋覓校址，終於趕得上學期開始日期開辦。這一廣告，實為「中正」的創立起了催生的作用。

　　「於赫我中正，巍然卓立南方。敬仰我領袖，功業昭彰。建國復興民族，楷模偉大堂皇。濟濟我多士，中心卷藏。於赫我中正，蔚為邦家之光。效忠我宗國，永矢勿忘。德智體群四育，相勗日就月將。濟濟我多士，南方之強。」每當唱起這支雄壯有力、豪邁深情的校歌，無不緬懷才華出眾的歌詞作者——莊克昌老先生。在悠久的建校史上，他留下了輝煌的一筆。

典範永昭

自菲律賓中正學院於一九三九年創立後，莊克昌老先生一直擔任圖書館主任和文、史兩科教師。太平洋戰爭打響，日軍入侵菲律賓，初具規模的中正學院圖書館毀於一旦。戰後復校，一切從頭開始做起，莊老先生熱情投入，全心奉獻，曾以私誼從族人儒商莊萬里老先生處獲捐一套《四庫全書》及其楠木書架。在當時，一個海外中學圖書館擁有《四庫全書》，屬於首創。自此，該圖書館價值倍增。中正人為母校有此一部經典巨著感到無比榮耀。在莊老的苦心經營下，不及數（沒過幾）年，中正學院中學部圖書館，就成為菲華社會藏書最豐富的圖書館，為教學與研究提供了極大的方便及助益。

莊克昌老先生任母校中學部圖書館主任凡三十一載（年），幾十年如一日，含辛茹苦，孜孜不倦，建樹良多。該圖書館現藏書八萬多冊，與莊老當年的辛勤創業和勞苦守成是分不開的。

珍惜書籍

圖書館是知識的泉源，資源的寶庫。其規模的大小，藏書的多寡，歷來古今中外都是評價一個學校的重要標準之一。

作為個人，購買圖書，收藏書籍，是一種智力投資。有了這種投資，不僅個人，而且家人、親戚、朋友等都會受益匪淺。作為學校，建立完善、豐富自己的圖書館是學校發展壯大的基礎。菲律賓中正學院董事長邵建寅宣佈，從今以後，凡是有人捐資學

校圖書館，董事會將以相同的數額投資圖書館。校董會的這一決定，使中正人感到特別興奮，母校中正學院的振興指日可待。

走筆至此，順便提及一件不重視書籍的片段往事。曾記得九〇年代初，為落實把兒童文學帶進校園，筆者倡導並創辦了菲華兒童文學學會，廣邀菲華文藝界熱心人士，及大馬尼拉地區各華文學校的小學及幼稚園主管為該會理事，合力推展會務，先後舉辦數屆菲華兒童作品展覽會。集體公開展出三十餘所華校學生的優秀作品，包括作文、書法、美勞等近三千件作品。除鼓勵教師和學童相互學習，取長補短，提高創作水平，也喚起菲華社會對兒童文學作品的重視。為讓幼兒教師有機會進一步親近兒童文學，特舉辦兒童文學研習會，禮聘臺灣名兒童文學作家來菲講學，掀起華校教師集體研習兒童文學的一片熱潮。在此期間，廣交朋友，多方聯絡，首屆會長林婷婷，台北兒童文學作家嚴友梅及中華兒童文學學會會長林良，秘書長林煥彰等協助發動臺灣熱心人士，及相關單位為菲華兒童募捐圖書。先後募集各種兒童讀物約兩千多冊，筆者一度提議將這批圖書全數捐贈給中正學院小學部圖書館寶藏，可是因種種不明原因，某些人不予認同，而且保存不善，大部份圖書就此平白讓白螞蟻侵蝕損壞，以致報廢，令人痛心不已。

善用書庫

建立圖書館的目的不是為了擺設應景，供人參觀欣賞，而是要讓廣大讀者充分利用，從中獲取無限知識。學校的資金有限，建立和維持一個圖書館極不容易，更應該群策群力，發揮最大的效益，為全校師生服務。

遺憾的是，一些學校的圖書館，只見整齊排列在書櫥上的圖書落滿灰塵，顯然無人問津。菲華大班陳永栽先生出鉅資購買上海古籍出版社影印出版的《文淵閣四庫全留書》一百三十套，分贈給菲律賓各華文學校和有關機構的圖書館。這套彌留珍貴的歷史典籍，不僅豐富這些圖書館的藏書，而且提升它們的檔次，但不知這些受贈單位是如何有效利用的。

以陳永栽先生的先父命名的「陳延奎紀念圖書館」，現已藏書約兩萬五千多冊，類別廣泛，應有盡有，涉及各門學科。據聞，陳永栽先生擬計劃未來將進一步，通過電腦網際網路與各華校及設有華文課程的菲大專院校圖書館連線，期望能成為最先進的菲華數碼化圖書館。這對華校無疑是一大喜訊，是各校擴展圖書館，充分享用社會資源的天賜良機。各校老師應以身作則，循循善誘，引導學生走進圖書館，沉迷圖書館，在知識的浩瀚海洋中遨遊、成長。

二○○七年十一月三日

華文情緣

——憂心華教篇

作家的社會責任
──亞洲華文作家協會菲分會廿週年慶特刊

　　歷史賦予了作家神聖的使命，社會賦予了作家重大的責任。如果一位作家不能肩負起社會賦予的責任，完成歷史使命就無從談起。

　　在二十一世紀這個新時代，經濟的發展在各個國家和地區都占主導地位，人們的物欲越來越強烈，道德觀念越來越淡薄。因此，貪污腐敗盛行，歪風邪氣猖獗。作為一位作家，是勇敢地站出來批判和鞭撻，還是視而不見，聽而不聞，則是對他的良心和寫作是一個嚴峻的挑戰。

　　作家應該愛憎分明，旗幟鮮明。仔細觀察周圍的人和事，我們會驚奇地發現，人心不古，多了一分虛偽，少了一分誠實，而且虛偽的言行被視為正常，誠實的言行被視為不正常。這是當今道德水準下滑的一種突出表現。

　　褒揚和提倡誠實不難，批評和擯棄虛偽不易。對於社會醜惡的一面，大部分作家是看得見的，摸得著的。但當他們拿起筆來的時候，許多人常常要三思而後行，權衡利弊，首先考慮的是自己是否會承擔什麼風險，個人利益是否受到什麼影響。多少該說的話，到了嘴邊又咽了下去；多少該寫的話，到了筆尖又收了回來。

　　墨拉蘭一個小小的三層樓商場，一場大火燃燒了整整十個小時，前去滅火的消防車多達一百輛，軍方還出動了直升飛機，結果還是讓商場化為灰燼，損失慘重。事後有個別華文作家敢於質問和抨擊政府消防部門，然而卻無人探討一下當時華人志願消防隊在現場發揮的作用。

　　中醫在菲律賓尚未合法化，然而居然有數十家中藥店公開營業，而且部份賣的還是假藥。政府國調局出動人馬查核一陣，弄得滿城風雨，真正蒙受損失的是中華文化。事前事後，華文作家應該有所瞭解，但從未有人談及。

　　涉及到國家政治，一些作家敢言，可他們只有恭維，沒有批評。甚至對獨裁專制還歌功頌德，極力吹捧；對民主進步的制度卻閉口不談，像見了瘟神一般退避三舍。顯然，這些人為了討好權貴，為了謀取好處，不惜昧著良心，出賣了人民的利益。更多的作家回避政治，對國家大事一言不發，對生活小事津津樂道。由此可見，作家們在顧慮重重之中忘記了社會責任。

為兒童開拓心靈的天空

——為策劃血幹團十三分部的「菲華兒童文藝營」而寫

　　自從十九世紀作家可以自由而開心地為兒童寫作以後，兒童文學便隨著歐洲浪漫文學的發展，綻開了美麗燦爛的花朵，成為世界上發展最快、出版最多的一種文學作品。到了廿世紀。更由於社會的繁榮，教育的發達和對兒童的重視，兒童文學的領域，正隨著日新月異的社會日進千里。

快樂兒童中心

　　八年前，我曾到臺北市萬大路的「快樂兒童中心」參觀訪問。

　　「快樂兒童中心」是一幢兩層樓的樓房，底層設有圖書室及工作創作室，是專為附近的孩子提供可閱讀又可創作的地方。

　　「快樂兒童中心」是一個兒童福利機構，有一群熱心的男女青年把他們的時間和心力奉獻給小朋友。

　　「快樂兒童中心」主要的經費來自天主教聖母聖心會。當初創立的目的，原只是教會想拿出一筆經費辦點有意義的活動，於是就在教會附近的萬大路一帶找了兩百多個清寒的孩子，邀請他們免費參加「金山夏令營」。

在夏令營中發現清寒兒童的問題很多，於是決定有計劃地成立一個機構，專為境遇較差的孩子，給予關愛與輔導。在鄧佩瑜主任的創辦下，「快樂兒童中心」就由一個夏令營起家了。

由於「快樂兒童中心」所安排的活動，內容豐富生動有趣，慢慢地信譽也逐漸建立起來，參加輔導的小朋友也愈來愈多。在收集、研究及設計兒童活動之際，他們也深深感到一般兒童也極缺乏正當的娛樂，於是決定擴大服務的範圍，使一般的小朋友也有機會參加「快樂兒童中心」所安排設計的活動。

目前該中心除了「兒童輔導」，另有「兒童夏令營」、「圖書館服務」、「社區服務」等，對象為一般兒童，此舉成功地解決一般兒童缺乏正當性的課餘活動的憂慮。

「快樂兒童中心」大哥哥、大姐姐們都非常熱心地幫助小朋友做功課，為小朋友設計有趣的遊戲，並且帶他們去參觀、遊覽，帶領他們認識更多的事物。從這些活動裏，小朋友不但得到了快樂，也從快樂中得到了智慧和知識。

之後，我還去參觀中心裏的圖書室和工作創作室。在創作室裏，每個小朋友手裏忙著剪貼東西，玩得不亦樂乎。圖書室則採用開架式，方便小朋友取書，每個禮拜並安排有說故事及文康活動。

從「快樂兒童中心」工作人員的工作態度來看，使我深深體會到「快樂兒童中心」是供給愛心與快樂的地方。

希望在不久的將來，「快樂兒童中心」能降臨菲華社會，好讓我們的兒童亦能夠享受「快樂兒童中心」所帶來的喜悅與智慧。

兒童文學功能

兒童文學的重要性，近年來逐漸受到菲華僑、學界的注意。我們深知，兒童是人類的希望，是未來世界的主人。他們的健康與快樂，更象徵未來世界的和諧、繁榮與進步。因此，兒童在成長期間，有權利享受成人給予的栽培與愛護。其中，兒童文學是他們精神食糧不能或缺的東西。

兒童文學是真、善、美的智慧的文學，它有培養兒童優良品德的功能，有陶冶兒童優美情操的功能，有啟迪兒童智慧和知識的功能，更有發展兒童，培育兒童，豐富兒童生活情趣，加強兒童思維和想像、兒童高貴人格的功能。

振興文化文藝

先總統蔣中正曾指示我們：「文化是文藝的根幹，文藝是文化的花果。」基於千古不滅的致理名言，我們深切體認到文化與文藝確實都具有永恆的生命。

中華文化源遠流長的偉大生命，滋養了歷代文藝的繁茂花果，也壯健了中華文化的根幹，充實了中華文化的生命。

我們身為炎黃子孫，都有責任維護中華文化的偉大生命，使之成為根幹壯實、枝葉參天、花果茂盛的大森林。

我們舉辦「菲華兒童文藝營」，只是以虔誠的信心，平實的態度，以園丁自居，願為振興中華文化，光大中華文藝盡點兒培育幼苗的責任。

重視童詩教學

臺灣省政府教育廳於民國七十一年度正式明令板橋市海山國小為「臺北縣童詩教學中心」學校。

海山國小自創辦以來，共有二、三百個班級。每天老師們利用美勞課進行「童詩插畫」教學；音樂課進行「古詩吟唱」「新詩朗誦」，以及唱些以新詩譜成的曲調，而上國語課時，更是老師與同學共同研究童詩的「最佳拍擋」了。

陳木城老師說：「童詩教學的目的，主要是希望同學們欣賞童詩和創作童詩，在無形中養成對生活的一切引起注意、觀察以及關心，而最後成為一位有感情的好學生，再來才是想培養學生們對文學的喜愛。」

我們深信：詩能使孩子們更聰明懂事，更快樂勇敢，而且我們也認為「兒童是天生的詩人」。所以我們期許著將來，每位參加文藝營的孩子都能綻開自己漂亮的花朵，同時也希望他們的努力，能為未來的兒童文學教學鋪好一條平坦的大道。

我們真誠地期待，期待兒童文學在菲華文學界開花結果，期待有更多屬於兒童文學的作品，期待真正屬於我們自己的兒童文學。

原載於一九九一年十二月二十一日《聯合日報》

菲華文學與華文教學的關係
──台北東吳大學主持菲台作家文學交流會論文

前言

撫今追昔，展望未來，菲律賓華文文學（簡稱菲華文學）正在全面下滑。其特點是，隨著土生土長的菲華作家人數的銳減，菲華文學創作的數量和質量都急劇下降。儘管有新移民華文作者的加入，但菲華文學目前的發展趨勢仍然是今不如昔，今非昔比。這使菲華作家感到沮喪，使菲華社會感到憂心。查究菲華文學全面下滑的原因，無非是菲華社會的大環境演退所致。也就是說，菲華社會大環境中的中華文化氛圍削弱了。進一步追查中華文化氛圍削弱的根本原因，則是菲律賓華校的華文教學式微造成的。由此可見，菲華文學與華文教學有著直接而密切的聯繫。本文就將這一關係中的相關問題作一次嘗試性的探究。

菲華文學的界定

平常所稱的菲華文學，實屬一個籠統的概念，有必要首先對這一個名稱作一界定。需要界定的有兩個方面：一是什麼樣

的作品可以算作菲華文學作品？二是菲華文學應該有什麼樣的作品？

　　前文講到有新移民華文作者加入菲華文學創作的隊伍，但嚴格說來，他們所創作的作品並非全都是菲華文學作品。這裏的意思不是說新來的和外來作者不能創作出菲華文學作品來，而是說真正的菲華文學作品應該植根於菲律賓這塊土壤，反映的是菲律賓的人和事，散發的是菲律賓的鄉土氣息。一個美國作家跑到菲律賓來寫一部有關經濟危機的書，揭露華爾街金融風暴的內幕，能把這本書稱為菲華文學作品嗎？恐怕是差強人意，強人所難。與此類似的是，近些年來，有不少中國大陸的文化人士先後來到了菲律賓，在菲律賓的華文報刊上或文學刊物上發表了不少作品。他們所談及的是中國的歷史或現狀，討論的是中國的問題或前景，看不出與菲律賓或菲律賓的華人社會有何聯繫。要把這類作品歸為菲華文學，實在牽強附會，令人疑惑。即使作者冠有菲華作家的頭銜，這類作品也不能稱為菲華文學作品，因為他與菲律賓這片土壤無關，他的作品與菲律賓這個社會無連。一個作者必定與某一社會保持著密切的聯繫，其寫作必定反映了他所處的社會背景。與菲律賓社會無緣，與菲律賓華人無關的文學創作既無「菲」情，又無「華」意，當然不能算作菲華文學之列。

　　文學作品的內涵是以語言為工具，通過形象反映社會生活的作品，外延是散文、詩歌、小說、劇本。這就規定了稱之為「菲華作家」的人，在他的作品中應該有形象，而且反映的是菲律賓的社會生活，其寫作還只限於詩歌、小說、散文、劇本等幾種文學體裁。需要說明的是，特寫、故事、文藝通訊、報告文學、回憶錄等文藝性很強，可以把它們放入文學作品裏的散文一類。

曹丕在〈典論・論文〉中說：「年壽有時有盡，榮樂止乎其身，二者必至之常期，未若文章之無窮。」意思是說，生命和榮華快樂有一定期限，而一篇出色的文學作品，在千載之後還能使別人感動不已。這使我們作為菲華作家的每一個人，無時無刻不考慮自己作品的價值，確保菲華文學的質量。

菲華文學的根基

如同其他國家、其他地區的文學一樣，菲華文學的根基一定是深紮在社會這塊土壤裏的。然而，社會這塊土壤有廣闊與狹窄、肥沃與貧瘠之分。保持社會這塊土壤肥沃的因素，除了文化之外，別無其他。如果認為是財富保持了社會這塊土壤的肥沃，那正好與前面的定義相吻合。因為廣義的文化，是指人類在社會歷史發展過程中，所創造的物質財富和精神財富的總和。

文學的發展依賴于文化的發展，文化的發展又依賴於教育的發展。顯然，文學與教育有著必然的、直接的聯繫。事實也是這樣，菲華文學全面下滑的原因，正是因為菲律賓華校的華文教學式微，最終削弱了菲華社會中的中華文化氛圍。皮之不存，毛將焉附？菲華社會大環境中的文化氛圍都削弱了，菲華文學豈有不下滑的道理！

我們雖然不能斷言，文化落後，植根于這種文化的文學也必定落後，但是可以說，教育與社會文化的關係密切，受社會文化的影響，文學也就有了先進與落後、進步與倒退之分。

教育是社會文化系統中的一個必不可少的組成部分。也就是說，教育具有構成社會文化本體結構的功能。然而，教育又是

一種文化現象，具有傳承和創造社會文化的功能。可見，教育具有雙重文化功能。由於教育的這種特殊性，一方面，可將其看成是與社會文化、政治、經濟等相並列的社會子系統；另一方面，又可將其納入社會文化系統中，作為社會文化的一個子系統。從而，教育與社會文化之間構成了一種既是部分與整體的關係，又是系統與環境的關係，而且，社會文化系統是教育子系統的實際環境。

接下來，我們就可以討論菲華文學與華文教學的關係了。文學專指用語言塑造形象以反映社會生活，表達作者思想感情和審美理想的藝術。通過形象反映社會生活是文學的主要特徵。文學用形象思維，通過對社會生活、人物形象的描繪，構成具體、生動的生活畫面，用這種活生生的形象，反映社會生活。文學是藝術中的一種。文學和音樂、美術、舞蹈等其他藝術一樣，都是以形象反映社會生活的，但它們的表現工具不同。繪畫的表現工具是色彩，音樂的表現工具是聲音，舞蹈的表現工具是動作，文學的表現工具則是語言。語言是藉以塑造文學形象的獨特手段，如前蘇聯文學家高爾基說：「文學的根本材料，是語言——是給我們的一切印象、感情、思想等以形態的語言，文學是借語言來作雕塑描寫的藝術。」所以，文學又被稱為「語言藝術」。

菲華文學這種語言藝術所用的工具是華語，菲華社會的華語水平又完全取決於華校華文教學程度的高低。那麼，華校的華文教學程度又怎麼樣呢？總的講來，菲律賓華校的教育現狀不太樂觀，令人擔憂。菲律賓華文報端常有文章批評、指責，還提出了不少建設性意見。但遺憾的是，眾多華校自以為是，

充耳不聞，也可能是積重難返，也不想有所作為。目前，全菲有華人社團、教會和個人開辦的學校共一百六十八所，其中學院兼辦中學、小學、幼兒園的有三所，中學兼辦小學、幼兒園的有六十九所，小學兼辦幼兒園的有八十所，幼兒園有十七所。但是華校教育式微，華文教學不斷下降。菲律賓華文教學的實際情況是，華語已不是學生的第一語言，華人社會和家庭已很少用華語與新一代交流，學生沒有講華語的社會環境，華語授課時間也大量減少，甚至形同虛設，青少年對華語學習的興趣也不濃厚。因此，十年寒窗之後，多數華裔子弟還不能用華語表達，就連祖傳的閩南話也說不通。由菲律賓傭人看大的華裔新一代失去了母語，菲語成了他們的第一語言。造成問題的原因也是多方面的，儘管不少人把華文教學水平急劇下滑歸咎於一九七六年的菲化案，但三十多年過去了，華校的管理層沒有及時應變，本身管理不善，加之又缺乏統一管理，這是問題的癥結。其他原因也有，諸如華語課僅為一門選修課，華語師資短缺、水平低、青黃不接等等。

在這種情勢下，菲律賓的華文教學一時難以改進，語言過不了關，稱為「語言藝術」的文學就無從談起。菲華作家的搖籃——華校一蹶不振，菲華文學的衰落局面，在可預期的未來，還會繼續維持下去。

菲華文學的出路

語言是文學的第一要素，語言修養是文學家的起碼條件。沒有語言就沒有文學，最好的文學作品是用最優美的語言寫成的。

因此，菲華文學的出路，在於菲律賓華校華語教學的改進與提升，只有把華校這個搖籃建設好了，才能培育出善於運用語言藝術的菲華文學人才。

華校應該教好現代漢語。現代菲華文學作品都是用現代漢語寫成的。文字不通順，語言不優美，就寫不出好的小說、劇本、詩歌、散文來。不知道有多少文學創作者，只因文字不通順，語言不優美，他們的作品被文藝編輯置之一旁。

兒童入學後，華校應根據教學計劃，教他們在已習得的口頭華語的基礎上學習書面華語，在更大的程度上豐富他們的語言材料，訓練他們自覺地提高運用華語的能力——聽、說、讀、寫的能力。在這個教學過程中，書面材料起很大的作用。學生在教師的有計劃的教學幫助下，從那些材料裏學習有關華語的系統知識，進行聽、說、讀、寫的鍛煉，目的在於經過幾年的學習充分理解、認識華語，並且掌握足夠的駕馭能力。書面材料容納了更加豐富的文學的和文化的內容，而真正掌握、駕馭一種語言也正需要充分瞭解這種語言的文學和文化的背景。於是，華語教學就可名副其實地成為語文教學。語文教學是一個整體概念，包含著互相包容、互相作用的幾方面的因素——口頭語言的教學，書面語言的教學，相關的文學和文化素養的教學。

振興華語教學的關鍵在於改進華校的管理，讓行家管校，讓專家治學。為了加強華校的管理，必須組建一個強有力的全國性領導機構。加強與菲律賓教育部的聯繫，儘快解決華校華語課的定位問題，改成華校的必修課。統一規劃教學改革的方針、政策、步驟和方法，並負責組織實施。辦好師範，組織進修，加強

培訓，提高待遇，從根本上解決華語師資短缺的問題。開展華文教學的理論和方法研究，進行教學改革試點。

需要特別指出的是，第一語言的掌握，無論對於每個人來說，還是對一個民族、一個國家的教育、文化、科學的發展來說，都是極關重要的。所以古今中外毫無例外地對語文教學都異常重視，都十分注意如何有效地、不斷地改善語文教學的課程，包括教學內容和教學方法，以及語文能力的測試方法等等。在此，筆者殷切希望整個華人社會，從個人到家庭，從家庭到學校，從學校到華社，都能全面接受華語，並把華語作為第一語言來學習和運用，使華人社會成為菲華文學的一片肥沃土壤。

華語教師應正確處理文學與語言及語言教學的關係，讓兒童接近文學，讓文學進入課堂。他們可以選取難易適度、內容貼近學生生活的文學材料，採用靈活的教學手段，運用多樣化的教學方法，讓學生在老師的潛移默化中，直接接受文學的薰陶。

語文課是什麼課？回答是：語言課＋文學課。文學課的教學目標定位在審美教育和文學知識教育上。在這一點上，它與藝術類課程是屬於同一領域的教學科目。文學教育於是回歸到它的本來意義上。那麼文學教育為什麼要與語言課組合在一起呢？因為文學審美教育既包括文學形象教學，又包括文學語言教學。文學審美在很大程度上體現在語言審美上。從這個意義上來說，文學教育有一部分又屬於語言教學的一個方面或一種途徑。

為了避免學習形式的單調枯燥，教師可運用聽、說、讀、寫幾種方式讓學生感受文學的魅力。例如，教師可以讓學生模仿跟讀詩

歌，或讓他們以遊戲的方式為詩行排序。戲劇表演也是一種頗受學生歡迎的形式。另外，學生還可以根據故事的開頭續寫結局。

閱讀文學作品可以豐富學生的文化背景知識。文學作品是目的語文化的重要組成部分，涵蓋豐富的社會知識，如政治、經濟、宗教、歷史等。有一些文學典故家喻戶曉，而且常被引用在日常談話中。因此，廣泛閱讀文學作品也有利於學生的「通識教育」。

臺灣的成功教學經驗值得菲律賓華校借鑒。板橋市海山國小為臺北縣童詩教學中心學校，自創辦以來，每天老師們利用美勞課進行「童詩插畫」教學，音樂課進行「古詩吟唱」「新詩朗誦」，以及唱些以新詩譜成的曲調，而上國語課時，更是老師與同學共同研究童詩的「最佳拍擋」。也是一位頗負盛名的兒童文學作家陳木城老師說得好：「童詩教學的目的，主要是希望同學們欣賞童詩和創作童詩，在無形中養成對生活的一切引起注意、觀察以及關心，而最後成為一位有感情的好學生，再來才是想培養學生們對文學的喜愛。」

在筆者的倡導和組織下，菲律賓曾經在八〇年代開展過「菲華兒童文學研習會」、「菲華兒童文藝作品展覽會」、「菲華兒童文藝營」、「親子繪畫觀摩賽」、「親子閱報畫心得比賽」等等。老師以堅定的信心、平實的態度，為振興中華文化，發揚光大而盡培育幼苗的責任和義務。在由卅所華文學校的小學及幼教部門主管及老師組成的「菲華兒童文學學會」的影響下，菲律賓華僑、學界逐漸認識到了兒童文學的重要性。兒童文學是真、善、美的智慧的文學，它有培養兒童優良品德的功能，有陶冶兒童優美情操的功能，有啟迪兒童智慧和知識的功能，更有發展兒

童，培育兒童，豐富兒童生活情趣，加強兒童思維和想像、兒童高貴人格的功能。兒童是人類的希望，是未來世界的主人。他們的健康與快樂，更象徵未來世界的和諧、繁榮與進步。因此，兒童在成長期間，有權利享受成人給予的栽培與愛護。其中，兒童文學是他們精神食糧不能或缺的東西。

結束語

筆者土生土長於菲律賓，就讀於菲律賓華校，接受中華文化的薰陶，在老師的直接影響下，走上了菲華文學的創作之路。自己的許多校友或同齡人還成了優秀的菲華作家，這說明華校是可以培養出文學人才的，就在於華文教學的到位，還在於華語老師的文學底蘊。

先總統蔣中正曾勉勵我們：「文化是文藝的根幹，文藝是文化的花果。」基於千古不滅的至理名言，我們深切體認到文化與文藝確實都具有永恆的生命。中華文化源遠流長的偉大生命，滋養了歷代文藝的繁茂花果，也壯健了中華文化的根幹，充實了中華文化的生命。我們身為炎黃子孫，都有責任維護中華文化的偉大生命，使之成為根幹壯實、枝葉參天、花果茂盛的大森林。

完稿于二〇〇九年五月六日廣州賓館

文化魅力的展示

——中正學院學生壁報比賽評審隨感

參與評審義不容辭

農曆己丑年正刮著「辭舊迎新除碩鼠、富民強國效勤牛」之風。乘着鬧鬧攘攘的氣勢，邁着四平八穩的腳步，甫自中國泉州公司忙完過年前的繁瑣事務，我緩緩上路返菲。稍微才鬆下一口氣，猶似意興闌珊的走回辦公室，面向桌上那一堆好像永遠批閱不完的文件，正對著這堆面色蒼白，萬無表情的卷宗及文件發呆時，頃刻間，秘書遞來一張中正學院學生輔導處陳錦芳老師來電的小字條。接過電話筒，陳老師盛意拳拳懇邀赴校走一趟，為中學生的海報及壁報比賽作品當評判員，且「命令」式傳達下午就要啟身，刻不容緩。因為，輔導處擬訂下午就要截止評選工作，企盼趕在春節放假前揭曉，公佈優勝者排行榜。我在毫無「退路」的情況下，只好丟下眼前的煩瑣事，再為自己懶散骨頭找一合理藉口，畢恭畢敬銜命依約赴會。

中正精神一脈相傳

中正學院中學部學生自治會的各項學生才藝比賽，自七〇年代我求學階段以還，陳錦芳老師即扮演催生的重要角色，數十年如一日，且樂此不疲。這一幕幕足以啟迪學生、激勵學生貼近中華文化的精華場景，不論是歌唱、畫畫、演講、成語、朗誦、話劇，還是壁報、海報、寫作、書法等磨拳擦掌式的技藝競賽，每一項活動，不分巨細，無役不與，幕後策劃及幕前執行的點點滴滴，皆少不了陳老師的躬身參與，悉心灌溉。

陳老師平日在校所展示的各式身教、言教，本來就是一部中華文化兼中華藝術的授業版本。許許多多熱衷中華藝文的學生，因而耳濡目染，潛移默化，受益匪淺，自不待言。我本身便是眾多受惠者之一，心存感恩之情，實難以筆墨敘述。

基於以上的事實與認知，對於這場比賽表面上的 受托，其實是受教學習的機緣，我豈有向陳老師開口說「不」的權利？

才藝競技宣揚文化

春節前舉辦的壁報及海報比賽，且都以迎接春節為內容主軸，就是堅持在中華文化已呈式微的校園中，藉宣揚中華傳統的節日，強力奪回已悄然失去的文化瑰寶，讓e時代的莘莘學子，也能領會農曆新年歡樂氣息的由來，並牢牢記得自身淌流的「唐山血液」，是永遠不可被任何形勢所任意抹滅的；也堅守自己長滿全身、成千上萬的「中正細胞」，也是永遠不可被任何勢力所干擾改造的。

　　而構思一幅壁報佳作，所需擁有的多樣化元素，何止具創意智能的美術一環？倘若對中華文化沒有一定的認識水平，實在無法完美建構，一幅饒富文化意含、圖文並茂的精彩壁報。

　　對於藝術創作，我向來可望不可及，被此一突如其來的技藝挑戰，可要誠惶誠恐，戰戰兢兢地應對，絲毫不敢怠忽「職守」，因此縱使只有十二面壁報待評，我還是以勤補拙，如履薄冰，抱持堅強的自信，全心投入，並耗費將近六十分鐘的時間來回過濾，細心品賞每一幅作品的整體結構，從萌發的構思、設計的風格、展現的意境、蘊含的情感、表達的訊息、應用的詞語、創造的藝術、搭配的色彩、採用的飾品等等，逐一剖析，逐一篩選，逐一打分。

　　綜觀這批琳瑯滿目，各有千秋的十二幅作品中，嚴格而言，未臻理想的作品，僅區區兩、三幅。而要精挑細選五幅優勝作品入圍，勢必割捨另三、四幅。在難分軒輊的伯仲之間，猶如魔術揭秘，或偵探解謎般，絞盡腦汁，傷透腦筋，結果必有遺珠之憾，不言而喻。

　　愛才若渴如我者，十分疼惜這群天真活潑的年青學子，殊不知他們每日在被中、英、菲文三種語言的繁重功課，壓得喘不過氣來的同時，又得疲於奔命地投入校內外各式各樣的課外藝文、體育等活動。且看，堂堂正正一個健碩旺盛的快樂身軀，整日必須繃緊神經，耗費精力、腦力、毅力、心力、手力，肩負起超負荷重載，一日至少消耗十五小時的冗長時間、支應體力上的疲勞轟炸式，才得以不慌不忙，從從容容，面對接招，一波又一波，迎面而來的各式無情挑戰，日復一日，永無止境。似此默默無言、又無怨無悔地、全盤接受上蒼恩賜的「菲華子民」名號，

此一超特殊身份所應具備的氣質，及才華的頂尖e族群。對於評審者而言，對精心打造的血汗作品，進行一番品頭論足，挑三揀四，挑剔的要求、嚴苛的評選，實在于心不忍。

　　經過一趟細嚼慢嚥的品味之旅，深深打動我心，討我歡心的五幅作品，最終出爐。無巧不成書，我鍾情愛慕的這五幅作品，其中榜上名次的排列順序，竟與其它四位評審員（我是單獨一人，徘徊在現場默默品賞的最後一位評審員）選定的次序，不謀而合，可謂百發百中，令我欣喜不已。

「牛市暢旺」躍居榜首

　　「牛市暢旺」由身穿時髦衣裳的勁牛，卯足全身力氣，但不露絲毫倦容，仍愉悅地托領一卡車眾生肖的活力畫景。同時巧妙運用各生肖族群的專屬吉祥語，諸如：「龍精虎猛，虎虎生威，動如脫兔，馬到成功，狗年好運，羊羊自得，金雞報喜，招財福鼠，靈蛇獻瑞，百福金豬，靈巧如猴 ……」等討人萬般喜愛，令人笑逐顏開的幸福詞語，來描繪普天下萬戶人家，在全球經濟展望由盛轉衰的非常景氣中，熱切企盼具有穩重、堅強、勤勉等特質的猛牛來強勢領航，大步穩步邁向「牛」轉乾坤、運勢可期的利發牛市的願景。

　　以爆竹、金袋等飾品裝璜版面，大有表現「爆竹喧天傳喜慶，黃牛犁地播豐收」的華麗與壯闊意象，更讓人一新耳目。

　　此幅壁報，無論在構思、風格、造型、意境、訊息、詞語、工藝、掛飾等領域的前衛性詮釋，皆無懈可擊，堪稱一流佳作。唯美中不足者，莫過於整體顏色的黯淡呈現，似有暗

中摸索，守株待兔的保守意象，無論如何割猜解讀，卻始終「嗅」不出喜氣洋洋的氣息。（另一假設為，丑牛於曙光乍現前，拖家帶眷，一滿載卡車，在綠草上奔旒旎春，蓄存能量，整裝待發………）。

但不管怎樣，「鼠去糧滿囤，牛來地生金」的意義十分濃郁，誠不失為春節的最佳應景圖像，令人振奮。

「互許心願」勇奪亞軍

「許下心願，迎接新年」壁報以別開生面的柔性訴求，並以點到為止的方式，向世人揮手問候己丑年。

明明是一個「福」的漢字，卻被一隻表情近似尷尬、呈立正姿勢的丑牛，硬「拗」演化成部首體，而強制形成的另類「福」字，創意十足，也妙趣橫生。

而掛滿樹枝的各類祝福小語卡片，如「祈福」、「好運」、「健康」、「如意」、「平安」、「吉祥」等，搭配由六個男女福娃，藉由各自不同的表情，互訴心聲，互許心願。如此溫馨感人，任誰眼力接觸，都會感染心扉，喜上眉梢，隨之近乎意外地無限蔓延至全身發酵。此幅壁報同時也呈現，為大家虔心的許願，祈願「年年順景財源廣，歲歲平安福壽多」。

倘若能重新組合，運用神來之筆，多加彩繪修飾，讓整個畫面更加活潑，更加亮麗，整體效果必能出乎意料般的令人情動、心動、再加行動。如此的心願力度，想必可無所不包，無遠弗屆。諸位已可冠上「小藝術家」名銜的學弟學妹們，不妨一試。一份將伴隨而來的意外驚喜，可期更可盼也。

「五谷豐收」排名第三

「五谷豐收」壁報同樣由猛牛主導，滿載豐收的谷物，象徵大好兆頭。己丑年的萬戶農家，勢必是最大的贏家，令人稱羨。一幅歌頌「牛舞豐收歲，鳥鳴幸福春」好運連連的美好時光，平平實實地躍然紙上。

同樣突顯象徵十二生肖的普羅眾生，在詭變多端、瞬息萬變的現實生活中，相互加油，相互打氣的傳統美德，表露無遺。此圖靈活安排眾生肖伙伴，靠邊列隊迎候，寓意一路相挺猛牛，也帶有一鼓作氣的勢頭，意志堅決，溢於「圖」表。

以紅包紙套製成的小燈籠，再以代表「竹報平安」的竹葉加以簇擁陪襯，顯得格外喜氣騰祥。可惜，乍看整幅壁報，因各式五彩繽紛圖形，擠滿塞爆，加上各式幸福飾品的競相入鏡爭寵，讓人有眼花潦亂、目不暇給之虞。似此構造，有待研發更新，切記：繁華不一定深奧，簡樸也不見得淺陋。

「巨龍獻瑞」險晉四階

「巨龍獻瑞」秀出巨大龍體奔騰飛舞、再由表情豐富，造型可愛的勤牛引導開路，十隻生肖環繞貼身龍體的和諧畫卷，猶似利用巨龍的神韻神威，來喚起世間萬物的追隨運轉，以達至牛開鴻運，牛轉新機的嶄新境界。

此一創作的構想，不免令人揣測，不僅未能突顯勤牛的獨一無二功力及魄力（縱使勤牛在畫面上的能見度不小），反而大費

周章搬出巨龍「攪局」，猶似展現狐假虎威，借力使力之負面效果。在己丑年勤牛發威發光、獨領風騷的年頭，豈有讓勤牛屈居下風，淪為配角的道理？可能是設計者的無心插柳，抑或另有高見，恕我寡聞，不得而知。

「金玉滿堂」奉陪末座

奉陪末座的「金玉滿堂，福星高照」，所獲成績其實也不俗，只是內容構造有待商榷，所要表達的訊息也有點模糊不清。倘若能加以改造，同時減少採購飾品及材料的開支，必能照樣博得觀眾青睞。

此幅由一位穿戴勤牛造型頭帽的娃兒主角，夾在中間追隨，一對祥獅獻瑞向大家傳報新年佳音，打造一片「金玉滿堂、福星高照」的喜氣歡樂場景，熱鬧非凡。

左右兩端懸掛的大小金魚，是用小抱枕的飾物形塑其立體的美感。每一隻俏皮可愛的生肖，則因各式亮片，緞帶等飾品的妝扮，工藝精細，維妙維肖。只是十二生肖不知何故，悄然通通清一色變成由女生出線擔綱，陰勝陽「殺」，令眾男生觀後眼睛為之一亮，不勝莞爾？

其它未入榜的作品，確實不乏有精彩創意取向的好作品。有的用假鈔紅包闡釋「生耕致富」及「萬象回春富且貴，和氣致祥壽且康」，向錢看的意圖，顯而易見；有的以中國國樂大匯演的陣仗，由勤牛上台指揮，眾生肖各個手執各種樂器，一起彈奏迎新春的歡樂旋律；有的以書法代勞，由四支不同「勁筆」揮毫與己丑有關的吉祥語句；有的繪製仿中國的古老屋檐造型，復古

手法頗具古色古香。凡此種種，在在充分顯示學子們無不費盡心思，無不突發奇想，紮紮實實挖掘不少，含有中華文化豐富多采的瑰麗寶藏，作為構築壁畫的各種元素。學校宣揚華夏文化的苦心孤詣，總算沒有白費，殊堪欣慰。

祈願母校在本次活動中，藉春節壁報賽，為中華文化掀起的「校園時尚」熱，所營造的「牛氣沖天」氣流後，加足「牛」力，再接再厲，繼續擴大舉辦一系列，饒富中華文化精髓的各種才藝競技，讓學生們在寓教於樂的藝術薰陶中，一再貼近中華文化，並循序漸進，一氣呵成，融合於中華文化的大熔爐。

海報創作各懷「鬼胎」

學生自治會安排中一、中二學生，以 製作海報的方式參加競賽，面積僅壁報的大約三分之一大，主要考量為，讓低年級學生，先來一場學習觀摩的暖身運動，以備日後大展身手，拼構出一幅又一幅，令人刮目相看的大型作品，與學長學姊們拼比較勁。其煞費苦心，面面俱到的精心策劃，難能可貴也。

別瞧這群年紀略小的參賽者，為端出一幅幅多彩多姿、意境獨特的海報作品，各懷「鬼胎」，各顯神通，紛紛大膽拼築與眾不同的藝術風格，一較高下。

由於我在品味壁報的過程中，花費的時間較長，以致於在轉向海報區時，因屆學校放學時段，學生吵雜聲四起，故在一片喧鬧中，實在無法全神貫注，追回似已隨風四散的思緒，切入瀏覽諸海報作品的萬種風采，影響所及，評分結果自不盡如人意，乃是意料中事。同時，也因此未多作筆錄，以備賽後評析探討之

用，自覺羞愧，不勝唏噓。在此謹向中一、中二諸學弟學妹們致歉，但願來日再尋覓瀰補機緣，好為諸位效勞續緣。

印象中的十八件海報作品，在眾多巧手與慧心的大結合下，大多繪製成立體感十足的物體，其中並不忘大量使用再生廢物，如花生殼，小竹子，電動玩具等，所塑造的諸春節藝術品，相較於高年級同學，誠然不遑多讓。尤其融合現代及古代風格的復古概念，表現的創意，表現的工藝，無不微妙細密，令人愛不釋「眼」。其總體績效，絕不亞於高年級學長學姊們的精心傑作，可喜可賀也。

創作過程的構想與巧思，往往才是智慧的金山銀山。

最後，在牛氣沖天大好年伊始，謹以「牛年逢盛世，強校、壯師、富生歡慶中正創校六十春」，為一介愛校校友，對母校蓬勃發展的長期關懷，作成經典性的註腳。

完稿於二〇〇九年四月四日寓所

進入現代詩的奧妙境界
──有感於擔任校聯現代詩朗誦比賽評委

捲入新詩漩渦

對現代詩向來一竅不通的我，因文友范鳴英校長的邀請，盛情難卻，一通電話便把我迷迷糊糊地捲入了現代詩奧妙而浩瀚的境界。

菲律賓華文學校聯合會（以下簡稱校聯），為鼓勵華裔中學生親近華文文學，藉由朗誦現代詩的形式，舉行一場別開生面的比賽，讓十五所華文學校的師生動動摩擦力，對平日原本鮮少接觸的華文文學作品，儼然是一項新挑戰，更遑論 現代詩，有意問津優勝榜寶座者，勢必掀天動地來一場現代詩大惡補。

優遊自在地，由一杯香噴噴的熱咖啡伴讀，欣賞一首首現代詩作品，對我而言，是一件輕而易舉的享樂事。可要我充當朗誦比賽的評判員，那簡直是在考驗我的智力及毅力。對一個因經商而蛻變成空中飛人，早已無暇也無精力遊走于文學作品的無盡長廊，對專心提筆寫作更是一種奢華消遣的人而言，何來閒情逸致涉臘于懵懵無知的現代詩，我何嘗不也要步華校師生的後塵惡補一番，免得誤人子弟，害人害己。

詩情嚴遭扭曲

　　菲華名女詩人謝馨的新詩〈華僑子弟〉，用真實的語言反映真實的現象。字裏行間，對早已融入菲律賓滾滾洪流的華僑後裔子孫，幾乎早已不再認同中華文化的無奈之情，表露無遺。這首彷彿在探索（或刻劃）一個華僑心靈深處，對唐山一個永難割捨「情」字的不朽傑作，意境之美，耐人尋味。奈何華校間少部份人士卻不知何來的靈思，蓄意扭曲作家的用心，令人費解。

　　僅憑一句「想像中國人是一個多麼原始，多麼可笑的民族啊」，就斷章取義認定此首詩有「輕視」中國的寓意。尤有甚者，善錯意者更杯葛校聯此一活動，嚴重剝奪學生參加比賽的機緣及權利。凡此愚不可及，又不肯用心細讀的奇怪邏輯，難免令人擔憂我們華人社會各團體傾全力扶持的華文教育事業，在這般人的經營掌舵下，前景何在？

　　殊不知此首詩作反而有喚起華社有識之士，在經商之餘多費點兒心思，正視此一現象的無限發展，以免華僑華人一生辛勤栽培的後代子孫，其腦力思維在無聲無息不知不覺中暗被「同化」迷思侵蝕一盡，而引憾終身。

　　另一首由台北現代詩名詩人羅門所著的「麥堅利堡」新詩，是為紀念二次世界大戰七萬名美菲軍官為國殉職的史詩。詩詞慷慨激昂，動人心魄，整首詩運用藝術的美感，融合抽象的意境，詞彙優美，匠心獨俱。其超然的「玄」象，猶如深溝高壘，莫測高深，一般有文學基礎的人，唸起來不見得可以立即領略其意，

甭說由學生朗誦，必顯得吃力不討好。然而，經由十幾位中三，中四學生的賣力演譯，成績不俗，可圈可點，出乎意料地精彩完美，不難想像這批參賽者的好學及膽識，加上指導老師誨人不倦的執著，令人敬佩！

然而，唯一美中不足的，莫過於某校長在致詞時，將麥堅利堡（Fort Mckinley）誤說成是馬紀冷山（Mt. Makiling），兩個各據一方的菲國名勝，南轅北轍，如此似是而非的另類想像力，只能令人莞爾，莫可奈何唉！

中一，中二組的參賽學生，個個演技精湛，無論表情 聲調，台風儀容，咬字發音，詩情詮釋等，呈現的整體水平整齊劃一，各顯神通，難分軒輊，可以看出事前有過充份完善的準備。另一組中三，中四的參賽學生，人數明顯縮水，幾位參賽者表演中途露出因緊張而忘詞，漏詞，或跳詞的尷尬畫面。對於這些一時神情無助的學生，我們更需要給予加油鼓勵，他們的熱忱參與，他們的無畏勇氣，可喜可賀也。若因倉皇失措而造成的遺憾需檢討改進，難道不可謂云：身為一校之長或指導的師長，對於監督不力，督促不週等責任，難辭其咎？

曾經在小學被鍛鍊，被培養的十項全能的資優學子，為何當升上中學，步入人格及學力成熟豐碩的階段後而對華文漸行漸遠，下滑沉淪？我們資深的中學中文老師們，可曾意識到這一快速變幻的趨勢，已然形成？為何任由其演變至此一青黃不接，頹墮委靡的局面而令人惋惜？

恩師悉心灌溉

　　猶記得我在小學六年級的一次校內朗誦比賽，在時任小學部主任林勵志恩師，班導師莊麗桑恩師等的悉心溉灌下，初試啼聲，一鳴驚人，以黑馬之姿勇奪冠軍寶座。如今回首，我之所以擁有如此活力及能量，恩師莊麗桑居功厥偉。她教學認真嚴謹，始終如一。對於學生的各項才藝培訓，有著強力的使命感，是華校一位不可多得的校寶。

　　在我的記憶長河中，她在課內採用靈活多樣化的教學模式，一絲不苟，循序漸進，創思設計多套讓學生在趣味盎然，各項班內比賽氛圍中學習華文，潛移默化，引人入勝。課外活動，她則終年疲於奔命於各類文藝比賽的指導培訓工作，舉凡朗誦、演講、歌唱、畫畫、書法、作文等校內校外比賽，皆有她血汗交織的印記。她腦筋裏似乎儲存著一朵讓中正學生「輸不起」的傻勁標誌。亦正因為如此，她所花費投入的精力及時間，遠遠超過一般老師。

　　當她在訓練我的朗誦技藝時，每天上課前後都要爭取時間讓我操練一小段，連耶誕假期放假休息的時日亦不輕易放過。我只能唯命是從依約到她府上報到排練，將一首由林勵志恩師撰作的「可愛的中華」朗誦詩背誦的滾瓜爛熟，台風、手勢等演技恰到好處，爐火純青，當不在話下。

　　經由莊老師一手栽培，在各類才藝競賽中脫穎而出的資優學生，各有特色，不勝枚舉。當這一批批學生升入中學時期，每逢需再次參與各項比賽，多數定會再回過頭來央求莊老師重執教

鞭，而在日常的繁瑣教務工作中忙忙碌碌的莊老師，似乎常被一顆有求必應，無法推卻的古道熱腸所牢牢牽制而欣然應允。她集天下英才而教之，不亦樂乎，情操高尚，令人難忘，亦令人感念。

另二位值得懷念的李惠秀老師及莊適源老師，同樣無怨無悔地付出一切，或指導演講比賽、集體朗誦比賽，或贈送文藝書籍，在在引領我歡樂地走入華文文學的天地。我何其有幸，在文學的啟蒙階段，寵蒙多位恩師不計代價，諄諄教誨，令我在中小學華文課程的學習生涯中，增添不少豐富多彩的樂趣，也奠下我日後立志學好華文寫作的根基。

不斷向前伸展

校聯主催的朗誦比賽，另一值得探討的，莫過於外來學生的表現。近年來從中國移民來菲的學生絡繹於途，紛紛投入華校殿堂求學。站在海外推廣華教有教無類的立場上，不分種族，不分地域，一視同仁，細心施教。中國來的學生有其先天的語言優勢（但多數學子咬字發音良莠不齊），在華校間的各類文藝競賽展露頭角，比比皆是，值得讚揚。

而本地土生土長的道地菲華學生，從幼稚園至中學的漫長求學旅程，一路走來，曾經被各個華校發掘的各類優秀人才亦為數不少，其華語發音的準確度，比起外來的華生，似乎高出一籌，只不過隨著年齡的增長，加上種種課業壓力的不斷增加，因不勝負荷，而逐漸放棄曾經是他們的最愛。中學生如此，大學生更甭提，一旦走出華校圈圈，華文似乎全數拋諸腦後，形同陌路，不再碰觸，亦不再留戀，華文似乎已成為名副其實的畢業文憑標誌。

華文教育的長遠目標,應是不斷向前伸展,讓華人華裔終身受惠,並世代傳承,萬古流芳。奈何事與願違,我們必須勇敢面對現今華教江河日下,此一殘酷的事實所演變成的不堪後果。凡此種種因果循環的勢頭,不僅華校諸執事者要省思再三,華社相關團體袞袞諸公亦該集思廣益,從長計議,全面著手整頓非金錢領域的核心問題,一勞永逸解決造成低迷不振的學習環境的兩大真正主因:即嚴格篩選治理華校的專業人才,及加強華校師資的質量與數量,擴大陣容。如此才不枉費各方仁人志士,長年挹注大量資金扶持華教事業的赤誠心力。

我亦曾經多次受邀於崇德學校的幼稚園及小學部,擔任各種比賽的評審工作,親身體會現階段各華文學校,藉由舉辦各項文藝比賽,激勵並提昇華生親近學習華文的用心。

每當我以一位過來人的身份,去評審每一位可愛的學生的精湛技藝,瞧他們在台上有板有眼的盡心盡力表演,其背後需承受各種主客觀的學習環境所蘊藏的負面壓力,其身心的掙扎及煎熬,實不為外人所知。每思及此,內心不禁湧現的感觸尤深。

文學進入校園

現代詩朗誦比賽優勝榜揭曉前,我被校聯主持人臨時邀請上台代表評審員講評時,我再三強調舉辦此賽的深遠意義,除提高學生的華語文說講能力,更重要的一點,藉由現代詩的朗誦比賽,讓莘莘學子自然而然地貼近華文文學,接受華文文學的洗禮。這與我二十年前為倡導推廣兒童文學而規劃制定的「把文學帶入校園」方案,讓幼教教師集體研習兒童文學的入門課程,引

導兒童閱讀兒童文學作品的良方，進而帶動學生提筆創作兒童詩歌，兒童故事等施行策略不謀而合。後來又在菲華文藝協會副秘書長任內發起的「走入文學」校園巡迴講座列車等系列活動，亦有異曲同工的築夢構思。我謹為因轉換跑道，暫時棄文從商而不能繼續投身奉獻此兩大方案而深感愧疚。

　　校聯的五位常務理事之一，晨光中學的范鳴英校長，本是一位知名的菲華女作家，發表的作品有散文，新詩等。校聯今後由她領軍，必能承先啟後，將文學豐富的養分注入華文教育，只要更多的校長、主任及教師們撥冗閱讀華文文學作品，品味華文文學作品的精華所在，全面提升華文教育素質的宏偉願景，指日可待唉！

二〇〇八年九月廿六日寓所

華文——華裔競爭力的重要資產
——為中正中學生演講比賽評審有感

本土學生士氣低落

九一八當日，筆者應文友施純青主任誠邀，兼程赴中正學院，為中學部慶祝七十週年校慶，而舉辦的學生演講比賽當評審員。前中文主任黃珍玲學長及前中文老師施柳鶯學長，亦在受邀之列。

中三、中四組的九位參賽者，多數為外地來的學生，土生土長的學生仍然鳳毛鱗角，華文教育的績效再次亮起紅燈。

我們對外來學生的優秀表現，除予以肯定外，也該給予掌聲鼓勵。只是感慨本地土產學生，因華文教育的質量江河日下，無法嶄露頭角而憂心如焚。

曾幾何時，華社有識之士不是一而再、再而三地聲嘶力竭呼喊了二、卅年的搶救華文的口號，怎麼到頭來，未曾聞見一丁點兒稍有好轉的訊息，不禁令人懷疑，當華社面臨空前嚴峻的文化存亡課題，我們的華教諸先驅及諸領導，如何以最高的超智慧，以及最堅強的意志，全心投入解決此一文化斷層的危機。

綜觀九位參賽者具備的華文演說能力，皆是難得績優的一群。勝負的差異，僅在事前準備所投入的工夫。在評分標準所列的幾

項細則——「語音標準、咬字清晰」、「聲調語氣」、「表情動作」、「儀表台風」、「演說熟練」等。參賽者的表現，可圈可點。唯有在「演說熟練」這一環，讓多位參賽者失去入榜的機會，也讓評審員鬆了一口氣，免為難分軒輕的取捨，傷透腦筋。

華文課程奉陪末座

提及「演說熟練」，不免令人聯想，目前華裔學生背負的英文、菲文、華文等三重語言課業的繁重壓力，且因應奉行當局偏重英、菲課業的既定政策，華文在學生課業的排列順序，奉陪末座，實在不可思議。

當三位評審員在大操場前會合，等候參加演講比賽大會的全體中三、中四學生集合排隊時，輔導處老師在講台上與學生講話、催促，為何捨棄華語，竟以閩語為溝通媒介？也許有人說，總比說英、菲語來得好吧。

我們中正的傳統學風，一向是偏重華文，數十年來，也因華文的輝煌成就，在菲律賓樹立良好的口碑，且馳名中外。寫到此，不免令我懷念林前副院長玉崑，許故副院長國良，蔡前主任順美，謝故主任佩華，及洪前副主任美美等，每逢在大操場集會，與學生互動溝通的昔日情景。在那處處充滿華文氣氛的校園裏，學生若不強迫自己善用華語，也難以立足。

依個人淺見，在下午極為有限的華文課時段，無論課內課外，全體老師即要堅持全程以華語為主，閩語為輔的語言媒介。只要每位師長，多費心力，充分有效抓住每一個，可以運用華語互動的時機，營造快樂說、學華語的氛圍，使學生華文水平改善及提昇，畢竟華文教育，並非已屆無藥可救的境界。

在電梯門口等候上車時，一群男同學正在以菲語交談，黃珍玲老師見狀，趨前請他們改用華語，其中一位學生反應敏捷，回敬一句：「老師，妳很漂亮」。筆者聞後，驚訝地隨口說出：「不錯喔、一口標準華語，老師要加分！」，施主任純青老師則在一邊，連忙追問他所屬的班級。瞬間，那位同學又指著筆者，拋出一句：「你很帥、帥哥」。

筆者被這一突如其來的言語，歡喜得幾近抓狂。抓狂的不是那句讚美我的話，抓狂的是學生的華語文能力及應變能力，太超乎尋常了。這位小學部「加強班」學生的即席演出，證明我們學生的語言能力，絕非如一般人所想像的薄弱。只要我們善用各種鼓勵及施教技巧，時時刻刻為學生，營造多種學習華文的有趣環境，耳濡目染，日復一日，自然于輕鬆中引導學生，步入正軌。可是，要引領學生親近華文，首先要讓他們不畏懼華文，不排斥華文。

而不讓學生畏懼華文的先決條件，必須讓學生充分理解每一詞彙，每一章節的含意，儘可能簡化，由淺而深，遇到較難理解的生詞，那怕是搬出英語、菲語混合翻譯，也在所不惜，進而讓學生樂於學習華文，樂於開口說華語。如此一來，學生說出一口流利的標準華語，指日可待矣。

華教重鎮華文優先

為永遠保留菲律賓華教重鎮的崇高地位，我們是否要不斷集思廣益，策屬來茲。菲律賓的華校，一向受到客觀大環境的束縛，華文課的上課時數被縮減，是不爭的事實，這不是筆者在此要探討的重點。主要該檢討的，莫過於我們在預知的困境

中，如何有效、且具彈性的處理華文課程的安排及推行。況且
政府監督華校的力道，也非到令人喘不過氣的險惡程度。至少
政府鮮少干預各種華語相關的課外活動，我們何不乘機加強編
排多元，與提昇華文水平有關的課外文娛活動，作為推展華文
教育的輔佐工具。身為以華文為重的學校，是否能事事以華文
為優先，以華文為主要奮鬥的目標，誠有待各方冷靜省思。

　　中正學院過去、現在和將來的優勢、強勢，毋庸置疑，絕對
是保持在：擁有完整及卓越的華文教育體系，擁有優良的華文師
資團隊，以及擁有龐大事業有成，且肯熱心回饋母校發展的校友
等。倘若敞開，或忽略這三大股元素組成的強固堡壘，而逆勢操
作，即使英、菲語水平有顯著提昇，或再如何優異，也不會令主
流社會的民眾看好認同，遑論華社人士。

　　由主流社會及教會經營管理，具規模的一流大、中、小學，
多得不勝枚舉。中正學院再如何努力朝這方面發展〈請讀者不要
誤解，筆者無意否定，或貶低英、菲語課程的重要性〉，恐怕也
難以超越，標新立異。唯有優先選擇具有先天優勢的華文，並列
為重點發展，才會有締造輝煌成就的寬廣空間，而此一璀璨亮麗
的業績，呈現的方式及成效，絕對與眾不同，也絕對傲視群雄，
這麼可貴又可行的策略，何樂而不為？

發揮優勢強力推展

　　相信大家不會反對筆者以下的疏淺論述：即主流社會及
華人社會的各方人士，倘若只考量子女學好英、菲語的學業規
劃，報讀中正學院，不是其優先的選項。倘若他們認同，並決

心追隨當今全球「瘋華文」的熱潮，讓子女及早接受中華文化的洗禮，在眾多華校排行中，中正學院也不一定是唯一的選擇。在這樣內外挾持的險峻環境考驗下，中正學院今後何去何從，如何重振昔日聲威，儼然是廣大愛校的中正人，一項永無可迴避的嚴肅議題。

其實筆者這項觀點，何嘗不也是當前全球企業行銷界，大力奉行「藍海策略」（Blue Ocean Strategy）的真諦。在全球化競爭激烈，詭變多端的大時代，具有差異化的產品，必能找到立足之地，且脫穎而出。同時因具有強勁無敵的競爭力，企業可以永續經營。

中正學院近二十年來，在全面改善硬體設備方面，所作的努力及成果，大家有目共睹，佳評匪淺。目前正在如火如荼進行中的擴展分校企劃案，各方校友及華社人士熱烈響應，短期內已籌措一筆可觀資金，尤令一部份中正人雀躍振奮，樂觀其成。

提昇軟實力此其時

然而，我們更期許突破核心的軟實力，軟體建設包括：經營理念，管理制度，師資陣容，課程編定，學生素質（學生平均水平）等領域，皆得全面虛心檢討、有效整頓、以利大力提昇，進而邁向重振華文，重建校譽的崇高目標，大步前進。畢竟，現在不是比學生人數，比規模大小的時代，重質比重量更為可貴。相信此一卑微的期許，也是全體校友及全體華人華裔的共同願景。

藉機強勢推銷華文

演講比賽結束，三位評審員應邀依序上台講評，兩位前輩學長將演講的技巧，及對參賽者的評語，毫無保留地公開指導，淺顯易懂，興趣盎然，強化學生對演說技能的認識，俾益良多。

輪到筆者上台時，講評的部份，即刻意簡略，趁機轉向推銷華文：

首先，我以嚴肅的口吻請問台下的全體同學，有那一位自認為不是中國人的請誠實舉手，會場霎時鴉雀無聲，經過再三的提問，確實無人舉手承認。我旋以興奮的語調恭喜大家，因為同學們沒有「自我認識」的定位問題，同學們都清楚知道，自己身上淌流的血系，源自古老東方的一條龍，是道道地地的炎黃子孫。

「各位同學既然都知道，自己身上擁有中國人的血統，有沒有自覺要學好華文？」台下引來「有」的呼聲，此起彼落。（此時，我還在努力觀察這批學生的理解力及真誠度。）

「我認識的許多菲律賓人，美國人等，都要千方百計學好華文，難道你們卻想千方百計，放棄華文？」

廿一世紀是中國人的世紀，這句話絕不是口號，而事實已形成一種國際趨勢，一股時尚潮流。別的不說，光是檢視大家身上，及日常的用品，不是大部份產自中國嗎？

華文已成經商利器

與「世界工廠」買賣作生意，華語便是一種利器。不懂華語的人，要由中間商，或貿易公司經手辦理，肯定要多花費一、二成的佣金（Commission），在市場競爭激烈的年代，這一層被剝去的油水，本來就是我們該得的利潤（Profit）。也許有人認為，依國際貿易慣例，我們犧牲一點佣金無妨。可是他們殊不知，很多豐厚的商機，因卡在這關而平白消失。因為各地經濟萎靡不振，市場無奈地向惡性的「割喉競爭」（Cut Throat Competition）招手，廠商為求生存，大肆削價促銷，倘若買進低價成本的貨，再被削減一、二成毛利，自無傷大雅，了不起扯平數字，犧牲盈利。倘若經由中間商進貨的高價位，再面對三、四成的降價風潮（因要同競爭對手較勁，不得不降至削價水平，否則逾期滯銷的貨品，更難脫手，變成現金），豈不是要鬧到血本無歸的困境？

我是中正學院一九八〇年出產的產品，也是經由幼稚園、小學及中學，歷經十三年錘鍊，調製而成的道地產物。我今天若在華文相關領域，稍有些許成就，無疑地，是母校──中正學院賜予的無價之寶。此一段求學機緣，在我人生運行的軌跡中，彌足珍貴。

剛剛碰到那位「加強班」的學生，他就是因為懂得適時運用華文的機會，同時勇于在眾人面前，開口說華語，才獲得諸位老師的相繼讚揚。

各位同學，有人因不習慣講華語或閩南語，開始時，對所發出的荒腔走調語音，因怕別人嘲笑而深以為「羞」（或

「懼」），就這樣一直與華語漸行漸遠，令人惋惜。要知道，學習任何事物，起步時的不通順，或稍有錯誤，是很正常的現象，請不必過度介意，只要有心學習，天下可真無難事。

　　各位同學，現在如果不大膽說華語，踏出校園就不會有說華語的機會，再過幾年的疏離華文，更不敢再開口說華語，將來就永遠不再認識華語，與華文正式分道揚鑣。到那個時候，再想回頭來學習，不是更難了嗎？

華文可提高競爭力

　　全球現代化企業，普遍講求競爭力，將競爭力的強弱高低率，視為企業成敗的重要指標。各位同學或許不知道，華文其實就是你們隨身的重要資產，你們追逐競爭力的珍貴元素。

　　我的長子以高分，考進亞典耀大學，最難錄取的管理工程系（BS Management Engineering）。他去年隨學校師生赴日本進修一個學期，因為他熟悉華文（日本稱為漢字），會寫方塊文字，會揮寫書法，會操練珠算，讓日本教授的驚嘆聲連連，從此稱他為「天才」（Genius）。與他同行的幾位菲人優秀同學，就享受不到這等待遇，稱羨不已。

　　我與內人去日本探訪長子時，有一次用餐時，他低聲細語向內人道謝，感謝我們給他學習華文的機會，為他紮下華文的良好基礎，讓他在學生競爭機制嚴苛的日本，展露鋒芒之餘，也頗感受惠無窮。我隨後向他來段機會教育，這一個進化的過程，其實就是國際行銷「藍海策略」的精義所在。他在一群同等績優的同儕中，因為華文學力而讓他略勝一籌，這種差異化的表現，唯獨華裔學生，才有機會享受得到。

　　會說華語不僅僅在日本受到重視，幾個現實的例子中，遠的如：在歐美各國大企業中，扮演舉足輕重的亞裔主管，皆是擅長三種語言以上的專業人士，而華語佔第三種語言的比率，超乎其它語系；近的如：菲律賓職場時下最吃香的呼叫服務中心行業（Call Center），可操一口流利華語的應徵者，待遇比一般只會講英語者，至少多出一倍。菲律賓首屈一指的諸華裔大班如：施至成，陳永栽，施恭旗，陳覺中，吳奕輝等等，在中國中、長期投資的龐大事業，本地出產、會講華語的華裔人才，是優先高薪招聘的對象，且生活福利保證特別好。

　　在比賽揭曉，頒獎結束後，我靈機一動，又走回講台，意猶未盡的補充說：

　　「各位同學，我可否在此，期許一個夢想，我衷心企盼二、三十年後，在座的其中幾位同學，能像我一樣，獲邀回母校擔任，學生演講比賽的評判員？」

　　所獲得的迴響，當然又一次罕見的熱烈，可能是外面放學的鐘聲已響，大夥急于回家。（希望我的揣測不靈……）。

　　然而，無論他們如何消化詮釋我的夢想，我內心激盪的多元韻律，可是無法一下子就善罷甘休，只能強力幻化成，懸吊在半空中的串串思緒，留待空氣協助飄散，讓這一群天真可愛的男女學生，吸入腦中快速發酵。

長官鼓勵意義深遠

　　走筆之此，欣聞中國駐菲特命全權大使劉建超閣下，利用週末休息時間，邀約華校近一百名師生至官邸，與他們共同觀賞中

國建國六十週年的國慶記錄片,爾後在分組座談中,與師生分享
中國六十週年來,取得舉世矚目的輝煌成就。

　　筆者非常認同劉大使的此項創新思維,及平民化的親民作
風,畢竟年青一代的優秀外交官,在新時代勇於展現新風格,為
新中國樹立了良好的清新形象。

　　在此要特別強調的是,這一百位何其幸運,受邀的師生,對
劉大使領導的中國大使館,一定會留下深刻的印象,連帶對中華
文化產生濃郁的興趣。這批學生肯定會非常珍惜,這段千載難逢
的機遇,因為,在他們成長的過程中,劉大使曾陪伴他們,一起
翱遊中華文化的奧妙天空,直接鼓勵他們,多多攝取中華文化的
多元養份。而此一美好的回憶,將永遠烙印在他們的腦海中。

　　但願劉大使今後持續舉辦類似活動,使得廣大華裔學生,有
更多的機會近距離親近中華文化。

二○○九年九月二十日寓所

開心見誠，賓至如歸

——記菲華工商總會招待亞細安文藝營晚宴

11月12傍晚，馬尼拉灣輝煌壯麗的夕陽在遠處的天邊悄然落下，留下一抹餘輝，馬尼拉又開始進入了燈火輝煌、五光十色、夢幻一般的夜景。矗立在馬尼拉灣岸邊的Grand Boulvard大飯店也不同尋常地熱鬧起來。菲華工商總會在飯店的十九樓宴會廳設宴，招待第十屆亞細安華文文藝營的全體作家，理事長李滄洲特地從日本匆匆趕回來盛情招待。

七時許，賓客陸續到齊，宴會廳熱情洋溢，主人開心見誠，客人賓至如歸。應邀出席晚宴的有第十屆亞細安華文文藝營主辦單位菲華作家協會會長吳新鈿博士及其會員、以陳國華為團長的泉州作協慶賀團、以駱明為團長的新加坡代表團、以馬侖為團長的馬來西亞代表團、以陳靜為團長的泰國代表團、以袁霓為團長的印度尼西亞代表團、以孫德安為團長的汶萊代表團。

第十屆亞細安華文文藝營舉辦的目的，是反映亞細安地方文化特色，加強各地區的交流，促進各國華文作家的友誼，弘揚優秀的中華傳統文化。本屆亞細安華文文藝營即將完成了全部程序，要在當晚宣布閉幕。這不是一次普通的招待宴會，而是文人與商人推心置腹、促膝交談的盛會。文學與商業兩大領域要在這裏作一次深入廣泛的溝通與交流，如此大的規模，如此廣泛的國

際代表，在菲律賓還是少見的。而且，菲華工商總會和亞細安華文文藝營雙方在各自的領域都威望素著，赫赫有名。

菲華工商總會是菲律賓最重要的商業社團之一，由四百多位菲華工商精英組成，群英薈萃，實力雄厚，加之會員精誠團結，配合默契，所以日益發展，逐年壯大。自1997年成立以來，秉承服務華人社會、促進菲律賓發展、維護華人權益、增進族群融合的宗旨，在爭取旅菲華僑華人的正當權益、推動工商企業發展進步、服務菲律賓社會、促進國家經濟興盛繁榮等諸多方面建樹良多，貢獻卓著。

亞細安華文文藝營是一個含蓋菲律賓、新加坡、汶萊、泰國、印尼、馬來西亞等國的華語文學組織，於一九八六年成立於新加坡，發起人為新加坡華裔作家駱明。成立二十年來，先後在各國輪流舉辦了十屆亞細安華文文藝營活動，和六屆亞細安華文文學獎。駱明等人多年來一直為東南亞華文文學傾全力奔走呼號，對于活躍東南亞華文文學的創作，和促進東南亞華文文學的研究都起到很大作用。自一九八八年開始，每兩年舉辦一屆「亞細安華文文藝營」。自一九九四年開始出《亞細安文學合輯》、《亞細安文學獎》，主要是為了鼓勵各國有成就的作家，至今已舉辦了六屆。亞細安華文文藝營把華文文學創作當成凝聚華族精神，延續華文教育的手段。關心社會，加強服務，提升文學創作水平，目的在于使創作推向更高層次，使社會逐漸改變現狀，而獲得更廣泛的關心與支持，這是整個東南亞華文作家共同的創作意識。正是出于這種意識，他們才不求圖報，致力于世界華文文學建設，讓華文文學有一個更好更高的地位，讓中華文化傳統的根能夠不斷延續下去。

　　李滄洲致歡迎詞時表示，亞細安華文文藝營，今年已進入第十屆。過去九屆的成績斐然，對亞細安文藝界，起著積極的溝通和交流作用，讓所有從事文藝活動的工作者都受到鼓舞，所以才會持續不斷地舉辦。他還說：「在二十一世紀的今天，文學作品已經逐漸趨向式微，許多文學作者本身也經常感嘆推動文學發展工作的困難。雖然好的文學作品依然感動人心，流芳千古，但一般來說，文學作品的價值觀，早已大不如前。要想風靡市場，是非常不容易的一件事，因此我對各位堅守崗位，奮鬥不懈的精神，實在是由衷地佩服。」在場的作家們深受鼓舞，報以熱烈的掌聲。

　　然後，第十屆亞細安華文文藝營，宣布本屆文藝營完成了全部程序，圓滿成功，落下帷幕，等待二○○八年在泰國再次相會。隨後開始了精彩的文藝節目表演，各國代表也紛紛登臺亮相，獻上自己的拿手好戲，有歌曲、舞蹈，還有朗誦。

　　中國泉州代表團的四位作家首先表演了舞蹈〈愛拼才會贏〉。泰國作家游魚高歌一曲〈草原上升起不落的太陽〉。菲律賓華校中學生葉天慧，亦即名作家葉若迅千金，朗誦了〈抗日血的怒吼〉。新加坡作家伍雨、皇秋和曦林合唱了〈榕樹下〉。印尼作家莎萍朗誦了〈你是誰〉。泰國作家陳靜、張聲風等表演了舞蹈〈水燈舞〉。汶萊作家朗誦了〈一串花香〉。馬來西亞作家馬侖也朗誦自己的作品。

　　菲華名作家葉若迅與名畫家劉龍泉獻唱〈中華民族頌〉，並演唱自行改編的詞句，特別強調歌詞中的「喜馬拉雅山」應改為「阿里山」，廣納臺灣名山於大中華疆域，以彰顯兩岸一體的歷史情緣。最後，菲律賓華文作家協會作家王文興演唱了〈說句心

裏話〉和〈烏蘇裏船歌〉。每一首詩，每一支歌都發自內心，是那樣真摯、熱情、豐富、飽滿，無不打動在場的每一位觀眾，所以每個節目一結束就獲得了全場熱烈的掌聲。

晚宴自始至終熱情洋溢，欣喜萬分。來自東南亞各國的代表，和菲律賓本土的華人作家，無不感慨萬分，為工商總會領導對華文文學創作的深刻理解，和熱情支持表示衷心的謝意。

華人文化探奇
——工商總對菲中友誼日的另一創新獻禮

醞釀與萌生

去年十一月，工商總會青運委員會在筆者的主持運作下，邀約筆者曾於四年前開始聯繫接觸，並先後舉辦過多項活動的菲律賓各大專院校華生會組織的負責人，舉行一場交流座談會。出席座談會的包括來自五大知名公、私立大學的華裔學生，如國立菲律賓大學（UP）、亞典耀大學（ATENEO）、黎拉薩大學（LASALLE）、聖道頓瑪示大學（UST）、亞太大學（UANP）等。

本來是一場策劃今後活動的腦力激盪會（Brainstorming Session），更為即將來臨的中國己丑年春節擬訂校園慶祝活動，亞典耀大學華生會一位同學提及，他們曾於去年在王彬街的一場，採用世界潮流的體力腦力遊戲 AmazingRace的半生不熟模式，進行募款活動。由此一構思，筆者即席勾勒出今年慶祝菲中友誼日的「華人文化探奇」（Chinatown Adventure）的藍圖。

筆者靈機一動，毫無猶豫地為「華人文化探奇」注入了更多、更廣泛的中華文化元素，同樣是採用Amazing Race體力結合

腦力的競賽模式，但嚴格規定華人學生邀請菲人學生合組一隊共四人參賽，其動機即希望藉此遊戲競賽，讓華人學生重溫中華文化的精髓，進一步體驗豐富多元的華人文化；同時，讓菲律賓學生認識中華文化，親近中華文化，吸納中華文化，讓兩者互融，化為一體。用這樣的創意點子，作為慶祝本年度菲中友誼日的首項活動方案，其非凡意義再也恰當不過了。

策劃與組織

此一空前性兼創舉性的活動方案，全要從頭策劃，依據華人文化的各個領域決定各個探奇站點的設定、路線的編排、競賽的規則、考驗的內容、人力的支援、後勤的補給、安全的維護、與相關團體及商業行號的合作方式等等。這是一項瑣事浩繁的巨大工程，沒有大量人力，物力，智力的參與配合，是絕不可能完成的。

現代企業管理學的研究報告指出，具有創意點子的策劃者，需要擁有一個忠實執行且執行效能高的工作團隊，才能隨心所願地將策劃案一一實現。一個大社團的成功運行與否，居於幕後扮演總協調角色的秘書長尤其重要。

在工商總會專職秘書長洪莉莉的積極協調及動員下，青運副主任張其安、宣傳副主任曾煥眉、吳滄義、蘇國華，及其它熱心青壯年職員的全心投入，再加上青壯年職員的多位子女的直接參與規劃，尤其是李董事少平、黃董事拔來及張常務理事其安等之三位女公子，各自獨當一面，肩挑大量的後勤工作。更獲得以吳治平理事，王常務理事明達等為首的菲華文經總會青年團隊的

全力支援，組成一百八十人強大的志工隊。若再加上卅支隊伍，一百廿人的參賽者，本次活動招徠三百位男女青，共襄斯舉。

用年青人的活潑思維，及年青人的熱忱幹勁，推出屬於年青人的活力方案，確實能發揮極大的工作效益。此一陣容壯大的新力軍，促成了「華人文化探奇」的可行性，他們連日來的努力及付出，深深的感動了我們。我們今後必需加強溝通聯系，加強研議規劃，讓這種已然形成的難得機緣及活力，再整合，再出發，再創新。此舉誠為工商總爭取人才，培訓人才，儲備人才，做一卓有成效的努力及大公無私奉獻。屆時，誰曰後繼無人也？

設計與落實

「華人文化探奇」一共設立了廿一個探奇站點，每一個探奇站點，皆蘊藏著大量多姿多彩的華人文化特色，其中包括辨認中藥材及其療效、茶藝禮俗、民族舞蹈模仿秀、珠算秘訣、書法揮毫、華報尋閱僑團新聞、為紀念華人首位封聖的聖羅仁樹教堂走訪探奇、黑十字架的神秘由來、蘭州拉麵手藝、包製水餃的技巧、神奇燒包─辨認其不同美餡口味、華人消防隊試穿防火套裝、舞獅及敲鼓功夫、十二生肖拼圖、風水吉祥物、奉祀神明香紙擺設、優悠馬車行、指認最古老的傳統美食店、品味中國年節應景美食、英中翻譯小測、王彬街南北橋近史等。

毋庸置疑，每一探奇站就是藉由串串競賽遊戲，增深對這群年青人的中華文化再教育，增添向菲主流社會推廣華人文化的衝勁，增進自身腦力的靈活應變，增多中華美食的製作良方，增強人體的體能訓練，增加對以服務社會為核心目標的華

人社團的向心力。進而增長對身肩傳承中華文化，此一神聖任務的大認同。

實施與進展

二月八日早上七時，一百八十位身穿藍色襯衫的男女志工，為提前準備好散佈在華人區，大半方圓面積內的廿一個探奇站點的設置工作，個個意氣煥發，成群結隊、浩浩蕩蕩地從工商總會會所出發，然後各就各位。而在幾乎同一時間，另一批一百廿位身穿紅色襯衫的男女參賽者，精力旺盛，神采飛揚地大步邁向工商總會報到。這一進一出，一紅一藍的景色，將令人聯想到「活力」、「青春」、「熱忱」三股大的洪流，正洶湧奔流，快速匯合，一鼓作氣地將「華人文化探奇」帶向一個嶄新的境界。

他們不管是炎黃子孫，抑或是道地菲人，打從一踏進華人區的那一剎那間起，至工商總大禮堂的開幕儀式，齊唱雄偉的菲、中國歌，聆聽華人領袖的演講，領略具有華人血統的林市長的演誨，恭聽中國駐菲大使館代辦鄧錫軍參贊的演誨，街頭舞獅獻瑞，串串鞭炮響徹雲霄的轟隆聲，留典輝大律師的風水簡介等等，倘若暫且不提廿一個探奇站點，前前後後，耳聞目睹，何嘗不是華人文化探奇的另一重要形式？

當日的華人區，天氣陰涼宜人，天公似乎在向這群年青人歡呼招手，派遣慈眉善目的陽光爺爺，奉上明媚和煦的氣候，盛情接待他們，一股不忍心讓他們受苦挨折磨的慈悲心懷，顯而易見。

一批批有說有笑、稚氣未脫的男女青年蜂擁而至，手持印有工商會徽及隊號的黃色小旗幟，逛遊華人傳統社區。眼前出現一片紅、藍衫隊伍，繞境穿過鬧街，行進的遊客無不歡樂體驗，此股熱力四射、擦身呼嘯而過的莫名震撼快感。

筆者在開幕式時，就「華人文化探奇」簡報籌備經過時，曾以中、英語再三提醒這批年青人，渴望他們把握良機，在這次探奇行動中，能夠挖掘到更多的友誼源泉和文化寶藏。

也呼請他們在競賽過程中，留意隨身攜帶的物品，及時刻保護自身的安全。競賽中全力爭奪好成績固然重要，切記，安全第一！

收效與驗證

舞獅一項，雖然是眾青年人最愛學習，也最感興奮的一門技藝，可是礙於時間限制，四個人於五分鐘內，又要學會穿戴「瑞獅」道具，又要學會舞步舞姿，更要學會敲鑼打鼓，實在非腦筋靈敏犀利者，不可能獲得滿分的好成績。

如果問起那一探奇站點，讓他們最輕鬆得分，此一結果非書法揮毫莫屬。由華社青年藝術家張文霖主持的書法探奇站點，果然湊效，成功地吸引眾青年人歡喜親近學習。感謝菲華文壇前輩張燦昭學長，裁培出一位全身中華文化細胞發達的新生代。

另一輕鬆通過考驗的項目，是燒包的品嚐，由張常務理事其安主有的「快捷包」（Pao Express），運用多種新興餡料，改造人們對傳統燒包的刻板印象。

　　至於有沒有最不感興趣的苦差事，得到的回答，竟然是：沒有！由此可見，他們確實樂在其中，充分地享受中華文化的大洗禮。

　　最不容易學習的，莫過於包餃子的技巧，尤其是規定在示範後的兩分鐘內完成，可是難上加難。據美佳食品店的老闆李文祥解釋，光是作餃子皮及包餃子這兩個程序，就算是他們已訓練一段時日的員工，也不可能在二分鐘內包好。一般初學者少說也要半個小時才可從容應付。

　　據說最刺激好玩的是珠算，考驗排列正確數字的腦力遊戲。要達至數學的位數及算盤的位置相互吻合，實非易事。

　　令人婉惜的，莫過於卅支隊伍，在新華書城的英中翻譯項目中，卅支隊伍僅一、兩隊勉強過關，可謂全軍覆沒，無功而返。一條條超簡單的句字，竟沒人能正確翻譯成華文，確實是華文教育界的一大隱憂，主其事者，豈可不戒慎省思矣。

　　令人振奮的乃是當留榮譽理事長典輝大律師，在等候成績出爐的空檔時間，講解風水學及生辰八字時，索性來個現場口頭測驗，有一名亞典耀大學的華裔資優生，竟能將「子丑寅卯……」等十二時辰，以正宗的閩南話朗朗上口應試，並幸運地抱回留大律師提供的一萬元獎金。

　　十二時辰在時下的商業社會，幾乎早已派不上用場，相信華社許多四、五十歲的青壯代，可能也無法一一辨識，更遑論由一位廿出頭，向來被一概稱作「番仔憨」族群的大孩子，竟能在第一時間，成竹在胸一字不差地依序背誦，怎不令人驚訝？

　　相信這位出自尚一中學的許有吉同學（John Kendrick Ong），其授業恩師黃瑜玲的長年灌溉，功不可沒。其家長用心

打造的家庭教育，且經常帶他走訪位於計順市的明興佛堂，耳濡目染，才能成功的塑造一位如此傑出的人才，在此謹向黃瑜玲老師及這位中正學院七十年代畢業的成功爸爸許自強學長致敬！

每當一個團隊完成任務返回工商總大禮堂休息時，筆者會主動趨前向他們致意，問起好不好玩，他們高呼：好玩過癮！問起下次要不要再來一次，他們異口同聲喊出：「YES，YES，YES！」。

成績揭曉前，筆者曾公開徵詢他們，從此以後，願不願意扮演友誼及文化大使，廣向大主流社會推介華人文化？傳回的答案，皆令人驚喜，也令人欣慰。工商總此次的大量智力，人力，財力「投資」，總算如願以償。

回顧與期盼

菲、中友誼日的誕生，工商總曾經扮演了幕前幕後的催生角色。自從亞羅育總統在本會全國會員大會開幕典禮上正式頒佈以來，本會年年帶頭慶祝，不但喚起整體華社的注意，也廣受主流社會的重視。

工商總全體同仁在蔡理事長漢業，李名譽理事長滄洲，胡榮譽理事長炳南，許榮譽理事長自欽，留榮譽理事長典輝大律師等的英明領導下，深深感悟到菲中友誼日的可貴，因而更加珍惜每一年的菲中友誼日。且讓我們大家一起手拉手，心連心，再接再厲，繼續將「菲中友誼日」發揚光大，祝願菲中友誼萬古長青！

二〇〇九年二月九日完稿於寓所

華夏戀曲

——寄情唐山篇

破解提昇服務旅客質量的密碼
——一位空中飛人的親身經歷

　　提起遠赴國外行程，無論是穿梭于日程緊湊的洽商會議，抑或是心情放鬆，愉悅地來趟走馬看花式的迷你旅遊（稱迷你乃因為這十多年來跑遍世界不少城市，但尚未如願以償作一番真正且專心的旅遊行程），筆者常莫名其妙地碰及一些不盡如意的新鮮怪事，令人啼笑皆非，誠不敢恭維。筆者僅就最近這兩三年來，發生在中國境內或境外，被同民族同文化的炎黃子孫所沉痛領教過的事例娓娓道來，無意影射或貶低任何人，但願有關單位站在服務旅客的制高點上，傾聽民眾的心聲，全面反思檢討並設法從速改進，以「文明的呼喚」向世人展現泱泱大國國民應有的禮儀及素質。

機場奇景　潑婦囂張表演

　　在廈門機場菲航櫃臺辦理劃位手續，排着幾條長龍苦候的旅客，皆常為泉晉一帶遊民的插隊囂張行止所煩。無論男女老少，不是一副神氣乖張的行色，就是懵懂無知的無助神狀，抵達現場後不由分說橫衝直撞，得以蒙混逃過人眼者則相安無事，不幸被揭穿舉發時，尤其女性旅客，便不分青紅皂白，大顏不慚地在眾目睽睽下，潑婦般喊叫辱罵，明明是指證歷歷，昭然若揭的企圖

插隊占便宜行為，竟敢信口雌黃地狡辯，頭頭是道，鬧得沸沸揚揚，風風雨雨。令外籍人士大開眼界，又無可迴避餘地硬被「拖入」此別具一格、古怪文化的洗禮（衝擊！）。

航空公司的地勤人員在雜沓混亂的情勢中置若罔聞，未及時予以勸阻應對，任憑旅客互不相讓，爭論不休。

按一般國際禮儀標準，無論身處在機場任何通道，只要有人循規蹈矩排隊輪候的畫面出現，每位旅客皆要服從奉行，那怕是誤點遲到，亦要趨前向航空人員求援，旋由航空地勤人員因時制宜，採取適當措施，以免貽人以「貪圖便宜」的口實。

有一回偕同太太正在排隊等候時，一夥開口疑似濃厚泉晉口音的遊民，見到人龍隊伍，不耐苦候，便使出動作快捷，神情自然地靠近櫃台，假借洽詢航空人員之便，無視於後面的長龍隊伍，舉手投足間欲行快速閃電插隊的可惡行徑。被無禮冒犯的菲華老年夫婦，為這一突如其來的動作措手不及，眼睜睜地無言以對，剎時不知是有意放棄自身權益，抑或有口難言不知如何開口圍堵。這一齣偷雞摸狗的戲幕不幸被站在後面，眼尖神銳的太太逮個正着，毫無猶豫地挺身而出，替排隊按部就位的眾旅客仗義執言，走近櫃檯向航空人員交涉抗議，無奈此舉竟被其中一位中年婦女，瞄到箭靶目標，矢口否認插隊意圖並大肆重炮謾罵，以一些似是而非的歪理謬論，據「理」力爭當利器防堵，好說歹說就是無法接受被公認企圖插隊的事實。

吵鬧中，筆者直言無諱，以菲語力勸太太算了不要再爭辯，示意向這般不講理，且認知水平迥然而異者多說亦無濟於事。徒勞口水，不如息事寧人。豈料，筆者字正腔圓的菲語竟被那口咄咄逼人、老羞成怒的婦人，以一知半解的菲語理解力所蹧蹋曲

解。她大概是菲國常客或曾在菲逗留過，未明瞭我用詞的真正意函，便強詞奪理，氣焰囂張，誣賴筆者公然侮辱她「良家」婦女，筆者好心被雷親地被狠狠痛批一頓，只能徒呼噴噴，情何以堪！

毀損護照　反被質疑問罪

我們一般習慣用合成皮製的套子保護護照，行之多年，未曾出現任何不便之情事。

記不起是前年或大前年的一次廈門行，入關時境管局人員在審核入境手續時，為使用新裝的電腦條型碼儀器，必需將護照的前頁刷進掃描機，予以記錄。一位女性人員硬將套上的膠皮取掉，不知是菲護照的製造質量有瑕疵，抑或她強力拔出使然，整本護照就此脫離封面，內頁完整絲毫未受損，筆者不以為意，亦未多問就逕自入關。

三天後出境時，在境管局受理時，被一名男性人員查出蹊蹺却不明說，把我移交另一位看似上司的男性人員在一邊盤查問話，在眾人耳目下爆光的，猶如一般觸法犯罪或逾期不歸等不法行為被「查緝」的情節，用無端受辱來形容當時的情景尚嫌不足。

令人氣結，無法忍受的是該主管人員無法取信筆者講述的事實，誤認筆者偽造故事，嫁禍官員，藉以蒙騙闖關了事，便大動肝火，助長興師問罪的僵持氣氛，猛追窮查。筆者在無計可施時，靈機一閃，毫不客氣建議請出當日入境時的值勤人員，反正蓋印在護照上的入境章圖有人員編號，有跡可循，以利當面對質查證清楚，還筆者一個公道。

該主管聞後進入辦公室，讓筆者偕內人守候在外一陣子，大約半小時候才慢條斯理步出「衙門」，拿來一本冊子讓筆者簽字（原本怒意未歇不予配合，但詳閱其內容純為事件登記，衡酌無記載任何對筆者不利文字後，方同意簽字了事），旋而心不甘情不願，連一聲道歉或謝謝之類言語，亦捨不得啟口地將護照遞交筆者。

此一擾人至極的不愉快經歷，前後困惑折騰筆者一個多小時，且令人不解有關人員暴露無遺的惡劣態度，以及勒令等候過程中無處可坐，好似活該被罰站的無奈窘境，如此又何嘗公平？

機位被搶　服務大打折扣

前年偕太太及公司兩位主管參加廣州交易會，行前一如往常，習慣將所有行程規劃完善，包括預訂國際國內機票及旅社等皆搞定後才啟程，以免半途滋生無必要的麻煩，尤其類似廣交會等大型國際活動期的超旺季，更不可不格外留心留意。

我們一行四人於參加第一段展銷會後，擬將順道再參加隔開一週後的第二段展會，因此安排走訪義烏。至于中國境內機票預購一事，友人曾建議屆時在機場訂購便捷，且價格可能比在菲預購來得便宜。但筆者還是堅持初衷，將馬尼拉─香港─廣州─義烏─廣州─香港─馬尼拉，全程全套必備手續照辦無誤，才安心無虞踏上旅程。

奈何就在廣州舊白雲機場準備趕赴義烏，在航空櫃台報到時，霎時傳來四人中只有兩位可上機，其餘兩位因未電話再行確認，機位已被擠掉讓出，要排隊候補下一班航機。為此筆者好言

向航空人員解說，依個人了解，時下國際國內航班訂位標準作業，不是早已提昇服務層次及品質，不再如往昔每抵一城市必先再電話確認才算數定案。

一位年輕女性航空人員似欲迴避，以粵語拉開嗓門連喊帶叫，說出一串串筆者全然有聽沒懂的話語，意圖以打太極拳招式推托搪塞。筆者開口多追問一句更惹來厲言疾色，面目十分可憎。一位好心旅客見狀後細聲提示，要筆者改往離櫃台不遠處的另一專門受理候補機位櫃台投訴求援。

幸好迎面招呼的中年男性航空人員，耐心且友善地傾聽筆者的滿腹苦衷，儘管沒有立即解決另二席機位，但從他來回穿梭，盡力協調的情景而言，筆者對航空公司匪夷所思的作風印象，至少有些許改觀。

這時腦海中浮現一個最壞打算，即兩人如無法成行，乾脆四人通通留下不走，緊接的另一項難題又尾隨而至，即留在人滿為患的廣州又將投宿何方？義烏訂好的兩間客房可是無法取消而需照付房費。在進退維谷，絞盡腦汁苦思對策的剎那間，却傳來遠方一聲恭敬豪邁的「解決了！」語音，令筆者一度忐忑不安的焦慮心情，難以適時平復回神，繼續面對此一人為的精神禍害而恍恍惚惚。

經過這位操山東口音，敬業稱職的仁人君子的簡要剖析，廣交會期間客流量常無預警竄升顛峯，隨到隨買機票的行銷策略，時而衍生後到者一票難求現象。有辦法有背景的「超級」旅客倚恃權勢，假藉公務之名，硬拗淘汰平民訂好機位，奪取黃金「寶座」的官商勾結文化現象，屢傳不鮮。仁兄並規勸以後在旅遊旺

季時，最好還是撥冗致電航空公司訂位組，再行確認，以免被「篡位」，保住機位。

　　這一畸型怪狀的演化，與剛剛那位櫃台小姐無知無禮的行為對照，思之令人作嘔。亦不免令人懷念起在美加各大城市網上訂位購票，且可任意挑選座位，啟程當日如無行李托運，還可自行列印登機牌赴機場輕鬆候機，猶如神仙般悠遊自在的展翅飛翔，享受空中飛人趣味盎然的旅途超值服務，彌足珍貴矣！

行李遲到　暴露惡質營運

　　今年十月率菲華工商總會出席廣交會百年盛會慶賀團，完成任務後回途中過境廈門，所携帶的兩件托運皮箱，抵達廈門機場後在盤旋台領不到行李後，逕赴航空公司服務台，換來的訊息即因飛機整架貨運不勝負荷，部份行李留待下一次航班運達。

　　問及下一航班確切時間及兩件滯留行李是否確定上機時，（曾經在美國華府就曾有類似情形發生，機場服務人員告知半小時後由下一航班運到，結果等不到後由航空公司派遣專車送達筆者暫居住所），服務人員就是不肯正面正題回答，一心只要筆者立即簽署一張，無非要筆者同意接受航空公司安排善後文件，筆者在弄不清楚，摸不着頭緒的狀況下怎可能輕易允諾簽字，投入一場乾坤顛倒，正義蕩然無存的「陷阱」？

　　一般依據電腦作業，每一托運行李必配備一張白色長條之條型碼，並由報到櫃台運行至機艙途中，由掃描機辨識紀錄，行李得以上機與否，電腦一目了然，豈有不知所以然的荒唐謬事出現，在得不到航空地勤人員的答覆確認後，筆者要求將行李直接

送至泉州悅華酒店，況且筆者尚有重要商務約會，痴痴地呆在機場苦候絕不是上策。

無奈航空人員硬是使出口頭保證半小時後一定運達，就是不肯在文件上，以白紙黑字清楚註明，這種無法令人信服，即幼稚又虛偽的服務手法，怎不讓人懷疑航空人員的誠信度？同時亦暴露航空公司營運品質的粗劣氾濫，在令人不解甚至懷疑，大逆悖反國際航運作業標準下，焉能向上調升，接軌國際脈動？

兩件行李果然毫不留情地，約在一小時半後倉促運抵歸主，航空公司人員雖再三道歉，然怎能彌補筆者偕太太在機場虛耗時光，及無情任由接機大老闆級好友，在機場外苦候的精神及時間損失？設身處地，汝心可平乎？

遠洋旅遊　舉止醜陋百出

隨着中國改革開放以來，依循「自由市場」的民主機制所引發經濟層面的天旋地轉，突飛猛進。各行企業個體努力拼搏，為國家爭取締造的雄厚外滙，短短數年間快速蛻變所造就的百萬富翁，多如牛毛，不勝枚舉，且有持續激升擴大的趨勢。中國人繼「台灣奇蹟」後，再續編「世界工廠」經濟奇蹟第二集之舉世「稱霸」現象的重要性及適時性，無庸置疑。然而，中國人在口袋積滿金銀的同時，腦袋是否亦要隨之換頻升級，自我鞭策，塑造一個氣質優雅，談吐斯文，舉止雍容，穿着整齊的模範國民或企業家，以為民表率，為國爭光？

　　家母，二位舍妹及長子本年十月中旬去美加旅行，回程在搭乘的西北航空公司班機機艙內，捲入了一個令人驚呼不可思議的「漩渦」。

　　剛登上機艙的長子及大妹，立即被一群操國語的大陸男士，欲強行佔據機位上方行李儲藏艙的粗聲暴氣給嚇呆了。按照一般不成文的規矩準繩，每一旅客所分配到的機位正上方，即可存放一些隨身攜帶小件行李。這夥人馬可能手提行李過多，深怕沒足夠位置存放，因而指派先遣部隊三人，以捷足先登上機為其它同行占位，連他人座位上方的丁點空間亦不予放過，空姐趨前的解說勸阻，即算有語言障礙聽不懂，光是搬出比手劃腳姿勢，理應領會其意而順從，無奈他老兄裝神弄鬼，形同霸王硬上弓。事後舍妹轉述時表示，她原可用國語與他們溝通紓解，但見其眼中無人的橫行霸道嘴臉，加上空姐曾透露這夥中國人習以為常，嘵弄蠻橫的言行，她們早已見怪不怪，硬要他們遵守就範，效果微乎其微，言下之意頗有無能為力，束手無策的無助感，即主動放棄請出空姐隊長斡旋協調的機會，不再與之爭論，改放離機位相距十多排之行李箱存放。雖有點不便，但退一步海闊天空，不僅可減緩情緒上的緊繃壓力，亦不致影響旅程愉悅的心情。舍妹此一機斷理智抉擇，令人欣慰！

　　以上五樁想必是冰山一角實例的曝光，尚祈有關單位正視省思，迅以行（營）銷概念中的新思維，新理念大力重塑並展現炎黃子孫的高尚形象，從積極破解提昇服務旅客質量的密碼着手，此其時矣！

二〇〇六年十二月十七日

讓百家姓氏筆畫還原歸真

　　二〇〇五年耶誕節長假，我偕同妻小六人參加華達旅行社籌辦之北京、上海六日旅遊團，在京滬兩地悠遊期間難得有閒情逸致，真正用心貼近中國古代文物之一瓦一磚，尤以紫禁城、天壇、頤和園等所散發出的一串串歷史文化遺蘊和氣息，加上感官上若隱若現一股沉鬱的肅殺之氣，但沉鬱中又有一種歷史的積澱，思古情切，印象深刻。一路觀賞所拍攝的數碼相片及影片存檔，為歷年來出外旅遊之冠。

　　欣聞星馬一帶華人某宗親組織，曾集體聯名呈函中國國務院陳情，將他們歷代老祖宗遺留傳承的家族姓氏書體，祈求還原正統的漢字。經有關當局審慎評估後網開一面，同意採納建言，予以實施，令海外思「祖」情切的大批遊子欣慰亢奮，亦讓中國幾千年豐富的文化寶藏得以如願永續傳承。此則非比尋常的重要訊息逕自報端曝光後，不禁引發我腦波上下滾動不停……

　　在當今一日千里的數位電子時代，大家莫不講究向上提升，一切事物精簡化在所難免。我並不反對漢字簡化，只要有系統，有準則，並兼顧傳統文化的簡化，何嘗不是人類文明進步的一大標誌呢？

　　以本家莊姓而言，正體「莊」字有十一個筆劃，簡體「庄」字，差五劃應不致難寫，無關大局。如可保存正體「莊」字，不僅優美的象形漢字得以完整保留，同時「莊」字體現的莊重，莊

敬含義得以如實詮釋。「莊」原本是形聲字，由上下兩個部分組成，上形下聲。上一部分表示字的意義，叫形旁，亦稱義符；下一部分表示字的讀音，叫聲旁，亦稱音符。簡體「庄」字既無「意」又無「音」，完全喪失了漢字表意與表音的基本特點。這是簡體字的一大缺陷，顯而易見。

類似情況也殃及到了其他姓氏，如：趙（赵）、衛（卫）、嚴（严）、雲（云）鳳（凤）、時（时）、鄧（邓）、欒（栾）、劉（刘）、葉（叶）、懷（怀）、喬（乔）、習（习）、國（国）、廣（广）等。

再說，歷代古聖先賢血脈相傳，並深以為榮的家族標誌——姓氏正體字，皆一劃不少的出現在中國諸多重要古書文獻、名勝古蹟、祖厝廟宇、祖靈碑位等之中。而此一標誌亦活生生的深刻烙印在後代子子孫孫的記憶裏。

中國原國家語委常務副主任，中國社科院教授陳章太曾就大陸媒體報導聯合國擬于二〇〇八年不再發行繁簡兩種漢字文本，只保留簡體字文本一事接受台北聯合報媒體採訪時表示，即使聯合國僅保留簡體字文本，也不會影響繁體字的使用。他甚至透露，據中國「國家通用語言文字法」規定，繁體字在一定範圍內還是可以使用。諸如中國的歷史文獻和書法等，都是採用正體字，大陸年輕人學習正體字的人也不少，正體字不會遭淘汰。

漢字書法的頓挫疾徐、方圓利鈍、輕重濃淡、伸縮偃起、轉折收放、譜構出特有的黑白美學世界。宋朝大文學家、書法家蘇東坡就曾說：「正楷如人直立，行書如人行走，草書如人奔逸。」

君不見大陸簡化字雖然連老祖宗的姓氏全都改了，但中國領導人毛澤東、江澤民等人在書法落款時，名字中的「澤」字仍以正體為主，希望中國至少要恢復人民姓氏的正體字，不再使用簡化字。

現代人類不正在大力提倡保存和維護文化古蹟嗎？世界各國爭先恐後，紛紛競相爭取聯合國文教科組織的文化遺址鑒定。中國各省市各級政府的古蹟還原及維護工作，在中國改革開放以來所投入的大量財力、人力、心力，舉世有目共睹，亦深獲各方肯定認同。

長居海外的華人華裔向來重視故國傳統文化，凡是回鄉謁祖，都要修復或改建祖厝，修繕祖墓，重整風水，慷慨解囊，不遺餘力，這是老一輩華僑回鄉的重要目的和貢獻。第三、四代的華人華裔，則受父祖輩精神感召，耳濡目染，步先人後塵，亦參與大興土木，造橋舖路，蓋學校，建醫院，以至集資助學獎學，投身愛鄉愛國事業的行列，心中無不以繁榮故里，提升桑梓生活水平，進而促使故國政治日益強盛，經濟突飛猛進為衷心志業。

這是守舊念舊、飲水思源的最赤誠，最可貴的情愫，是今後海內外炎黃子孫世世代代，責無旁貸，前仆後繼，全力以赴，廣泛推動的神聖任務。

從現代科學角度切入分析，全球各國政府對于維護智識財產權正如火如荼地展開，不管是商標還是著作權等，均有一套嚴格的法律，加以規範。凡冒名、偽造、模仿、抄襲、盜印等侵犯知識產權的不法行為，皆難逃各國法網的制裁。君不見許多大企業、大財團為維護自家商標權益，不惜花費大把金錢及時間，長期「浸泡」周旋在法庭，大玩訴訟遊戲而樂此不疲，絡繹於途者

更大有人在。從各國法庭受理知識產權案件逐年暴增的事實來看，正統標誌對於現代人類生活的重要性，不言而喻。

中國姓氏標誌何嘗不能與商業標誌齊頭並進，受到應有的保護？

中國政府雖全面實施簡體字，但在傳統書法上卻不折不扣的保全正統漢字，連小學生書寫大楷毛筆字用的字形亦絕不例外，可見當局決心維護正統漢字的用心，絕不容質疑。

本人從小學習正體字，未經專門學習簡體字，與中國接觸的這幾年光陰，現在也能輕鬆認讀，無師自通，到大陸各地與人溝通和交流完全沒有任何障礙。然而，在大陸交往的朋友，他們從小學習簡體字，現在卻不能識別繁體字。這說明印證一個道理：由繁到簡容易，由簡到繁困難。因此，不如讓初學漢字者一開始就學習正體字，有了紮實根基以後，適應簡體字就輕而易舉。兩者都會，兼容並蓄，豈不美哉！

有關簡體字與正體字的討論不宜上升到思想、政治的層面。若以政治思維左右文化定位問題必屬不智。牟宗三先生說得十分中肯，全民族所使用的文字工具，無所謂新舊，也無所謂古雅不古雅。如提倡簡筆字，便以為是趨新，是進步；反對的，便以為是守舊，是落伍；這完全是虛張聲勢，不著實際之見。維持通行的正體字以為標準，不是好古慕雅。這不是琴棋書畫，駢體文。觀念、學說、主義以及發現真理，可以言新，但新不要新到文字筆畫上來。隨觀念及真理內容，可以造新字（如化學上的，或新新人類流行口語），造新名詞，但這不是簡體字的問題。文字筆畫之多少是字本身的事，是依造字規律自然演成的，也不都是繁，也不都是簡。這不是憑空隨意可以

製造的。若必以自訂的簡體字為新，為進步，則必有以廢除漢字，另造一套，為更新者。

在簡體字中，百家姓中的前八十個姓有二十七個超過十個筆劃，比正體「莊」字的筆劃還多。也就是說，還有百分之三十五的簡體字還沒達到「莊」字的簡化水平。若是為了認識和書寫的方便，為什麼不都給它們統統簡化呢？或者簡化了再簡化，一簡到底呢？看來方便、適用並不是簡化漢字的理由。

再說，秦、曹、魏、陶、戚、章、潘、葛、彭、袁、唐、薛、雷、常、曾、郭、蔡、黃、傅、留、戴、翁等常見姓氏的筆劃也都比「莊」字多，免遭簡化，得以保全筆劃原貌，算是比較幸運的姓氏。

大家或許一時忽略老祖宗留傳、彌足珍貴的姓氏原招牌，是否亦必須予以重視保全？

但願華社有識之士摒棄意識形態之無聊成見，集思廣益，共同為咱們各自的姓氏字體還原歸真請命吧！

二〇〇七年十二月十八日

亂象的抒情
──且聽聽巴士海峽兩岸的生活音符

政治紛爭　經濟低迷

千島國三月的氣溫，時高時低，時乾時濕，一陣冷風後必換回一陣難耐的悶熱氣壓。每逢捉摸不定的朝夕氣溫巨幅轉換之際，人人猶如置身泡洗三溫暖般的超酷神情，忽冷忽熱，溫差之大，心緒恍惚不由得亦隨之起舞，被迫從容適應。

每回傍晚例行式拖著疲憊不堪的軀體，趕回暖窩稍息片刻，就得開展晚餐前不可錯過的一系列「功課」，首先鎖定二號或七號電視新聞台，以捨命追逐連續劇式的起伏心情，引頸期待每日「政情一日一亂」中，有意想不到的「驚艷」情節出爐，那股即興奮又感傷的微妙情愫，可能需重新咀嚼文字，不然不知如何予以描述，較為貼切。

坐在一旁的內人亦夫唱婦隨、如影隨形地循著國事劇情的「神速」無窮變幻而焦慮不安。我們何嘗不願見到國家政經穩定，民生安樂，人民真正走向康莊大道？但另一方面，我們又如何忍心接受，普天下無辜人民，被一夥不知天高地厚之流，竟以「神聖」政客自居，一再以掩耳盜鈴的玩弄手法欺騙蒙混，且頗

為「幸」運地連「戰」連「勝」，每每逢凶化吉，僥倖得意地逃過數劫？

凡此令人敢怒而不敢言，又豈可敢動（行動）的矛盾思緒，便足以讓人身心煎熬一段時日。

百姓善良　政客囂張

國人長期受天主教教義的薰陶感染，心地善良敦厚，和藹可親。雖然他們也曾有一些諸如教育，文化，習俗等先天不足之缺陷，然而，在秉持逆來順受，全交由上帝作主的價值觀作祟下，再加上窮以應付，日常生活上喘不過氣的種種負荷，所有熱鬧上演，經由電視螢幕及電台全天候傳播的精彩戲碼，不是國會兩大陣營政客輪番上陣，唇槍舌劍，一來一往的尖銳「口水」賽，就是在媒體隔空對罵叫囂，鬧得舉國上下沸沸揚揚，風風雨雨。

美麗千島的政治風氣，似乎已到了必須大力滌蕩的時刻，應當「獎勵」貪腐？抑或「懲治」奸邪？

人民的生活水平未見升級，反而江河日下，菲幣大幅升值肯定對窮苦民眾無所俾益。仰賴外匯渡日的外勞族群的荷包，隨着美元匯率浮動而大幅縮水，消費力銳減。一片景氣萎靡不振、貧富懸殊愈形嚴峻，凡此社經病灶難道無可救藥嗎？

美好前程　串串泡影

空氣中瀰漫的憂愁、埋怨、憤怒、懷疑、迷惑、無助、一切無法割捨的美好或虛假……。如何申訴？向誰傾訴？

　　儘管人人心頭有重擔，外在有壓力、身心俱疲、滿是傷痕、苦不堪言、可敬可愛又可憐的人民，還是依舊堅強地向前伸展，為不可預知的「前程」衝刺奔跑。

　　然而，早已厭棄政爭的沉默百姓，似乎對一再重演的各類有頭無尾的「戲碼」已見怪不怪，麻木不仁地始終不為所惑、更不為所動。連日來的齣齣叫座「好」戲，紛紛擾擾一陣子，炒熱不成便急速降溫，猶如曇花一現。原來賴在廟堂之上的主配角諸公，有默契不足之虞，或忘卻自身立場，或不捨眼前利益，胡亂搬出似是而非的政治把戲，搞得整座舞台烏煙瘴氣，還裝模作樣，含糊其詞，踐踏法治，沾沾自喜。其渾然不知所「鬧」為何物，昭然若揭！

　　激情過後，人人必染上「健忘」症，不知不覺中全又回到起步的原點，先前得來不易、能量超高的「業績」，一夕間元氣大傷，形成的串串泡沫，瞬間走入歷史，留下斑斑影跡，已然不易翻身。

　　如此觸動人民猜疑、恐懼的敏感神經，且一攤盤根錯節的凌亂情境，對凡曾喝過這片肥沃土地奶水長大的你我，豈可視若無睹，從不萌發一股愛莫能助的失落感而內心隱隱作痛？

關注寶島　魂牽夢繫

　　別以為晚飯後，我就可以逍遙自在，準備就寢，殊不知尚有另一要務等待關心追蹤。有綫電視台再轉換到台灣 TVBS 或中天新聞台。喧嚷場景切換到自由祖國選情激烈的總統選舉劇幕。

　　這一系列彌足珍貴的民主課程，是海內外許許多多炎黃子孫、魂牽夢繫的天下事，尤其四年前兩顆神秘子彈所帶來的

噩夢，在台灣已逐漸成熟的民主的神聖招牌，無端受辱而蒙上「陰影」，此一片「陰影」再加工加料，一番人為包裝操弄，或化妝修飾而昇華至揮之不去的醜陋「陰霾」，籠罩在寶島的天空，久久無法消散，重見天日。影響所及，勤儉樸實的台灣人民，六十年來以血淚辛苦建立的政經奇蹟，毀於一夕，向下沉淪的結果所帶來的痛苦指數，居高不下。民眾在「亂」及「騙」字無所不在的氛圍裏，深陷又苦又悶的窘困生活、引發婦弱老少、或一家人絕望中相約共赴黃泉、慘不忍睹的人間悲劇。節節飆揚的自殺率、甚且衝破歷史紀錄。其險惡的亂象，自不待言。

　　台灣人優越的智慧，似乎亦敵不過顢頇無能，嬉口笑臉的政客，同樣地掉入一堆堆似是而非的怪事、糗事漩渦裏，糾纏不清而無法自拔。

　　這等劣質的另類政風是否已在太平洋上空形成一股亂流？闖蕩蔓延過程中、怎麼偏偏不約而同地吹向巴士海峽兩岸，讓兩地普羅眾生、默默承受一段前所未有的夢魘？

　　奇妙的是，他們在時空背景截然不同的情境下，平白遭受到似乎雷同的政災旋風「襲擊」？

　　到底是誰在向誰靠攏、看齊、再取經、再翻版？如法泡製的手法高深莫測，殊堪玩味。善良百姓的智慧廣被無限貶低，奈何好好的一片願景，就這樣無端給炒焦了。

　　一連串尚不知可否獲得真實答案的「多角」習題，只能別無選擇地留待這回大選分曉。倘若寶島有幸脫胎換骨，重見藍天，一切懸案，還原真象，恢復正義，正常的政治面貌再次亮相。人民重新開啟一扇追求真正和平、民主、自由的大門。果真如此、

人民都可以幻成千絲萬縷的微風大聲呼應——人民能真正當家做主，實現追求夢想成真的最高境界！

民心所向　大勢所趨

同樣出現的兩大陣營，各自卯足全力、作最後廝殺式的吶喊拼場，加上追逐「勁爆」獨家新聞的媒體的瘋狂炒作，有人期待，有人振奮，也有人焦慮，多數人則噁心反感到極點。

擁有豐富社會資源的主政者，看情勢不妙後，往往在最緊要關頭，霸氣十足地端出各式各樣、猶似變相賄選的甜美政見，嘩眾取寵、不一而足。一盤盤被端上桌的「甜點」，可否獲得一群群民心思變，但不如外界所想像，懦弱般的沉默大眾青睞認同，是大選勝負的關鍵所在。

人人擔心的「奧」（爛）步招數，會否在大選倒數時日分進合繫？曾經被耍弄而嚇破膽囊的政團，在承受慘痛教訓的代價後，從上至下，層層無不加碼提高警戒，全面把關守護。尤有甚者，凡事草木皆兵，未雨綢繆，機警應變，以守為攻，步步為營、以期滴水不漏的戒護措施，防患未然，以免歷史重演，再陷深淵。

只要讓人民避開意識的偏激，以及族群的分裂；只要讓一票振振有詞地在偷竊、流言蜚語間鑽營的政客逐漸消逝於政壇，台灣是否還會繼續沉倫？

政黨二次輪替似乎是台灣人民現階段，拯救頹墮萎靡局勢的唯一捷徑。努力開創一個心中嚮往的樂土，是寶島近半年來的主流民意，勢在必行。台灣向前走，指日可待！

民意調查在民主成熟的國度裏，可信度頗高，絕不淪為既得利益集團、可任意左右操控，值得各方參政人士揣摩借鑒，從善如流，否則，結局將慘敗至難以預料的田地。

心有靈犀　息息相通

三月二十二日清晨，酣睡到自然醒後，我眼睛甫一睜開，枕邊人亦隨即起身注視着鬧鐘，口中溜出：你快去投票！

內人突如其來、略帶調侃「戲弄」的隻字片言，一語道破我連日來忐忑的神色。一剎那幻想的「愉悅」（我天生菲人，何來投票權），何其狂亂地令我感官屏息、一時不知所「應」。

錯愕之餘，眼神一凜，在來不及啟齒的瞬間，加上內人露出迷人的笑靨，我倆悻悻然旋由無言相視，進而捧腹大笑，其另類樂趣，一言難盡。

面對呆立在房門邊、全程捕捉到我倆的對話內容、擺出一副納悶苦思模樣的幼子秋彥，因一時無法與他分享我心靈深處的「痴迷」點，好讓兒女們解「惑」而深感遺憾。如今憶起當時的畫面，不亦令我開心得有點兒忘乎所以！

二〇〇八年三月廿二日初稿
二〇〇八年四月十二日完稿

串串迴響

——動力向前篇

菲華菁英莊杰森

林勵志

　　吾中華民國華僑救國聯合總會，每年選拔及表揚海外優秀青年，已經多年。在海外各地區受表揚的傑出青年頗多。本年度東南亞地區受表揚的海外優秀青年，僅吾菲華青年莊杰森君一人。

　　莊杰森年青有為，中小學在菲律賓中正學院求學時代，參加學校的活動都非常踴躍，中學畢業後，曾回國在國立臺北工專電機系進修兩年。去年在菲律賓遠東大學化學系畢業。在學期間他一邊求學，一邊參加菲華青年活動，成績豐碩輝煌。在遠東大學時期，他發起組織該校華生會。民國七十五年畢業時榮獲遠東大學優秀學生領袖獎。

　　至於僑界青年運動，擔任中正學院校友會青年工作組副主任。於民國七十三年起，三度發起慶祝青年節，策劃「青年遊藝會」及「青春的旋律」演唱會等。中正學院校友會於民國七十四年十月為慶祝母校四十五周年校慶，參與策劃公演國語話劇《螳螂世家》，並擔任該項活動宣傳主任，引起各方注目。莊君亦是中正校友會出版《正友季刊》會刊發起人之一。

　　民國七十二年擔任菲華培青學會委員兼總幹事，尤其發揮其組織能力。彼發起組織培青合唱團、培青絃樂隊、培青歌唱團、培青數學社、培青書法社、培青寫作社等，結集菲華藝術青年百

餘人於一堂。民國七十四年六月為培青合唱團策劃舉辦「歌我中華」演唱會，民國七十五年五月策劃舉辦「華夏天聲」南島巡迴演唱會，兩度演出普獲僑界佳評匪淺。近日又著手籌備「飛揚的青春」回國勞軍演唱會。此外，亦策劃培青數學社開設數學講習班，培青書法社的青少年書法比賽，吸引三百多名青年與賽。培青寫作社出版的《梅苑》會刊，更是聯繫「培青」這個大家庭的主要工具。

莊君對文藝活動也甚活躍。於民國七十一年五月發起組織菲華青年文藝社，並于《聯合日報》定期出版「菲華青藝」。於民國七十五年十二月組團回國訪問，被選為團長。現任該社常務委員，菲華文藝協會兩屆理事，菲律賓晨光文藝社理事兼副秘書長，文復會暑期文教研習會七十四年度寫作班主任，菲華文經總會委員，負責文宣及青運工作。

莊君有多方面的興趣，亦有多方面的才華，加上熱心又負責任，所以做事水到渠成，都有轟轟烈烈的表現。民國七十三年倡導創辦菲華兒童文學研究會，挑起秘書長一職之重擔。民國七十四年四月及七十五年十月兩度策劃全菲兒童作品展覽會，獲得大岷區及外省市僑校熱烈支持，展出兒童優秀作品共六千餘件。

民國七十五年十月，策劃舉辦「第一屆菲華兒童文學研習會」，大岷區二十六所僑校兩百位幼兒教師參加研習，開創菲華僑校教師集體研習兒童文學之先河。

莊君社會經驗尚淺，待人處事坦誠，認事不認人，所以有時也使人嫌他鋒芒銳利。其實，這也是青年人的本色，青年的可愛，就是有衝勁的銳氣。如無青年的銳氣，哪裏有今天黃花崗的

英烈歷史！如無青年的銳氣，哪會有國父孫中山先生十次革命，武昌起義的果實！

　　願莊君這股銳氣不為歲月的風霜所磨消，再接再厲吧！

　　（原載於一九八六年三月廿九日《聯合日報》青年節特刊）

莊杰森展現的才藝、活力與造型

陳德規

　　第二次世界大戰結束後，全世界大部分的國家和地區，邁進了一個新的自由民主時代，培育出新一代的青年，形成一股堅強的意志，凝成一股推動時代全面進步的堅實力量，海外華人青年在新時代的激勵下，也站在時代的前沿，普遍發揮潛蓄的上進心和創造力，奮志邁進，表現更為優異，成績更加卓越。一九八七年當選全球海外優秀青年的菲華新秀莊杰森，便是其中嶄露頭角的一位，經過時代的薰陶，他在當選海外優秀青年之後，更發揮了他相當豐富的學識和才能，進一步投入新社會的青年活動和藝文塑造；耕之耘之，成果一一展現落實、延續、擴散、竟成的前景。

　　莊杰森祖籍福建省惠安縣，生長在菲律賓；自幼即承受傳統優良的庭訓，聰穎好學，及長期在全菲知名的中正學院，接受幼稚園、小學和中學的系統教育，自始就喜愛參加課餘活動，嶄露頭角；畢業後又曾回台繼續在國立臺北工專電機系進修兩年，學有專長，然後返菲攻讀化學，畢業于遠東大學化學系。求學期間，不僅學業精進，同時也參與菲華青年活動，表現都很優異。

在遠東就讀時，曾發起組織華人同學的華生會，相互切磋研習，發揚優良傳統和服務精神；一九八六年畢業時，榮獲遠東大學優秀學生領袖獎，為菲華同學獲致充分的肯定和聲名。

　　經過家庭和學校教育的接續培養塑造，莊杰森的創造力、自立性和服務心，都很旺盛，數育並進，為社會人士和僑輩所矚目推許。對於菲華青年運動，從擔任中正學院校友會青年工作組副主任起，又于一九八四年開始，二度發起慶祝青年節，策劃青年遊藝會、青春的旋律演唱會等等，推展青年運動的有關活動。中正校友會于八五年慶祝母校四十五周年校慶時，又參與策劃公演話劇《螳螂世家》、擔任宣傳主任、同時他也是中正校友會會刊《正友季刊》的發起人之一。

　　在他於一九八三年擔任菲華培青學會委員兼總幹事時，發起組織的培青合唱團、培青絃樂隊、培青歌唱團、培青數學社、培青國畫社、培青書法社、培青寫作社，結合對藝文音樂有興趣、有專長的青年于一堂，展開各校學習和表演活動，蔚為潮流；八五年六月合唱團曾舉辦《歌我中華》演唱會，翌年五月又舉辦菲律賓南島《華夏天聲》巡迴演唱會，均獲成果，佳評嘖嘖。嗣又進而組成《飛揚的青春》回國勞軍演唱會，為國人所讚賞；數學班的開設，書法社所舉辦的青年書法比賽，寫作社出版的《梅苑》會刊等等，也都是「培青」聯繫內部、服務社會的主要管道。

　　莊杰森對文藝活動有極大的興趣和良好的素養，曾於一九八二年五月發起組織菲華青年文藝社；在華文《聯合日報》定期出刊「菲華青藝」，並於八六年十二月被推薦擔任團長，率團訪問臺灣；他不僅是青年文藝社的常務委員，也膺任

菲華文藝協會的理事，晨光文藝社的理事兼副秘書長，中華文化復興運動推行委員會所辦暑期文教研習會寫作班的主任，菲華文經總會委員，負責文宣和青運工作，熱忱勝任，在各個崗位上都有具體卓越的表現。在一九八四年發起組成的兒童文學研究會中，他挑起了秘書長的重責，曾經於八五年四月、八六年十月，兩度舉辦全菲兒童作品展覽會，獲得各校熱烈響應，各展出優秀作品三千多件，同時舉行第一屆兒童文學研習會，參與的各校幼教教師共二百多位，並邀聘來自臺灣的兒童文學專家林良，林煥彰，陳木城等參加，揭開了全面性研習兒童文學的序幕，奠樹菲華兒童文學研究發展的基石和軌道。九二年他又在擔任要角的菲華血幹團第十三分部，策劃舉辦首度的兒童文藝營，出版內容豐富的特刊。每一次活動都辦得有聲有色，開風氣之先，獲得家長們、教育界和社會人士普遍的喝彩和掌聲。

一九八五年，莊杰森在出席華僑救國聯合總會第八次代表大會時，當選為總會第八屆理事迄今；菲華文教服務中心在馬尼拉設立後，應聘為首任總幹事；菲華中山學會成立後，又獲聘為工作推動委員會委員兼總幹事，並負責會訊編務工作。八五年十二月，亞洲華文作家會議在馬尼拉舉行時，擔任籌備小組委員，並任大會副秘書長；九〇年六月，又獲聘中正學院學生活動會報執行秘書；多才多藝；多彩多姿，服務的對象越來越多，本身經營的事業，也在既有的基礎上，兼程並進，多方面的成就都很亮麗。

從求學時期到跨進社會，人們可以清楚地看到，莊杰森的才藝和志趣，自始就在新時代到臨的大環境中，發揮他的青春活

力和遠見卓識；走上現代青年自強積健，攜手共進，開拓前進的
道路，及其成長和造型歷程的生態和群體性；而其活動和奉獻範
圍之廣，層面之多，也為社會帶來了長時間的動能，為人們所矚
目、賞識、稱道，有其廣體性和多角度的具體造就和績效。因此
設在臺北市的全球性僑聯總會，特地選拔他為菲律賓，也是華人
聚居的東南亞地區，一九八七年的海外優秀青年，致贈獎章獎狀
表揚，名實俱彰；對莊杰森以及海外各地成千上萬的現代華人青
年的優異表現和成就，都有鼓舞的積極意義。

（刊登於《菲華芬芳錄》第三輯，一九九二年十二月）

經商為文兩不誤

蕉椰

「以商養文」和「商文並舉」的儒商行為，開啟了商業社會的一道亮麗風景線。「儒商文學」成了引發爭議的話題，主要是很難定位「儒商」這兩個字，這一種身份！

菲華青壯年企業家中，莊杰森兄是一位經商為文兩不誤的佼佼者。他是一位土生土長的文學愛好者。上個世紀八○年代初，他活躍于菲華文壇，熱心於組織文藝團體，編輯文學刊物，推動兒童文學；後來他棄文經商，和他的賢內助聯手，經過幾年的拼搏奮鬥，在事業上打下牢固的基礎，創出了自己的少兒產品品牌，連鎖店開遍各大商場。

杰森兄中英皆擅，有口才有筆力能辦事愛助人，他在菲華工商總會已是一位舉足輕重的人物，受到長輩們的器重。

凡事專心用功終能出成果，杰森兄也是付出代價的。經商開始的頭幾年，他幾乎從文壇消失，但他依然讀書充電，待事業打穩根基，才東山再起，重返文壇。我經常留意他的文章，篇篇都是力作，一開筆就是幾千字的鴻文，針砭時弊，有理有據，文筆老到。

　　杰森兄的文章，自有風格，屬於抒情性的評論文，不是任何作者寫得出來的。他「商文並舉」的成功模式，非常值得我們學習。文壇前輩們厚愛，總讚本人和黃棟星持之不懈地推動文運，是一股生力軍，本人特別強調，自己的努力和成績不足掛齒，而是像杰森兄這樣的表現與成就，才更值得誇獎。希望菲華文壇多出幾位杰森式的青壯年人物，何恐後繼無人？

　　別人有成就，我們應該給予肯定，只有通過肯定才能鼓勵並發掘人才。菲華社會臥虎藏龍，不乏有才幹者；只不過有的人不屑於露臉。

　　有知者智，人外有人，山外有山。

　　多向他人求教學習，多給予他人讚美，可以凝聚更大的上升力量。

　　　　　　　　（原載於《世界日報》二〇〇八年五月十九日）

亦商亦文亦風雅
──菲華「少年家」儒商莊杰森文稿讀後

陳國華

　　兩年前，我們泉州作家一行人到馬尼拉參加第十屆亞細安文藝營大會，在菲華工商總會招待的文藝營大會閉幕宴會上，有幸萍水相逢了惠安老鄉莊杰森先生。那天，我正好和菲華工商總會理事長李滄洲先生同席並排而坐，就順勢送他一本我的專著《惠安女的奧妙》。理事長一看書名，笑指我對面那個滿臉陽光的年輕人說，他也是惠安人。那個惠安人馬上起身走過來，遞給我一張名片，禮尚往來，我也回敬他一張，彼此就這樣「老鄉見老鄉，兩眼閃閃光」，就是不見「淚汪汪」，而是讓激動在心裏洶湧澎湃，澎湃成熾熱的鄉情，於是一見如故，老朋友似的聊了起來，從而知道他祖籍惠安縣東園鎮棣莊村。第二年，在泉州悅華大酒店，我們又倉促見了一次面，他送我幾張登有他大作的《世界日報》和《聯合日報》。再後來，讀他的自傳文章〈回首往昔，風塵僕僕〉，對他風塵僕僕的亦商亦文人生才有了比較深入的瞭解，知曉他不僅是菲華工商總會董事兼青運委員會主任和中

小企業中心主任，同時還是一個喜歡舞文弄墨的風雅生意人，堪稱菲華「少年家」儒商。

今年初秋。有一天，杰森先生突然打來電話，說他又回故鄉了。然後，通過電子郵件發過來兩組已見報的文稿，大約六、七萬字。其中一組13篇，標明「報導性文章」，另一組九篇，注明「抒情性文章」。言下之意，讓我幫他看看，談些讀後感想。

盛情難怯，加上是海外鄉親頭一回開口拜託，不為之，似乎有些失禮，說不過去。於是，儘管這一段時間事情較多，但只要有空，我都會找出他的大作拜讀起來。讀著，讀著，情不自禁地被他那思路開闊、語言流暢、情景交融的文字所吸引；同時被他關心僑居國民生活和弱勢群體的仁愛之心所感動。

如〈拾荒者的夢魘〉一文，生動地記述了他隨菲華工商總會到垃圾山施賑時所見的災區慘狀、賑災的熱烈場面和自己憂患民生的心靈感應。他是這樣繪聲繪色報導的：「慘遭活埋的罹難者人數隨著日子的流逝而劇增，至目前為止，共有二百多具屍體已在垃圾堆中被挖出……」「身為主流社會的主要工商團體之一，我們能不秉持「人饑己饑，人溺己溺」的救難精神，以及「取之社會，用之社會」的企業責任乎？寄予關懷的同時，是否亦能伸出援手，各盡自己的棉薄之力？」當工商總會滿載賑災物資的車隊開抵災區，杰森和熱衷於慈善事業的同事們眾人添柴火焰高，僅用「一個多小時」，救災物資的「發放工作」就「圓滿告罄」。然而作為此次活動主要參與者和組織者的他，依然沒有因大功告成而「船過水無痕」，心中的民生疾苦依然揮之不去，就繼續為災區的長治久安深入思考、出謀劃策、高聲呼籲：「巴耶達示垃圾場已被當局下令從此關閉，可是，大岷區每日平均製造

的八千噸龐大的垃圾量，倘若不加速全盤規劃，不系統、有效率地制定一套標準完善的作業程式，倘若不徹底認真檢討、釐清問題的癥結所在，策動改善，倘若不及時採取果斷措施，以期一勞永逸地解決懸宕多年的包袱，則即使另一座垃圾山的問世，由於禍根未除，另一齣草菅人命的悲劇可能隨時會再重複上演。主其事者能不戒慎恐懼嗎？」

全文一環緊扣一環，情真意切，翔實、生動、感人。其中「倘若不加速」、「倘若不徹底」、「倘若不及時」三個連續的質疑和善意提醒，深刻而強烈地將工商總會以獻愛心的實際行動，關注「菲律賓近年來接二連三相繼發生的天災人禍」，特別是關注「貧窮中的貧窮」族群那「日形拮据，捉襟見肘的生活壓力如雪上加霜」的急不可待心情，有血有肉、淋漓盡致地表達出來，以期引起當局重視。這等富有慈悲心和責任感的文宣報導，怎不叫人讀來產生共鳴而動容呢？

至於關注「中國製造」的產品名聲，他那顆炎黃子孫的赤子之心更是跳騰著別有韻味的音響。他充分利用自己的專長和優勢，將生意經和社團工作實踐縱橫聯繫而有機結合起來，生髮開去，故總能慧眼獨具、深入透徹地剖析當前國際商海的狂風惡浪，有的放矢，一鳴驚人地為祖國說公道話，讓人振奮，讚歎不已。

如〈中國製造與產品質量〉一文，他是這樣傾注一腔熱情為祖國說公道話的：「一位顧客到店裏拿起一件精美的衣服，欣賞來欣賞去，愛不釋手。正當他極度興奮，決定要買的時候，突然發現了『中國製造』的字樣，像觸電似的，扔下衣服就要走。售貨員向他推薦還有很多沒有『中國製造』字樣的，他卻不屑一

顧，揚長而去」。此種不可思議的奇怪現象，讓他百思不解，無
比困惑。於是他不惜花時間和精力尋找證據來還原真相，從而為
祖國鳴抱不平，進行有理有利有節的自衛反擊：

　　「今年三月以來，中國出口產品的品質和食品的安全問題浮
出了水面……不少國家和地區對中國出口產品採取限制措施。自
四月起，美國不斷發難，一再對中國產品質量與安全提出問題。
從寵物食品到汽車輪胎，美國媒體再三宣揚問題的嚴重性。七月
十二日，美國又要求世界貿易組織調查中國的出口補貼是否違反
全球貿易規定。五月下旬，新加坡衛生科學局對近三十種從中國
進口的牙膏展開檢查，發現所謂黑妹牙膏、黑妹鈣牙膏和美加淨
牙膏含有化學物質二甘醇，並於六月五日正式發佈通告，呼籲公
眾不要購買和使用。這些報導不同程度影響了中國產品在當地消
費者心中的形象。連月來國際間對中國食品、玩具有危險的批評
浪潮迭起。到了現在，菲律賓的這位顧客見了有『中國製造』字
樣的衣服，就如臨大敵，見了瘟神一樣，一定是受其影響，還有
幾分神經質。」

　　「在這個關鍵時刻，第三者寫文章只談中國產品的品質問
題，顯然有一個立場、傾向問題。」於是憑藉自己掌握的商業
資訊和熱愛祖國的「立場」和「傾向」，他沒有強詞奪理，而
是據理力爭、有理有據、深入淺出地闡明「關於中國製造」的
內涵實質：

　　「且不提假冒中國製造，即使真的中國製造，也不能對來
自中國的產品以『中國製造』一言以蔽之，把『中國製造』作為
劣質產品的代名詞。其實，『中國製造』最早的含義是『物美價
廉』，並具有非常實用的特性。現在的『中國製造』只強調了地

理上的概念，而且賦予了『劣質』的含義，鬧得風聲鶴唳，草木皆兵，像上面那位買衣服者，還談虎色變。但是，就其製造的整個過程、製造的這些主體，也就是貿易方式，有百分之五十以上是加工貿易，加工貿易產品都是按照外國訂貨商的要求和國際標準生產的。從出口主體來說，有百分之五十八以上的產品是由外資企業出口的。從國內外市場來說，在競爭環境當中，有國有企業、民營企業，還有外資企業，可以說這些企業共同打造了『中國製造』。」

「眾所周知，中國是一個世界加工廠，為世界上各地區、各廠商加工產品，還有一部分是來料加工或者零件裝配。生產場地在中國，然而主管部門在外國。對於這些產品來說，貼上『中國製造』就是中國製造，貼上『外國製造』，就是外國製造。用『中國製造』來包容世界加工廠的所有產品，其品質的問題也自然落到了中國的頭上，實際上是不公允的。」同時對出口產品「品質問題」的解決「寄予殷切希望」：「種種跡象表明，針對連月來國際間對中國食品玩具有危險的批評浪潮，中國政府正在主動出擊，採取全面行動。希望這一行動的結果能夠杜絕劣質產品的出現，全面提高生產品質」。這種經過深思熟慮、富有理性的愛國言行，有品位、有強度、有震撼力，能穿透某些國際反中勢力的陰謀與偽善。因為他給人一種擺事實講道理，以理服人的良好示範。

而〈嚮往統一　情真意切〉一文，他以興高采烈的心情為祖國高唱讚歌，同時給千方百計破壞「一個中國原則」、阻撓兩岸和平交往的陳水扁當局發出「通牒」與忠告：「自改革開放以來，中國發生了翻天覆地的變化，經濟騰飛，國力增強，為世

人所注目。大陸的發展是和平的發展、開放的發展、合作的發展、共贏的發展。我們希望臺灣當局懸崖勒馬，遵從一個中國的原則，儘早恢復兩岸對話與談判，全面改善兩岸關係，在和平發展的框架下最終實現兩岸同胞最大的共同願望——祖國和平統一。」

〈民主的勝利，和平的到來〉一文是一篇歡呼馬英九當選「總統」的祝賀文字。在歡天喜地時，他沒有被馬的大勝沖昏腦袋，而是清醒地看到陰轉晴的藍天上，依然還飄忽著一絲陰鬱，讓他如刺梗喉，不吐不快。於是他忘了個人得失，毫無顧慮地扣動正直而不妥協的機關槍扳機，猛烈開火：「一個偌大的中國共產黨，且執政於強大的中國，都能正視臺灣，正視國民黨，與之友好交往，可我母校不知何故，對此事的反應異常冷漠，恰恰違背了傳統的中華文化，這樣是否對華人子弟有誤導之嫌？」前文是對祖國和平統一的情有獨鐘，後文是對其母校某些人，漠視國民黨從民進黨台獨狂徒手中奪回執政權、兩岸和解共榮在即的民族天大盛事而置之度外冷血行為的一種不滿和鞭撻。一前一後，充分展示杰森先生作為龍的傳人的血緣本能和美好願景：期望祖國早日和平統一，實現中華民族的偉大復興。

杰森的報導性文章就是這樣給人非同一般、特別深刻、過眼難忘的印象，其直言不諱、情真意切的字裏行間，讓人彷彿可以觸摸到一股摯愛祖國的熱血在沸騰，一種海外赤子的激情在奔瀉。真情珍貴，倍加感人，從而迴避了報導性文章記流水賬式的刻板、枯燥無味的常見病和多發病，恰到好處地張揚了他為人為文的獨特風格和率真個性，有如高山流水容易遇知音，深受讀者的歡迎。實在是難能難得，可喜可賀。

他的「抒情性文章」，閃爍著愛的光波，鳴放出美的音符。其心境分外明亮，其熱情格外洋溢，令人感動，叫人仰慕。魯迅說：「無情未必真丈夫」。杰森商務和社團工作十分繁忙，加上還要玩筆桿子，而且是時事、商業、生活等方面均有涉獵，所以忙上加忙，但他卻能忙而平忘，長年堅持忙裏偷閒，關愛家人，無微不至，且此等天倫之樂總是自然流露，並躍然於他的筆端紙上，讓人讀來嘖嘖稱讚，佩服得五體投地。

如〈馳騁商場，圓掏金之夢〉一文，講述的是他「與內子因忠實服膺『親子』時尚信仰，放下身邊永無止境的煩人瑣事，毅然陪伴四個小精靈（子女）啟程北上，遠征異域，親近鄉土風情，全家大小齊心攜手，同步踏足此一讓青少年全方位洗滌心靈，且磨練體魄」，並自告奮勇、「饒富趣味」地走上講壇，用自己學好華文經商成功的經驗，不厭其煩地向「一群來自菲律賓中北呂宋島五大城市及馬尼拉大都會的新生代華人族群」面授「華文帶來的無窮商機」，「恨不得快速將儲存在自身腦袋晶片中的所有經商訣竅，毫無保留地藉出空氣中的隱形藍牙電波，統統傳真給每個看似饑渴枯萎，有待雨露滋潤的幼嫩心靈，讓他們早日馳騁商場，功成名就」。

全文用了「群英會集」、「因緣際會」、「環境丕變」、「儒家精髓」、「經驗傳承」、「語言威力」六個小標題，有的放矢、引經據典，結合切身經歷和體驗，著力向菲華青少年灌輸「現今中國有世界工廠的美譽，也是廿一世紀全球經貿及金融的重要樞紐」，讓他們如願感受到華語的強勢：「擁有一口漂亮純美的華語，除可隻身赤手跑遍全中國，全球各地則因漸趨茂盛的『有陽光的地方便有中國人』神奇畫面而商機蓬蓬

勃勃。華語儼然演化為放諸四海皆通的國際語言，身懷優良的華語文能力，確實是當今全球華裔族群，一生享用不盡的活水泉源」。

　　其中「儒家精髓」一節對中華文化源遠流長的詮釋淺顯易懂、深刻透徹：「儒家思想的孝道、博愛、誠信、勤奮、節儉、謙虛、勤學、開創、堅持信念、擇善固執、刻苦耐勞、回饋社會……等千古流傳的部份美德，滴水不漏地左右影響華裔的日常生活方式至深且鉅，一字一句脫口而出後，這回他們才猶似發現新大陸似的，在驚歎聲中大開眼界，心服口服之餘，還異口同聲讚揚中華文化淵源流長的精髓結晶。」

　　一切鋪墊就緒，最後來個萬事俱備，東風勁吹：「語言能力的學習培養過程，誠然是一項艱辛的工程，也難以即時立竿見影。凡走過必留下痕跡，現在起步，往後肯定比眾人略勝一籌。奉勸熱愛華夏文化的青少年朋友們，善握良機，與其心動不如馬上付諸行動，不妨鼓足勇氣主動出擊，大舉向『實現學好華語』的雄偉抱負衝刺。但願這群未來的主人翁或華社明日領袖，來日在多元繽紛的人生舞臺上捷足先登，出人頭地，大放光芒，異彩紛呈！」

　　妙！妙在語言精緻優美而富有感染力，事例生動、思想活躍，積極向上而富有鼓動性，於是也就如願以償地以自己過來人的「最終美夢成真」帶給青少年朋友們奮起直追的啟迪和信心。這是一篇很有力度的美文。

　　另外四篇談及子女的「抒情性文章」，一樣扣人心弦，不必一一復述，只要透視其中的一個生活細節，甚至只要看一看標題，就能讓人一眼見底，發現珍藏，觸景生情，心花怒放。

〈回應鼾聲的呼喚——鼾息聲帶來的困擾〉，這是一篇憂慮長子秋文「打鼾」影響身體健康的文字。說的是長子傳承祖父的「睡眠特徵」——「打鼾」，且「隨著年齡及體重的增長」，欲「與阿公比高低」的「氣勢」，「無意中形成的另類樂趣」。然而他無法停留在「另類樂趣」的「欣賞」之中，而是深受憐惜之心的困擾，急不可耐地深入瞭解「鼾聲」與健康的關係，終於找到「鼾聲嚴重危害健康」的科學論斷；乘熱打鐵，不計血本地四處為愛子尋找各種最好的治療方法，期望徹底為其擺脫困擾。然而令他失望的是，所有用過的方法，不管「怎麼靈光機巧，亦僅限於治標作用。若要徹底治本，還是要下定決心，務實著手減肥行動。不然，就算摘除扁桃腺，鼾聲縱使自此絕跡。但擁有肥胖身材，畢竟難保終身有副健康的體魄。」於是杰森出於父愛的責任使然，同時也是對「寵愛長孫」的先父的一種最好懷念，他大功率地鼓勵愛子「著手減肥」以求治本，同時祝願他「有志者事竟成」，能夠「擁有身心健康的體格，活得瀟瀟自在」和「快樂人生的保證」。通篇文章娓娓而敘，步步深入，情趣交融，分外扣人心弦。

〈當夢想之翼即將展開——寫在吾兒秋文赴日遊學前〉，這一篇寫的是兒子赴日遊學前他那一顆不同凡響的「慈父心」。愛子「性情內向乖巧」，「泳往直前」，為「學校奪得第一面金牌」，「好過癮，好開心」的愛子彈琴聲，以及其高分被錄取機率僅百分之二的「最吃香的科系之一」等等，一種依依不捨的情感呼之欲出，再從其「敏銳犀利，又不失自信的眼神卻彷彿在傳達，他將全力以赴」，將「直接切入日本企業精神所涵蓋的核心價值」，「絕不辜負我們對他寄以厚望」。

　　言之有理，精耕細作，其心可歌，雖不見他的「手中線」，兒子的「身上衣」，卻讓人活脫脫感受他那「慈父手中線，遊子身上衣，走時密密縫，唯恐遲遲歸」的崇高父愛，真是歷歷在目，滴滴在心頭。

　　〈翩翩少年自風華——分享老二秋彬甜美的微笑〉，這一篇是寫兒子的微笑，笑裏閃亮著無價的真愛，愛得深切，無以復加。

　　〈音符跳躍徜徉的世界——兩次與女兒分享歌唱比賽的心跡〉，這是一篇寫女兒參加歌唱比賽。其望女成龍，如影隨形，如歌如詩，韻味優雅，品位極致。所以說，杰森不愧是一個關心家國的菲華男子漢，真丈夫。也許這就是他「在華社作為提倡親子教育先驅」，從我開始、身體力行的一種務實行動，也是他「每週預留周日一天的時間，與妻兒共度溫馨的親子時光」苦苦修行而成的正果——夫妻恩愛，父子情深的天倫之樂，傳承的確實是中華民族的傳統美德。

　　他的作品就是這樣充滿真心實意，真情實感和真知灼見，而「三真」又完全取決於他那「開創性、競爭性、自動自發、求新求變、與生俱來的性格特質」（〈回首往昔，風塵僕僕〉），所以他才能勞而不累，精力充沛，樂此不疲，無往而不勝，終於「在各個不同崗位上，借助巧妙的創意點子，成功地制定出一件又一件意義非凡的活動方案，產生良好的社會影響和效益」，起到行之有效和令人信服的社會「帶動作用」。

　　縱觀杰森的大作，不管是報導性文章，還是抒情性文字，給人的觀感：前者充滿感情，後者感情充滿，一個情字了得。他的報導性文章，既有通訊報導必備的及時準確、真實生動反映事

件或人物的基本要素，又有政論文夾敘夾議，論點鮮明、論據充分、筆鋒麻利等外部特點；

　　他的抒情性文字，既有散文的隨意性，散而不亂，浮而不躁，又有詩意般的哲理內涵、灑脫優雅、含蓄深沉等內在優勢。這等寫作成就，來之不易，用中華成語解讀之，叫「冰凍三尺，非一日之寒」。他一九六三年生於馬尼拉，先後進入曙光中學及中正學院附設培幼園接受啟蒙教育。一九八零年畢業於中正學院中學部，旋即順利通過僑委會主持的海外僑生到臺灣升學甄試，考取第一志願，隻身遠行就讀於臺北工專。兩年後，由於「曾祖母與祖母捨不得年僅十七歲，不大不小的孩子獨自背離家人生活」，加上當時菲國華族英語熱「重英輕中」的風氣所影響，於是他休學束裝回菲，轉入遠東大學，一九八六年畢業於該校化學系。二○○一年肄業於亞洲管理學院企業碩士班。

　　其間，一九八二年由台返菲後曾應聘到《聯合日報》編輯部，先做校對，後任記者、編輯，並先後主編兒童文藝副刊〈童話城〉、音樂專刊〈五線譜〉、青年文藝副刊〈青藝〉。大學時期，半工半讀，白天上學，晚上到《聯合日報》工作，正式投入社會，學習做人，鍛鍊意志。一句話，學有所成，漸露頭角，於是第二屆亞洲華文作家會議在馬尼拉召開，他榮幸被選為七人籌備小組成員之一。同時曾任亞洲華文作家協會菲分會常務理事、菲華文藝協會副秘書長、菲華青年文藝社常務理事、菲華兒童文學學會副會長兼秘書長、菲華文教服務中心總幹事、晨光文藝社副秘書長等要職。

　　他還致力於青運、社運和慈善事業，其中擔任的要職有一籮筐，也都一一做出了可貴貢獻，因此曾榮獲華僑救國聯合總會舉

辦之全球海外優秀青年獎章。由於其生活閱歷和經驗異常豐富，加上喜愛文學，長年與文字打交道，刻苦用心，日積月累，他的文筆長進很快，既具文采又有品位。而菲華社會「以商養文」和「商文並舉」的儒商行為，開拓了菲華商界的「一道亮麗風景線」，促使杰森文學事業如魚得水，如虎添翼，突飛猛進。

難怪菲律賓華文作協秘書長蕉椰先生在《世界日報》專欄文章〈經商為文兩不誤〉一文中這樣讚揚他：「菲華青壯年企業家中，莊杰森兄是一位經商為文兩不誤的佼佼者。他是一位土生土長的文學愛好者。」「在事業上打下牢固的基礎，創出了自己的少兒產品品牌，連鎖店開遍各大商場。」他「中英皆擅，有口才、有筆力、能辦事、愛助人，他在菲華工商總會已是一位舉足輕重的人物，受到長輩們的器重。」

為了實現文學理想，他甘於「付出代價」：「經商開始的頭幾年，他幾乎從文壇消失，但依然讀書充電；待事業打穩根基，才東山再起，重返文壇。」「留意他的文章，篇篇都是力作，一開筆就是幾千字的鴻文，針砭時弊，有理有據，文筆老到。」文章「自有風格，屬於抒情性的評論文，不是任何作者寫得出來的。」

他「商文並舉」的成功模式，非常值得我們學習……更可貴的是，商業上的成功，他不忘回饋社會：「一九九四年，為紀念父親莊澤江作古一周年，特創立『莊澤江文教慈善基金會』，定期舉辦促進文教、增進慈善的活動。二〇〇〇年響應菲華工商總會『農村校舍』鄉村興學方案，以『莊澤江文教慈善基金會』名義捐獻農村校舍一座，嘉惠北呂宋地區邦邦牙省的農村學子。每逢耶誕節皆向孤兒院、養老院等機構捐款捐物，雪中送炭。」

　　而他的人生願景則是：「對昨日虛心檢討，自覺實踐面壁思過，為有意無意冒犯他人誠心懺悔，改過自新。對今日滿懷感恩，及時善待當下人、事、物，為一路走來相知、相惜、相助的各方貴人，給予禱告祈福。對未來充滿憧憬，渴望不斷自我充實，為迎接多元化的挑戰儲備用之不罄的能量。」杰森這樣的表現與成就，確實值得誇獎。

　　杰森的文學成就的確值得肯定和褒獎。除了上面提及的，具體還表現在如下四個方面：一是華文功底紮實深厚。這可能與他長期積極參與推動華文教育、組織舉辦青少年文學創作活動有關。他對中國古典詩詞和成語的運用自如，恰到好處，有效地強化其文章的色彩和可讀性。一個生在異國，長在他鄉，從小接受西方教育的菲華人，能做到這一點，做好這一點，確實十分不易，倍加珍貴。

　　如「眾裏尋他千百度，驀然回首，那人卻在燈火闌珊處。」（辛棄疾〈青玉案〉）等宋詞，「開拓進取」、「處心積慮」、「嘔心瀝血」、「別樹一幟」、「任重道遠」、「德高望重」、「人心所向」、「名副其實」、「當之無愧」、「肅然起敬」（〈鞠躬盡瘁　畢生奉獻〉）等成語。光是一篇文章裏就準確無誤地用上了有名的古詩詞和十好幾個成語，管中窺豹，可見其古詩詞和成語知識的一斑。

　　二是遣詞造句注重語境和美感。如「儲存在自身腦袋晶片中的所有經商訣竅」、「猶如端出碗碗口感別致的心靈雞湯」（〈馳騁商場，圓掏金之夢〉）。「〈獻給老師〉似是『顛覆』創意，仿效數支百老匯歌舞劇原版歌曲改編而成」、「〈天官賜福〉在悠揚的中國民樂聲中，於舞臺中央安排四位在書法領域頗

有優異成績的學生『以氣運筆』，即席揮毫，巧妙地結合國樂、書法與詩詞於一體的藝術表演誠為華校一項創舉，令人身在其中，宛然神奇。」（〈心心相印頌崇德〉）等等，比比皆是，隨手拾來，生髮開去，鮮明生動，語言富有深度和張力。

　　三是小標題駕馭獨出心裁。他這兩組文章幾乎每篇都使用小標題，簡短醒目、簡潔清晰，猶如商店櫃檯裏排列的商品，給人琳琅滿目、美不勝收的感受，較好地起到綱舉目張、錦上添花的藝術效果。也許這就是他「商文結合」孕育出來的一大特色。如〈鞠躬盡瘁　畢生奉獻——有感於鮑事天老先生竭誠服務中正學院六十年如一日〉一文，一口氣用了「創建巨功」、「開拓前進」、「臨危受命」、「一片丹心」、「遠見卓識」、「緬懷追思」六個四字的小標題，工整、簡潔而又明晰地將鮑事天老先生一輩子做好事、值得「緬懷追思」的不凡人生和盤托出，可見他構思、著墨的良苦用心和真功夫。

　　四是文章標題畫龍點睛。他的文章標題形象生動，突出主題。如〈沉舟側畔千帆過，中小企業又逢春——寫在二〇〇七年中小企業周前夕〉、〈亂象的抒情——且聽聽巴士海峽兩岸的生活音符〉、〈沒有心的愛，何來愛心——中國毒奶風暴席捲全球的省思之一〉、〈嚮往統一　情真意切——有感於陳紫霞女士在菲華各團體座談會上的發言〉、〈悲不自勝　感慨萬千——有感於四川汶川大地震〉等等，提綱挈領，鮮明生動，充滿活力，果真是吸人眼球，引人入勝。

　　還有一點特別值得提出來的是，過去由於某種原因，杰森未能親臨大陸，無法耳濡目染，感同身受祖國的社會進步的輝煌成就，只能望洋興嘆，道聽塗說，偏聽偏信。俗話說，「親戚不走

不親」，導致他對祖國的認知有過局限性和一些偏見，這在他的個別篇章裏還是留下些許痕跡。這是完全可以理解和諒解的。以後隨著中國開放改革，海外華人華僑還鄉回祖籍地尋根問祖蔚然成風，親戚走動多了，之間的關係也就親熱親切起來，觀念和觀點自然而然趨於客觀和公允。杰森也是一樣，他因省親和做生意的緣故，回國回鄉的機會與日俱增，所以對家鄉和祖國的認知和感情驟然而升，炎黃子孫的赤子情懷一天天見長，這在他近年來的一些篇章裏可以清楚地點擊出來。

生活是作家創作的源泉。有了源泉，魚兒就能如願活龍活現，冲波擊浪，勇往直前。因此，現在的杰森胸懷淩雲壯志，不但生意蒸蒸日上，愛國愛鄉的情懷也是一天天強烈和深沉，於是文章顯得日臻成熟和完美，堪稱是名副其實的商文雙雙大豐收。這一點，確實值得廣大菲華年輕人仿效和學習。

二〇〇七年十二月八日；發表于十二月十四日《世界日報》

宏觀、遠見、超然

——讀菲華文友莊杰森近作

林煥彰

　　二〇〇八年十一月下旬，在台北劍潭國際青年活動中心，和十多年不見的菲華文友莊杰森先生不期而遇，十分高興；他是來參加世界華文作家協會的大會，足見他一本初衷，對華文寫作的熱誠依然沒有稍減，而且還有新作將集結出版，在見面之後的第二天，就透過電子郵件傳來幾篇和我分享。

　　和莊先生認識，記得第一次見面是亞洲華文作家協會在馬尼拉召開第二屆年會的時候，大約是一九八五年左右；之後，大概每兩三年就有一次相聚的機會，也大半與「亞華」或「世華」有關；他不僅熱中於寫作，還熱心於華文文藝的組織和推廣工作，所以每屆「亞華」或「世華」開會，他都會熱心參與，出錢出力，是菲華僑界難得的一位亦商亦文的年輕人。

　　二十多年過去了，他不僅在商場上事業有成，在文藝創作上更是不斷精進，在養兒育女方面，也有令人刮目相看的成就，值得恭喜。

　　杰森兄在傳給我分享的幾篇近作中，不僅有感性的抒情散文，還有針砭時弊，關懷現實、社會、國族的評論文章，甚至是

兩岸政治、文化、經濟的議題,也都是他關心、深入、分析、探討,宏觀的提出中肯的建言,已不僅是我二十多年前認識時只寫些風花雪月的文藝青年,儼然已是位文章經國大業的僑領志士,讓老友深感敬佩。

在我拜讀過的〈不是毒藥,近似毒藥〉、〈應該真正反思了〉、〈台灣重現一片藍天〉、〈讓百家姓氏筆劃還原歸真〉等篇,都屬反映時事、政論的上乘之作,尤其談到漢字簡化問題,〈讓百家姓氏筆劃還原歸真〉這篇文章,正說到了我心深處,值得中國當政者細讀、品味,好好反思、檢討,勇於認錯、提出改正的政策,別一錯再錯!

寫針砭時弊、評論政經、文化、教育的文章,不僅要長於觀察、分析,更需要有宏觀、遠見、超然的道德勇氣;我為老友杰森兄的成就感到欣喜、與有榮焉,趁已丑金牛駕臨值年、新春伊始之際,特撰此文抒發衷心祝賀。

（二〇〇九二月二日　台北汐止研究苑）

BOD Books on Demand

語言文學類　PG0388　菲律賓·華文風16

森情寫意

作　　者／莊杰森
主　　編／楊宗翰
責任編輯／邵亢虎
圖文排版／鄭佳雯
封面設計／蕭玉蘋

發 行 人／宋政坤
法律顧問／毛國樑　律師
印製出版／秀威資訊科技股份有限公司
　　　　　114台北市內湖區瑞光路76巷65號1樓
　　　　　電話：+886-2-2657-9211　傳真：+886-2-2657-9106
　　　　　http://www.showwe.com.tw
劃撥帳號／19563868　戶名：秀威資訊科技股份有限公司
　　　　　讀者服務信箱：service@showwe.com.tw
展售門市／國家書店（松江門市）
　　　　　104台北市中山區松江路209號1樓
　　　　　電話：+886-2-2518-0207　傳真：+886-2-2518-0778
網路訂購／秀威網路書店：http://www.bodbooks.tw
　　　　　國家網路書店：http://www.govbooks.com.tw
圖書經銷／紅螞蟻圖書有限公司
　　　　　114台北市內湖區舊宗路二段121巷28、32號4樓
　　　　　電話：+886-2-2795-3656　傳真：+886-2-2795-4100

2010年09月　BOD一版
定價：420元
版權所有　翻印必究
本書如有缺頁、破損或裝訂錯誤，請寄回更換

國家圖書館出版品預行編目

森情寫意 / 莊杰森著. -- 一版. -- 臺北市：秀
　威資訊科技, 2010. 09
　　　面；　公分. -- （語言文學類；PG0388）
　（菲律賓‧華文風；16）
　　BOD版
　　ISBN 978-986-221-548-7（平裝）

868.655　　　　　　　　　　　　　99014103